知りすぎた男

G・K・チェスタトン

「我々は知りすぎているんです。お互いのこと、自分のことを知りすぎている。だから、僕は今、自分の知らない一つのことに本当に興味をおぼえるんです――あの気の毒な男がなぜ死んだか、ですよ」新進気鋭の記者ハロルド・マーチは財務大臣との面会に向かう途中で出会った奇妙な釣師とともに自動車が断崖から転落するさまを目撃する。後に残されたのは車の残骸と男の死体だった。なぜ彼は昼日中見晴らしの良い崖から転落したのか？　国際情勢への鋭い眼差しが光る、英国的諧謔精神に満ちた連作ミステリ集を新訳にて贈る。創元推理文庫初収録作。

知りすぎた男

G・K・チェスタトン
南條竹則訳

創元推理文庫

THE MAN WHO KNEW TOO MUCH

by

G. K. Chesterton

1922

目次

知りすぎた男

メイドゥンヘッド、ファーンリーに群れなす
甥たち姪たちに捧げる

標的の顔

新進気鋭のジャーナリストにして社会批評家であるハロルド・マーチは、荒地（ムーア）と共有地の連なる広い高原を元気良く歩いていた。その高原の地平線を遠く縁取（ふちど）っているのは、名高いトーウッド・パーク[*1]の森だった。彼はツイードの服を着た顔立ちの良い青年で、巻毛の髪の色はごく薄く、色の薄い澄んだ眼をしていた。まさに自由そのものといった風景の中を風と日射しにさらされて歩く彼は、まだ十分若かったので、政治のことを思い出しても、それを忘れようとするばかりではなかった。トーウッド・パークへ行くのは、政治に関する用件だったのである。ほかでもない財務大臣サー・ハワード・ホーンがそこで会ってくれる約束になっており、当時いわゆる社会主義予算を組もうとしていた大臣は、有望な記者との会見で、そのことを詳しく説明する予定だった。ハロルド・マーチは政治につ

*1　ここでパークというのは、地方の豪家の邸宅を取り囲む私園のことで、邸宅そのものを含めても言う。

いて何でも知っているが、政治家については何も知らない人間だった。彼はまた美術、文芸、哲学、そして文化一般について良く知っていた。実際、自分が生きている世界のこと以外なら、何でもたいてい知っていたのである。

日あたりの良い、風の吹く平地のただなかで、彼は突然、罅割れと呼んでも良いほど狭い地面の亀裂に出くわした。一条の小川がやっと流れることのできる幅で、流れはまるで小人の森にあるような、下生えの緑のトンネルに見え隠れしていた。実際、彼はまるで大男が小人族の谷間を見下ろしているような、妙な気分だった。しかし、窪地へ下りてゆくと、そういう印象は消え失せた。岩がちな土手が、小屋ほどの高さしかないけれども、断崖絶壁の輪郭を見せていたからである。彼は漫然と、しかしロマンティックな好奇心を抱いて小川づたいに歩いて行き、灰色の大きな丸岩と大きな緑の苔のように柔かい茂みの間に、切れぎれに輝く水をながめているうち、さいぜんとは正反対の空想に耽りはじめた。何だか、大地が割れて、彼を夢の地下世界に呑み込んでしまったかのようだった。彼はやがて銀色の流れを背にして黒い人影が大岩に坐り、大きな鳥のように見えるのに気づいたが、その時、たぶん虫の知らせを感じていたのだろう――一生のうちでもっとも奇妙な友情と出遇う人間が感ずるべき予感を。

その男は釣りをしている様子だった。少なくとも釣師のような姿勢で、釣師以上に身動きをしなかった。マーチはまるでその男が彫像ででもあるかのように、数分間、像が口を利くまで、じっくり観察することができた。男は背が高く、金髪白皙（はくせき）で、死人のようにげっそりと痩せこけ、少し悩ましげで、目蓋（まぶた）が厚く、鼻梁（びりょう）は高かった。鍔広（つばびろ）の白い帽子に顔が隠れていると、薄い口髭としなやかな身体つきは若者のように見えた。だが、パナマ帽は今傍らの苔の上に置いてあり、年齢（とし）の割に額が禿げ上がっていることがわかった。それは眼のまわりが少しくぼんでいることと相俟（あいま）って、頭脳労働をしているような、いや、頭痛がしているような感じさえ与えた。しかし、この男の一番奇妙なところは、少し様子を見ていてわかったが、釣師のように見えながら釣りをしていないことだった。

　彼が持っているのは釣竿ではなく、手網（たも）のような物だった。釣師によってはそういう網を使うけれども、むしろ子供が使う——時には小蝦（こえび）でも蝶々でもそれで採る、普通の玩具（おもちゃ）の網に似ていた。男はこれを間隔を置いて水に浸（つ）け、掬（すく）い上げた水草や泥を真面目な顔でじっと見ては、また捨てた。

「いや、何も獲（と）れませんよ」男は問わず語りに、穏やかに言った。「つかまえたら、戻してやらなきゃいけません。ことに大きい魚はね。しかし、小さい生き物には、つかまえてみると興味深いものがいるんです」

「では、科学的な御興味ですな？」とマーチは言った。

「まあ素人の関心ですがね」と奇妙な釣師は答えた。「ですが、僕はいわゆる燐光（りんこう）現象に関して、一種の趣味を持っているんです。しかし、臭い魚を呼び売りしながら世間を歩きまわるのは、格好の悪いものでしょうね」

「そうでしょうね」マーチは微笑んで言った。

「光り輝く大きな鱈(たら)を抱えて客間へ入ったら、少し変でしょう」見知らぬ男は気怠(けだる)げに語りつづけた。「そいつを角灯(ランタン)みたいに持ち歩いたり、小さいスプラット[*2]を蠟燭がわりにすることができたら、さぞや面白いでしょう。海の生き物の中にはじつに綺麗なものがいますよ——ランプの笠みたいなのが。青い海牛(うみうし)は身体中が星の光みたいにキラキラ光っています。ある種の赤い海星(ひとで)は本当に赤い星みたいに輝くんです。でも、もちろん、ここでそういう物を探しているわけじゃありません」

マーチはそれなら何を探しているのか訊こうと思ったが、少なくとも深海の魚ほど深い専門的な議論はできないと思って、もっと普通のことに話題を変えた。

「素敵な穴ぼこですね、ここは。この小さな谷と川は。スティーヴンソンが言う、何かが起こらねばならない場所みたいですね[*3]」

「そうですね」と相手は答えた。「それはなぜかと言うと、この場所自体が、いわば存在するだけではなくて、起こるように見えるからなんだと思います。あのピカソや立体派(キュービスト)の画家たちが、いろんな角度やギザギザの線で表現しようとしているのは、きっと、そのことなんですよ。あの低い崖みたいな壁をごらんなさい。あそこまでずっとつづいている芝生の斜面と、まさに直角をなしているじゃありませんか。まるで無言の衝突みたいだ。白波と引波みたいですよ」

マーチは緑の斜面に覆いかかる低い絶壁を見て、うなずいた。科学の専門知識から美術のそれに、かくもやすやすと話題を転じる男に興味をおぼえて、角度にこだわる近頃の画家たちを良いと思うかとたずねた。

「僕が思うに、立体派の連中は十分立体的ではありませんね」と見知らぬ男はこたえた。「つまり、厚みが足りないんです。かれらは物を数学的にすることによって、薄っぺらにしてしまいます。たとえば、あの風景の生きている線を取って、ただの直角に単純化してごらんなさい。そうすると、あれをぺったんこにして、紙に図形を描くだけになる。図形には図形の美しさがありますが、別種の美しさです。図形は不変なものを表わします。静かな、永遠の、数学的な真理を。誰かがそれを白い輝き[*4]と呼んでいますが――」

彼はふと口をつぐみ、次の言葉が出て来る前に何かが起こった。しかし、あまりにも急激な出来事だったため、実感できないほどだった。覆いかぶさる岩のうしろから鉄道列車

＊2　ニシン属の魚。
＊3　ロバート・ルイス・スティーヴンソンのエッセイ『回想と肖像』第十五章に出て来る次の言葉を踏まえている。「何かが起こらねばならないと我々は感ずる。それが何かはわからないが、我々はそれを探し求める。そうして人生のもっとも幸せな時間の多くが、こうして場所と瞬間の霊に虚しくかかずらっているうちに過ぎ去ってしまう。」

のような音がして、大きな自動車が現われたのだ。車は断崖の上に出て来て、太陽を背に黒い影となり、何か荒々しい叙事詩の中で破壊のために突進する戦車のようだった。マーチは思わず片手を突き出す無意味な仕草をした——客間で茶碗が落ちるのを受けとめようとするかのように。

ほんの一瞬、車は飛行船のように岩棚から飛び立ちそうだった。それから、空そのものが車輪のごとく回転(まわ)るかに見え、自動車は崖下の丈高い草の中に残骸となって横たわり、灰色の煙が一条(ひとすじ)、そこから静かな空に立ち上った。それよりもう少し下のところに、白髪の男が、緑の急斜面を転げ落ちて横たわっていた。手肢をでたらめに広げ、顔は向こうを向いていた。

変わり者の釣師は網を捨てて、その場へ急いで歩み寄り、知り合ったばかりの男もあとに続いた。近づくと、死んだ機械は今も工場のように忙(せわ)しく鼓動し、轟(とどろ)いているのに引きかえ、人間の方はピクリともしないで横たわっている。その事実に恐ろしい皮肉がこめられているように思われた。

男は間違いなく死んでいた。後頭部の致命傷から、血が草の上に流れ出していたが、お日様を向いた顔には傷もなく、それ自体が奇妙に目を惹いた。知らない顔が、あまりにも個性的なために見憶えを感ずることがある——そうした例の一つだった。我々はたとえその人を知らなくとも、なぜか知っているはずだと感じるのである。幅が広く四角い顔で、顎は大きく、知能の高い類人猿の顔に似ていた。大きな口は固く閉じ、一本の線でなぞれそうだった。鼻は短く、鼻孔は空気を欲しがってぽっかり開いているようだった。その顔の一番変なところは、片方の眉毛が、もう片方よりもずっと鋭い角度で吊り上がっていることだった。マーチはその死顔ほど自然に生きている顔を見たことがない、と思った。その醜悪な力強さは、後光のような白髪のためにいっそう奇妙に見えた。ポケットから紙が数枚こぼれ落ちそうになっており、マーチはその中から名刺入れを抜き取ると、名刺の名前を声に出して読んだ。

「『サー・ハンフリー・ターンブル』。どこかで聞いた名前だな」

連れの男は小さなため息をついただけで、しばらく考え込むように黙っていた。やがて、ポツリと言った――「気の毒に、すっかりお陀仏だな」それから何か科学的な専門用語をつけ加えたが、聞いているマーチにはやはり珍文漢文だった。

「この状況では」何でも妙に良く知っている男は話しつづけた。「警察に知らせるまで死

＊4　P・B・シェリーの詩「アドネイス」の有名な句を踏まえている。
　生は、数多の色のついたガラスのドームのように、
　永遠の白い輝きに色をつける、
　やがて死がそれを粉々に踏みにじるまで。（第五二聯三－五行）

体はこのままにしておいた方が、合法的でしょう。実際、警察以外誰にも知らせない方が良いと思いますよ。この辺の隣人に隠し立てをするように見えるかもしれませんが、驚かないで下さい」そう言うと、いきなり立ち入ったことを話したのを取り繕おうとするように、「僕はトーウッドにいる従兄弟に会いに来たんです。名前はホーン・フィッシャーといいます。このあたりをウロウロしていることにかけた洒落みたいじゃありませんか？」[5]

「サー・ハワード・ホーンはあなたの従兄弟なんですか？」とマーチは訊いた。「僕もあの人に会いにトーウッド・パークへ行くところなんです。もちろん、公務のことや、あの方が主義のために立派に戦っていることに関してですよ。今度の予算案は英国史上最大の偉業だと思います。たとえ失敗しても、英国史上もっとも英雄的な失敗となるでしょう。フィッシャーさん、あなたは偉大な御親類を尊敬していますか？」

「それよりも、彼は僕の知る限り、一番の射撃の名手です」

フィッシャーはそう言ってから、自分の無関心を心から悔いるように、熱をこめて言い添えた。

「いや、でも、本当に見事な腕前なんです」

彼はまるで自分の言葉に火を点けられたかのように、頭上の岩棚を目がけて一種の跳躍をし、今までの無気力さとは打って変わった突然の敏捷さで、攀じ登った。数秒間崖の上に立って、パナマ帽をかぶった鷲のような横顔を空にくっきりと浮き立たせながら、あたりの田園風景を見渡していたが、そのうちに連れも落ち着きを取り戻し、あとから攀じ登りはじめた。

上は一面共有地の芝生で、転落した車の轍がくっきりと刻まれていたが、端の方は岩の歯で噛まれたかのように崩れていた。形も大きさもさまざまな割れた丸岩が崖っぷちの近くに転がっていた。そのような死の罠に、しかも昼日中、わざと車で突っ込む人間がいたとは信じられなかった。

「どういうことか、さっぱりわかりませんね」とマーチは言った。「彼は目が見えなかったんでしょうか？ それとも、物も見えないくらい酔ってたんでしょうか？」

「あの顔では、どちらでもありませんね」と相手はこたえた。

「それなら自殺ですね」

「それにしては、楽しいやり方には思えませんね」フィッシャーと名乗る男は言った。

「それに、どんなやり方であれ、可哀想なパギー爺さんが自殺するとは思えないんです」

「可哀想な誰ですって？」記者は訝しんでたずねた。「この不幸な方を御存知なのですか？」

「彼を本当に知っていた者はいません」フィッシャーはやや曖昧にこたえた。「でも、も

＊5　英語のフィッシャーは漁師を意味する。

ちろん、知ってはいました。彼は元気盛んな頃は恐怖の的でした。議会でも法廷でも、よそでも――とくに、好ましからぬ人物として国外退去を命じられた外国人のことで騒ぎを起こした時はね。そのうちの一人を殺人犯として処刑したがっていたんですよ。彼はあのことですっかり厭気(いやけ)がさして、判事を辞めてしまいました。それ以来、たいてい独りで自動車を乗りまわしていたんですが、この週末にはトーウッドへ来るはずだったんです。だから、ほとんど玄関先まで来て、わざと首の骨を折る理由がわかりません。ホッグズは――僕の従兄弟のハワードのことです――彼に会うために来たんだと思いますから」

「トーウッド・パークはあなたの従兄弟のものではないんですか？」とマーチはたずねた。

「ええ。以前は、御承知のように、ウィンスロップ家のものでした。今はべつの人間が手に入れました――ジェンキンズという、モントリオールから来た男です。ホッグズは猟をしに来るんです。射撃の名人だと言ったでしょう」

偉大な社会主義の政治家に対して繰り返されたこの讃辞は、まるで誰かがナポレオンをナップ[*6]の名人と定義したかのような効果を、ハロルド・マーチに与えた。だが、彼はよくわからない物事の洪水の中で、もう一つの印象が形を成そうとしてあがいているのを感じ、それが消えてしまわぬうちに、表面へ掬(すく)い上げた。

「ジェンキンズ」と同じ言葉を繰り返した。「まさか、社会改革家のジェファーソン・ジェンキンズのことではないでしょうね？　僕が言うのは、新しい公営住宅計画のために奮闘している人物のことです。こう言ってよろしければ、彼に会うのは、世界中のどんな閣僚に会うにも劣らず興味深いことでしょう」

「ええ、そうです。ホッグズは彼に住宅でなければ駄目だろうと言いました」とフィッシャーは言った。「牛の品種改良はあまり頻繁にやったので、今では物笑いの種なんだそうです。それに、もちろん、何かに貴族の称号は引っかけなければいけません。もっとも、あいつはまだ称号を持っていませんがね。やあ、誰かほかの人が来ましたよ」

二人は自動車の通った跡を歩きはじめていた。その自動車は窪地に残され、人を殺した巨大な昆虫のように、まだ恐ろしくブンブンと唸っていた。轍を辿って行くと、やがて道の角に出たが、その道の一方はそのまま遠い邸園の門に向かって伸びていた。明らかに、あの車は長い直線道路を走って来て、そのあと道なりに左折せず、芝生の上を直進して破滅に向かったのだ。だが、フィッシャーの目を釘づけにしたのはこの発見ではなく、もっと形のあるものだった。白い道の角に黒い人影がぽつんと一つ、道標(みちしるべ)のようにじっと立っていたのだ。それは粗い狩猟服を着た大柄な男で、帽子は被らず、くしゃくしゃに乱れた巻毛がやや荒々しい外見を与えていた。もっと近づくと、この空想的な第一印象は消えた。一杯にふりそそぐ日射しの中で見るその人影は、もっと型通りの色合いを帯びて、平凡な

＊6　トランプのナポレオン。

紳士がたまたま帽子もかぶらず、髪の毛もよく梳かさずに出て来たという風だった。しかし、背の高い大きな身体はそのままで、落ち窪んだ眼にある何か深い洞窟めいたものが、動物的な美貌を月並さから救っていた。しかし、マーチにはその男を詳しく見る閑はなかった。驚いたことに、彼の案内人は「やあ、ジャック!」と言っただけで、相手が本当に標柱でもあるかのように、岩の向こうの大惨事を知らせようともせずに通り過ぎたからである。それは比較的些細なことだったが、この新しい風変わりな友人がマーチを引き込む一連の異様な出来事の始まりにすぎなかった。

二人がすれ違った男は、いささか不審そうにかれらのあとを見送ったが、フィッシャーは平然と一本道を歩きつづけて、大きな地所の門を通った。

「あれは旅行家のジョン・バークですよ」と彼は説明した。「名前を聞いたことはおありでしょう。猟で大物を撃ったりするんです。御紹介できなくてすみませんが、どうせあとでお会いになると思いますよ」

「あの人の本なら、もちろん知ってます」マーチは関心を新たにして、言った。「あれはたしかに見事な描写ですね——巨大な頭が月を隠した時、初めて象が近くにいることに気づいたというくだりは」

「ええ。ハルケット君はほんとに文章が上手だと思いますよ。えっ? ハルケットがバークの本を代作したのを御存知ないんですか? バークは銃以外何も使えないんですが、銃じゃ本は書けませんからね。いや、彼も彼なりに本物ですよ。ライオンのように勇敢で——いや、それよりも大分勇敢です」

「彼のことを何もかも御存知らしいですね」マーチは当惑したように笑いながら言った。

「それに、ほかの大勢の人のことも」

フィッシャーの禿げ上がった額に突然皺(しわ)が寄り、眼には奇妙な表情が浮かんだ。

「僕は知りすぎているんです」と彼は言った。「僕の場合、それが問題なんです。我々みんなの、世界中の問題ですよ。我々は知りすぎているんです。お互いのこと、自分のことを知りすぎている。だから、僕は今、自分が知らない一つのことに本当に興味をおぼえるんです」

「それは?」と相手はたずねた。

「あの気の毒な男がなぜ死んだか、ですよ」

二人はこんな風に時折話をしながら、まっすぐな道を一マイル近く歩いていたが、マーチは世界中が裏返しになったような奇妙な感覚に襲われた。ホーン・フィッシャー氏は、お洒落(しゃれ)な社交界にいる友人や親類の悪口をとくに言うことはなく、そのうちのある者のことは愛情をこめて語った。しかし、かれらは、新聞記事に年中出て来る男女とたまたま名前が同じだけの別人のように思われた。けれども、いかなる反逆の怒りも、この冷やかな馴々(なれなれ)しさほど完全に革命的ではあり得ないように思われた。それは舞台背景の裏側にある日の光のようだった。

　二人は番小屋のある邸園の大きな門まで来たが、マーチの驚いたことに、そこを通り過ぎて、果てしない白い一本道をさらに進みつづけた。だが、マーチ自身は、サー・ハワードとの約束の時間にはまだ早かったから、新しい友達の実験を、それがどんなものであろうと最後まで見とどけるにやぶさかでなかった。荒地はとうの昔に過ぎ去り、白い道の半ばはトーウッドの松林の大きな影におおわれて、灰色になっていた。その松林自体も、日光を鎧戸のように遮る灰色の縞のようで、正午の明るい空の下に自らの真夜中をつくり出していた。しかし、まもなく、彩色窓がきらめくような切れ目が、林の中に現われはじめた。先へ進むにつれて樹々はまばらになり、遠ざかって、野生の不揃いな雑木林が見えて来たが、フィッシャーによれば、その中で終日ハウス・パーティーが盛大に開かれていたそうである。そこからおよそ二百ヤード先で、道の最初の曲がり角にさしかかった。

　道の角には一種のおんぼろな宿屋があり、「葡萄亭」という薄汚れた看板が出ていた。看板は黒ずんでもう判読しがたくなり、空と灰色の荒地を背にして黒々と掛かっている。その様子は絞首台と同じくらい魅力的だった。葡萄酒の代わりに酢が出て来そうな居酒屋だ、とマーチは言った。

「上手い文句だ」とフィッシャーは言った。「あそこで葡萄酒を飲むほど馬鹿なら、きっと、そんな目に遭うでしょう。でも、ビールはじつに美味いし、ブランデーも良いですよ」
マーチは少し怪訝に思いながら、フィッシャーのあとについて酒場へ入ったが、亭主を一目見た時もかすかな嫌悪感は消えなかった。物語に出て来る愛想の良い宿の亭主とはまるで違う痩せぎすの男で、黒い口髭を生やし、非常に無口だったが、黒い眼は落ち着きがなかった。フィッシャーはビールを頼み、自動車について細かいことをしつこく話しかけることにより、この寡黙な相手から、とうとうわずかな情報を引き出した。彼は妙なことに、宿の亭主を自動車に関する権威と見なしているようだった。自動車の構造や、扱いや、下手な扱いの秘密に精通している人間と見なして、老水夫[*7]よろしく輝く眼でずっと相手をつかまえていた。こういう謎めいた会話の末に、やっと相手が認めたのは、これこれの特徴を持つ自動車が一時間ほど前、宿の前に停まって、年輩の男が下り、機械のことで手助けを求めたということだった。その男はほかに何か頼んだかと訊かれると、宿の亭主は即座にこたえた――老紳士は携帯用酒壜を一杯にして、サンドイッチを一包み買ったと。そう言うと、少し愛想の悪い主人は急いで酒場から出て行き、暗い内部の方で扉がバタンという音がした。

*7　S・T・コールリッジの物語詩「老水夫行」の主人公。魔力を持った輝く目で婚礼の客人を引き留め、身の上話を聞かせる。

フィッシャーのいくらか懶げな眼は、埃っぽく殺風景な宿の酒場の中で視線をさまよわせ、やがて一つのガラス箱に夢見るごとく留まった。箱には剝製の鳥が入っており、その上の鉤に銃がかけてあって、それだけがこの部屋の飾りと見えた。

「パギーはユーモアがありました」と彼は言った。「少なくとも、彼なりの少し陰気なユーモアがね。しかし、これから自殺しようという人間がサンドイッチを買うというのは、あまりにも陰気な冗談のようですね」

「それをおっしゃるなら」とマーチが答えた。「これから大きなお屋敷に泊まるのに、その玄関先でサンドイッチを買うというのも、あまり普通じゃありませんよ」

「ええ……ええ」フィッシャーはほとんど機械的にそう言ってから、突然もっと生き生きした表情になって、話相手を見やった。

「まったく、そうだ。おっしゃる通りです。そのことから非常に妙な考えが浮かびませんか？」

沈黙があり、やがてマーチは怯えたようにハッとした。宿屋の扉が勢いよく開き、もう一人の男が足早にカウンターの方へ歩いて来たのだ。男は硬貨でカウンターを叩くと、大声でブランデーを注文した。それから、窓辺にある剝き出しの木のテーブルに向かっている二人を見た。男がやや荒々しい目つきでこちらをふり返ると、マーチはまたも意外な感情にかられた。フィッシャーがその男にホッグズと呼びかけ、サー・ハワード・ホーンとして紹介したからである。

政治家というものはみんなそうだが、ホーンも絵入り新聞に載っている若々しい肖像画より少し老けて見えた。ぺったりした金色の髪には白いものが混じっていたが、顔は喜劇的なほど真ん丸で、鷲鼻は動きの早い輝く眼と相俟って、どことなく鸚鵡(おうむ)を思わせた。鍔のない帽子を阿弥陀(あみだ)にかぶり、小脇に銃を抱えていた。ハロルド・マーチは偉大な政治改革者との会見についていろいろなことを想像していたが、小脇に銃を抱え、酒場でブランデーを飲む姿は思い描いたこともなかった。

「それじゃ、あなたもジンクのところに泊まってるんですね」とフィッシャーは言った。「誰も彼もジンクのところにいるようですね」

「うむ」と財務大臣はこたえた。「じつに結構な猟をしたよ。少なくとも、ジンクの射撃以外はね。あんなに射撃が下手なくせに、あんなに素敵な猟をする男は見たことがない。いいかね、あいつはすごく良い奴だ。悪口を言う気はまったくない。だが、あの男は豚肉の缶詰を作っている時でも何でも、銃の構え方を習ったことがないんだ。噂じゃ、召使いの帽子から花形帽章(コケイド)を撃ち落としたそうだよ。花形帽章を取るというのは、いかにもあの男らしいがね。あいつは庭の馬鹿げた金ピカの四阿(あずまや)から風見鶏を撃ち落としたそうだ。あいつが殺す雄鶏は、きっとそれだけだろう。もうあっちへ行くかね?」

ひとつ用事を済ませたら、すぐに行きますとフィッシャーは曖昧にこたえ、財務大臣は宿屋を出た。大臣はブランデーを頼んだ時、少し動揺していたか苛々していたようだとマーチは思ったが、話しているうち平静に戻っていた――たとえ、その話は物書きの訪問者が期待したような内容ではなかったにしても。フィッシャーは二、三分すると、また先に立ってゆっくりと酒場を出、道の真ん中に立って、もと来た方向を見ていた。それから、その方向に二百ヤードほど歩いて戻り、また立ちどまって言った。

「この辺がその場所だと思うんだがな」

「何の場所です？」と連れはたずねた。

「気の毒な男が殺された場所ですよ」フィッシャーは悲しげに言った。

「どういう意味です？」とマーチはたずねた。「彼はここから一マイル半も離れた岩に叩きつけられたんですよ」

「いや、そうじゃない」とフィッシャーはこたえた。「岩の上に落ちたりはしなかったんです。柔かい草の斜面に落ちただけだということに気がつきませんでしたか？ しかし、すでに銃弾が撃ち込まれていました」

それから、少し間をおいて、こう言い足した。

「あの宿屋では生きていたが、岩まで来るずっと前に死んでいました。ということは、このまっすぐな道を車で走っているうちに撃たれたんです。それが、ここいら辺だと思うんです。そのあと、もちろん、車は止める者も方向を変える者もいないので、直進しました。

これはこれで、じつに巧妙な策略ですよ。死体は遠く離れた場所で発見されるし、たいていの人は、あなたのように自動車事故だと言うでしょうからね。犯人は頭の良い悪党だったにちがいありません」

「でも、銃を撃ったのなら、銃声が宿屋かどこかで聞こえませんか？」とマーチはたずねた。

「聞こえるでしょう。しかし、注意は引かないでしょう。そこがまた犯人の賢いところです。このあたりでは一日中、どこでも猟をしていました。たぶん、犯人はほかのたくさんの音にまぎれるように、タイミングを合わせて撃ったんでしょう。間違いなく第一級の犯罪者でしたね。それに、ほかのものでもありました」

「どういう意味です？」連れはなぜか何かが起こりそうな、背筋の寒くなる予感をおぼえて、たずねた。

「第一級の射撃の名手だったんです」とフィッシャーは言った。

彼はぷいと背を向けて、草の茂る細い小径を歩きはじめた。それは荷馬車道に毛が生えたほどの細道で、宿屋の向かい側にあり、大きな屋敷地の終わりと広けた荒地の始まりを示していた。

マーチはやはり辛抱強くトボトボとついて行くと、フィッシャーは茂った雑草と茨の隙間から、ペンキを塗った柵ののっぺりした面をじっと見つめていた。柵のうしろにはポプラの並木が大きな灰色の柱となって聳(そび)え立ち、濃緑(こみどり)の影で頭上の空を覆い隠し、次第に弱まった風にかすかに揺れていた。もう午後は長(た)けて夕暮れに近く、ポプラの樹の巨人のような影は長々と伸びて、風景の三分の一を覆っていた。

「あなたは第一級の犯罪者ですか？」フィッシャーは親しげな口調でたずねた。「僕はそうじゃないようです。でも、第四級の押込み泥棒くらいにはなれると思います」

連れが返事をする閑もないうちに、フィッシャーは身体を揺すって柵を乗り越えていた。マーチは肉体的には難なくついて行ったが、精神的にはかなり動揺していた。柵の向こうにはポプラの樹が非常に密に生えていたので、一苦労してくぐり抜けると、その向こうには月桂樹の高垣が、真横から射す日の光を受けて緑につやつやと光っているだけだった。こうして生きた壁を連ねて仕切っていることの何かが、まるで広げた野ではなく、鎧戸を閉ざした家に入ろうとしているような気分にさせた。使われなくなった扉か窓から中に入ったら、家具に行手を阻(はば)まれたような感じだった。月桂樹の生垣を迂回(うかい)すると、芝草の生えた一種の段庭に出て、そこから緑の段を一つ下りたところは、玉転がしをする場所に似た長方形の芝生だった。その向こうに見えるただ一つの建物は天井の低い温室で、妖精郷の野に建っているガラスの小屋のように、どこからもはるか遠くにあるようだった。フィッシャーは大きな屋敷の外側の部分がそういう寂しい様子をしていることを良く知っていた。雑草がはびこり、廃墟が散らばっているよりも、そういう光景こそが貴族階級への諷(ふう)

刺であると思っていた。なぜなら、それは放置されていないのにうら寂しいからである。とにかく、使われていないのだ。けっして来ることのない主人のためにきちんきちんと掃かれ、清められているのだ。[*8]

しかし、芝生を見渡すと、彼が予期していなかったらしい物が一つあった。それは一種の三脚で、傾いたテーブルの丸い天板に似た大きな円盤を支えていた。芝生へ下り、そばまで歩いて行って、やっとマーチはそれが射撃の的であることに気づいた。使い古され、雨風に曝されて汚れていた。同心円のけざやかな色は褪せていた。もしかすると、弓術が流行した遠いヴィクトリア朝に据えられたのかも知れない。マーチは雲のようなクリノリン[*9]をつけた貴婦人たちや、奇抜な帽子を冠って頬髯を生やした紳士たちが、幽霊のようにその失われた庭園を再訪するさまを漠然と夢想した。

もっと丹念に的を見ていたフィッシャーが感嘆の声を上げて、彼を驚かせた。

「やあ。やっぱり誰かがこいつを銃で撃ちまくってるぞ。それも、つい最近だ。きっと、ジンクがここで下手な鉄砲の練習をしていたんだな」

「ええ、それにまだまだ腕を磨く必要があるようですね」マーチが笑いながら答えた。

＊8　「マタイ伝」第十二章四四、「ルカ伝」第十一章二五に見える表現。
＊9　鯨の髭や針金を骨組として膨らませた昔のスカート。

「弾のどれ一つとして、真ん中の方にあたってませんよ。でたらめに散らかしたみたいです」

「でたらめにね」フィッシャーはなおも的をしげしげと見ながら、鸚鵡返しに言った。

彼は相槌を打っただけのようだったが、マーチには、その眼が眠たそうな目蓋の下で輝いており、奇妙な努力をして前屈みの姿勢をしゃんと伸ばしたように思われた。

「ちょいと失敬」フィッシャーはそう言って、ポケットの中を探った。「薬品を持って来たと思うんです。それが終わったら、屋敷へ行きましょう」

そう言うと、また標的の上に屈み込んで、弾丸があたって空いた一つ一つの穴のまわりに、指で何かをなすりつけた。それは、マーチの見た限りでは、黒ずんだ灰色の汚点にすぎなかった。それから二人は深まる夕闇の中を、長い緑の並木道を通って、大きな屋敷へ行った。

しかし、ここでも、風変わりな調査人は正面の扉から入らなかった。家のまわりをまわって、窓が一つ開いているのを見つけると、その中へ跳び込み、銃器室とおぼしきところへ友人を招じ入れた。そこの壁際には、鳥を落とすための通常の道具が何列も立てかけてあったが、窓辺のテーブルには、もっと強力で恐るべき型の武器が一、二挺置いてあった。

「やあ、あれはバークの大物用のライフル銃ですよ」とフィッシャーが言った。「ここに置いてあるとは知らなかったな」

彼はライフル銃の片方を取り上げ、ざっと調べると、ひどく眉をひそめて、また下に置いた。それとほとんど同時に、見知らぬ青年が慌てて部屋へ駆け込んで来た。色が浅黒く、がっしりした身体つきで、額が凸凹（でこぼこ）しており、顎はブルドッグのようだ。青年は素っ気なく非礼を詫びて、言った。

「バーク少佐の銃をここに置いておいたんですが、少佐が梱包しろと言うものですから。あの人は今夜発（た）つんです」

彼は見知らぬ男に目もくれず、二挺のライフル銃を持ち去った。開いた窓から、背の低いその姿が薄明るい庭を横切って歩いて行くのが見えた。フィッシャーは窓からまた外に出て、青年の後姿を見送った。

「あれがハルケットですよ。お話ししたでしょう。あいつは一種の秘書で、バークの書類を扱うのは知っていましたが、銃まで扱っているとは知りませんでした。ですが、あいつは無口な分別のある奴で、何をやらせても巧いんです。知り合って何年もしてから、チェスのチャンピオンだとわかるような、そういう男なんですよ」

彼は秘書が消えて行く方向に歩きはじめ、二人はまもなくハウス・パーティーの他の面々が芝生で談笑する姿の見えるところへ来た。この小さな集団を支配しているライオン狩りの名人の背の高い姿と、ボサボサの鬣（たてがみ）が見えた。

「ところで」とフィッシャーは言った。「バークとハルケットのことを話していた時、人間は銃では上手く物が書けないと言いましたね。でも今は、それほど自信がありません。銃で絵を描ける器用な絵描きの話を聞いたことがありますか？　ここいら辺にも、凄い奴がいますよ」

　サー・ハワードはフィッシャーと友達の記者を、うるさいほど愛想良く迎えた。記者はバーク少佐とハルケット氏に紹介され、また（ついでのように）この家の主人ジェンキンズ氏にも紹介された。ジェンキンズ氏は派手なツイードの服を着た平凡な小男で、ほかの誰もが、まるで赤ん坊のように、一種の愛情をこめて彼に接しているようだった。

　元気旺盛な財務大臣は今も自分が撃ち落とした鳥と、主人のジェンキンズが撃ち落としそこなった鳥のことを話していた。一種の社交的偏執狂のようだった。

「君と君の仕留める大物だが」彼はいきなりバークに向かって攻撃的に話しかけた。「大物など、誰だって撃てる。小物を撃つには、射撃の腕が必要だ」

「まったくです」ホーン・フィッシャーが割り込んだ。「でも、もし河馬（かば）があの藪（やぶ）から空に飛び上がったり、あなたが地所に空飛ぶ象を飼っていたりしたら、その時は——」

「そういう鳥ならジンクが撃ってもあたるだろうな」サー・ハワードは愉快げに主人の背をポンと叩いて、言った。「この男でも、干草積みや河馬ならあたるかもしれん」

「ところで、みなさん」とフィッシャーが言った。「ちょっと僕と一緒に来て、べつな物を撃っていただきたいんです。河馬じゃありませんよ。この地所で僕が見つけた別種の珍動物です。脚が三本で、眼が一つで、全身虹色の動物です」

「一体、何の話をしてるんだ?」とバークがたずねた。

「一緒に来れば、わかりますよ」フィッシャーは明るくこたえた。

こうした人々は馬鹿げたことをめったに拒まない。いつも何か新しいものを追い求めているからだ。一同は銃器室から取って来た銃でふたたび武装すると、案内人のあとについて進軍した。サー・ハワードだけは途中恍惚(うっとり)したように立ちどまって、彼(か)の有名な金ピカの温室を指さした――温室の上には、金ピカの風見鶏がひん曲がったまま今も立っていた。夕暮で暗くなりかけた頃、一同はポプラ並木のそばの遠い芝生に着き、古い的を撃つという、新しい、目的のない遊びをすることを承知した。

芝生から最後の光が消えてゆくように見え、夕陽を背にしたポプラの並木は、紫の霊柩車の上についている大きな黒い羽根飾りのようだった。その時、無益な行列はまわり込んで、ようやく標的の正面に出た。

サー・ハワードはまた屋敷の主人の肩をポンと叩き、お先にどうぞとふざけて彼を前に突き出した。彼が触った肩と腕は不自然に硬張っていた。ジェンキンズ氏は、からかう友人たちがかつて見たこともないほど、ぎこちない姿勢(かっこう)で銃を構えた。

と、その瞬間、どこからか恐ろしい悲鳴が聞こえて来た。いかにも不自然な、その場にそぐわない声だったので、頭上を翼で飛んでいるか、彼方の暗い森で立ち聞きしている人間ならぬものが立てたかに思われた。しかし、フィッシャーにはそれがモントリオール出身のジェファーソン・ジェンキンズの青ざめた唇から発せられて、熄(や)んだ声であることがわかっていた。その時、ジェファーソン・ジェンキンズの顔を見たなら、平凡な顔だとは誰も言わなかったであろう。

次の瞬間、バーク少佐が太い喉声で、だが、愉快そうに呪詛の文句を連発した。彼もほかの二人の男も、自分たちの前にあるものを見たからである。標的は薄暗い草叢(くさむら)に、こちらに笑いかける黒い小鬼(ゴブリン)のように立っていた。文字通り笑っていた。星のような双つの眼があり、同じようなギラつく光の点で、上を向いて開いた二つの鼻孔と、広く、締まった口の両端が目立つように描かれていた。両眼の上に二つ三つある白い点は白髪の眉を表わし、その片方はほとんど垂直に吊り上がっていた。それは輝く点線で描いた見事な戯画(カリカチュア)で、マーチには誰を描いたのかわかった。そいつは暗い草の中で海の生き物の光を放ち、まるで海底の怪物が一匹、黄昏(たそがれ)の庭に這い込んで来たようだったが、それには死んだ男の顔がついていたのである。

「ただの発光塗料だ」とバークが言った。「フィッシャーの奴が、燐光を発する材料で悪戯(いたずら)したんだ」

「パギーの似顔絵らしいな」とサー・ハワードが言った。「じつに良く似てる」

一同はみな笑ったが、ジェンキンズだけはべつだった。みんなの笑いが収まったあとに、彼は獣が初めて笑おうとするような声を立てた。すると、ホーン・フィッシャーがいきなり大股に歩み寄って、言った。「ジェンキンズさん、今すぐ内密の話をしたいんですが」

マーチが新しい友人のフィッシャーと約束して落ち合った場所は、出張った岩の下の斜面で、荒地の細い流れのほとりだった。醜く、ほとんどグロテスクな一幕があって、庭にいる人々が散り散りになったすぐあとのことである。

「あれは僕の小細工でした」フィッシャーは憂鬱そうに言った。「あの標的に燐を塗ったのはね。でも、あいつを跳び上がらせるには、いきなり怖がらせるしかなかったんです。彼が練習をしている標的に、自分の撃った顔が地獄の光に照らされて浮き上がるのを見た時、あいつは果たして跳び上がりました。僕の知的満足のためには、それだけで十分です」

「いまだに良くわからないんですがね」とマーチが言った。「彼は一体何をしたのか、またなぜそうしたのかが」

「おわかりのはずですよ」フィッシャーは独得の少し物寂しげな微笑を浮かべて、こたえた。「だって、あなた御自身が最初のヒントをくれたんですから。ええ、そうなんです、しかも、じつに的確なヒントでした。あなたは言いました――大きなお屋敷で食事をする男が、サンドイッチを持って行ったりはしないと。まったく、その通りでした。そこから推測されるのは、彼はお屋敷へ行くけれども、そこで食事をするつもりはなかった。いずれにしても、そこで食事をしないかもしれなかったということです。僕はすぐにこう思いました——彼はおそらく訪問が不愉快なものであるか、歓迎されるかどうか疑わしいと、あるいは何かもてなしを受けられない事情があると予想していたのだろうと。それから思い出したのは、ターンブルが過去にある種のいかがわしい連中にとって恐怖の的であり、かれらの一人の正体をつかみ、弾劾したことでした。最初の時点で、この家の主人ジェンキンズが疑わしく思われました。今では、ジェンキンズこそ、ターンブルがべつの狙撃事件で有罪を宣告したがっていた、好ましからざる外国人だと確信しています。ですが、御存知の通り、銃を撃つ紳士は最後の一発を撃ちましたからね」

「しかし、犯人は射撃の名手でなければならない、と言ったじゃありませんか」

「ジェンキンズは射撃の名手ですよ」とフィッシャーは言った。「下手糞のふりができるほどの射撃の名手です。あなたがくれたヒントのあとに、もう一つ、ジェンキンズを疑わせるヒントに出遭ったんですが、それを申し上げましょうか？　彼の下手な射撃について、僕の従兄弟が言ったことです——帽子から花形帽章を、建物から風見鶏を撃ち落としたという。いいですか、それほど下手な射撃をするには、射撃が非常に上手くなければいけません。花形帽章にあてて、頭にも帽子にもあてないためには、非常に巧みにあてなければなりません。もし弾丸が本当にでたらめに飛んだのなら、そんな風に人目に立って絵になる物にあたる確率は千分の一です。ああいう物は人目に立つし、絵になるから選ばれたんです。その話は社交界中に広まります。彼は噂を伝説としていつまでも語り継がせるために、四阿のひん曲がった風見鶏をそのままにしているんです。そうしておいて、邪(よこしま)な眼と悪(あ)しき銃を持って、待ち伏せしていました。無能力という伝説の蔭に安全に隠れて。

しかし、それだけじゃありません。あの四阿そのものがあります。つまり、問題全体がそこにあるんです。あすこにはジェンキンズをからかう種が全部揃っています。金ピカだとか、けばけばしい色彩とか、彼に成り上がり者の烙印を押すであろうあらゆる俗悪さが。でも、実際には、成り上がり者は普通そんなことをしません。ああいう手合いは社交界にゴマンといますから良く知っていますが、そんなことはまずやらないんです。かれらは概して、やるべきことをあまりにも良く心得ていて、それをやります。身も心もすぐさま装飾美術家や美術の専門家の手に委ねてしまって、何もかもやってもらうんです。あの銃器室にある椅子みたいに、椅子に金の組み合わせ文字を入れる勇気のある億万長者は、当節ほかに一人としていませんよ。その点を言えば、組合わせ文字だけではなくて、名前だってそうです。トムキンズとか、ジェンキンズとか、ジンクスといった名前は、面白いけれども卑俗ではない。つまり、卑俗であってもありふれていないということです。何なら、月並(コモンプレイス)ではあっても普通(コモン)ではないと言いましょうか。これらはまさに平凡に見えるように選んだ名前ですが、実際はむしろ例外的です。あなたはトムキンズという人を何人も知っていますか？　タルボットよりもずっと珍しい名前ですよ。成金の喜劇的な服装にしても、そうです。ジェンキンズの着る物は『パンチ』[*10]の登場人物みたいです。しかし、それは彼が『パンチ』の登場人物だからです。つまり架空の人物なんです。神話の動物です。彼は存在しないんです。

存在しない人間であるというのはどういうことか、考えたことがありますか？　僕が言うのは架空の性格を持つ人物であること、自分の個人的美徳だけでなく、個人的快楽も、何より個人的才能も犠牲にして、そうあり続けなければならないということです。新種の袱紗(ふくさ)に才能を隠して[*11]、新種の偽善者になることです。この男は偽善をじつに独創的に選びました。本当に斬新な偽善でした。狡猾な悪漢が颯爽(さっそう)とした紳士や、立派な実業家や、慈善家や聖者に仮装したことはあります。しかし、喜劇的な、チビの卑劣漢が着る派手なチェックの服というのは、本当に新しい扮装ですよ。けれども、この扮装は、有能な男にとっては非常に煩(わずら)わしいにちがいありません。この男はたくさんのことができる、器用な国際的浮浪児なんです。射撃だけでなく絵も描けるし、きっとヴァイオリンも奏(ひ)けるでしょう。さて、そういう男にとって、才能を隠すことが役に立つ場合もあるでしょう。しかし、役に立たないところでその才能を使いたくなるのはどうにもできないでしょう。もしも絵が描けるなら、うっかりして吸取り紙に絵を描くでしょう。この悪党はしばしば気の毒なパギーの顔を吸取り紙に描いていたんじゃないかと思います。きっと最初はインクの染み(ブロッツ)で絵を描き、やがて小さい点(ドッツ)で、というより弾痕(ショッツ)で絵を描いたんでしょう。同じようなことですからね。彼は打ち棄てられた庭に使わなくなった標的を見つけて、我慢できずに、こっそり射撃を楽しんだんです――こっそり酒を飲むみたいにね。あなたは弾痕がみんなバラバラで不規則だと思ったでしょう。たしかにその通りでしたが、偶然ではなかったんです。同じくらいの間隔があいているところは、二つとありませんでしたが、異なるさまざまな点は、まさに彼が狙った場所に打ってあったんです。それほどの数学的正確さを必要とするものは、大胆な戯画以外にありません。僕も素描（デッサン）を少し習ったことがありますが、一つの点を必要な場所に打つことは、ペンを紙に近寄せてやるにしても驚きなんです。それを庭ごしに銃でやることは神業（かみわざ）でした。しかし、こういう神業を行える人間は、いつでもそれをやりたくてウズウズしているでしょう――こっそりやるだけだとしても」

しばしの間があって、マーチが考え深げに言った。「しかし、あの小さい銃では、彼を小鳥のように落とすことはできなかったでしょう」

「ええ。だから、僕は銃器室を見に行ったんです」フィッシャーはこたえた。「バークのライフル銃を使ったんですよ。バークはその銃の音がしたと思いました。だから、帽子もかぶらずに血相を変えて飛び出して来たんです。しかし、車が素早く通り過ぎるのを見た

＊10　一八四一年に創刊されたイギリスの風刺漫画雑誌。
＊11　参照、「ルカ伝」第十九章二十。

だけでした。バークは車を少し追いかけて、それから、勘違いだと結論したんです」

ふたたび沈黙があり、フィッシャーはその間に大きな石に腰かけて、最初出会った時のように身じろぎもせず、灰色と銀色の川が茂みの下を渦巻いて流れるのをながめていた。やがてマーチが唐突に言った。「もちろん、彼も今は真相を知っているでしょうね」

「あなたと僕以外、誰も真相は知りません」フィッシャーは声を幾分和らげて答えた。「それに、あなたと僕が喧嘩することもないと思います」

「どういう意味です?」マーチは声の調子を変えて、言った。「あなた、何をなさったんです?」

ホーン・フィッシャーは渦巻く流れをじっと見つめつづけて、しまいに言った。「警察はあれが自動車事故だと確認しました」

「でも、そうじゃないことを御存知なのでしょう」とマーチは食い下がった。

「僕は知りすぎていると申し上げたでしょう」フィッシャーは川に目を向けたまま、こたえた。「そのことも知っているし、ほかにもたくさんのことを知っています。雰囲気も、物事全体がどんなふうに動くかも知っています。あの男が自分を度し難いほど平凡で喜劇的なものにし了(おお)せたことを知っています。トゥール[*12]やリトル・ティッチ[*13]を起訴することなんかできないのを知っています。もし僕がホッグズやハルケットにジンクが殺人犯だと言ったら、連中は僕の目の前で笑い死にしてしまうでしょう。ええ、かれらの笑いがまったく罪のないものだとは言いませんよ。それなりに純粋なものだとしてもね。あの二人にはジンクが必要で、彼がいないとやっていけないんです。僕だってまったく罪がないとは言いません。僕はホッグズが好きです。彼が落ちぶれて姿を消すことを望みません。しかし、もしジンクが彼の宝冠の費用を払ってくれなかったら、彼はおしまいなんです。この前の選挙では当落線すれすれでしたからね。しかし、唯一の本当の難点は、それが不可能だということです。誰も信じないでしょう。そんなことは状況にそぐいません。あのひん曲がった風見鶏が、いつでもそれを冗談にしてしまうでしょう」

「こんなことは破廉恥(はれんち)だと思わないいんですか?」マーチは静かにたずねた。

「僕は色々なことを思います」と相手はこたえた。「もしも民衆が、こんぐらがった上流社会をダイナマイトで丸ごと地獄まで吹っ飛ばしたとしても、人類がさして悪くなるとは思いませんね。でも、僕が上流社会の何たるかを知っているからといって、あまり責めないでください。臭い魚みたいな物で閑をつぶしているのは、そのためなんですから」

フィッシャーは話をやめて、また流れのほとりに腰を据えると、こう言い足した。

「大きい魚は逃がさなきゃいけないって、前に申し上げたじゃありませんか」

＊12　ジョン・ローレンス・トゥール。英国の喜劇役者（1830-1906）。

＊13　本名はハリー・レイフ。英国のミュージック・ホールの喜劇役者（1867-1928）。

消えたプリンス

この話は、耳新しいと同時に伝説的な名前にまつわる、こんぐらがったいくつもの話の中から始まる。その名前はマイケル・オニール、俗にプリンス・オニールと呼ばれる人間の名前だ。彼がプリンスと呼ばれるのは、一つには、古(いにしえ)のフィアナ騎士団[*1]の殿様(プリンス)の末裔(すえ)だと主張しているからであり、一つには、先のナポレオンがフランスでやったように[*2]、アイルランドの皇子大統領(プリンス・プレジデント)になろうと画策していると信じられているからである。彼は疑いなく立派な家柄の紳士で、多くの才芸を身につけていたが、そのうち二つが他に抜きん出ていた。いて欲しくない時に現われる才能と、いて欲しい時にいなくなる——とくに警察に追われている時、いなくなる才能である。彼が姿を消すのは、姿を現わすよりも危険

*1 フィン・マクルを団長とする伝説上のアイルランドの戦士集団。
*2 ルイ・ナポレオン（ナポレオン三世）が選挙で大統領になった時、皇子大統領(プランス・プレジダン)と呼ばれた。

であることを付言しておいても良いだろう。後者の場合は物議を醸すという域をめったに出ない——煽動的な貼り紙を貼ったり、当局の貼り紙を破ったり、派手な演説をしたり、禁じられた旗を広げるという程度である。だが、前者を行うためには、時として驚くほどの精力を発揮して自由のために闘うので、人々はそのどさくさから、首を折られず頭がこわれたくらいで逃げ出せれば運が良いのである。しかしながら、彼のとくに有名な離れ技は機略によるものであり、暴力によるものではなかった。雲一つないある夏の朝、彼は埃で白くなった田舎道を歩いて来て農家の外に立ちどまり、家の娘にのほほんとした優雅な口ぶりで、地元警察に追われていると言った。娘の名はブリジェット・ロイスといい、陰気で、不機嫌そうにも見えるタイプの美人だったが、疑うように険悪な顔で相手を見て言った。「匿って欲しいんですか？」すると彼はただ笑って、石塀をひらりと跳び越え、農場へ向かって大股に歩き出したが、肩ごしにこう言っただけだった。「有難う。私はたいていどこかに隠れることができるんです」この時、彼は女というものに悲しいほど無知な振舞いをしたのであって、陽射しの中で、彼の行く道には破滅の影がさしていた。

　彼が農場の建物を抜けて姿を消す間、娘はしばらくその場にとどまり、道の先を見ていた。すると二人の警官が、彼女が立っている戸口へ汗だくになりながらやって来た。彼女はまだ腹を立てていたが、まだ何も言わず、十五分後、警官たちは家探しを済ませ、すでに菜園とその向こうの麦畑を調べていた。彼女は腹癒せに逃亡者の居場所を教える気になってもおかしくなかったのだが、それにはささやかな困難があった――警官たち同様、あの男の行先がわからなかったのである。菜園はごく低い塀に囲まれ、その向こうの麦畑は傾斜していて、大きな緑の丘についた四角い汚点のようだった。男の姿はたとえ遠くの点であるにしても、まだ見えるはずだった。何もかも、いつもの見慣れた場所にしっかりと立っていた。林檎の木は攀じ登る者を支えるにも、隠すにも小さすぎた。ただ一つの物置小屋は戸が開いており、明らかに無人だった。夏の蠅がブンブン唸る音と、慣れないので畑の案山子に驚いた鳥が時折翼をはためかせる音以外、何も聞こえなかった。細い林檎の木が投げかける二、三の青い条以外には、ほとんど影もなかった。風景のすべての細部が、目眩い陽射しによって、顕微鏡でも覗いたようにくっきりと浮き上がっていた。娘はのちに彼女の同胞に特有の情熱的な写実主義でもって、この場面を説明した。警官たちが絵になるものを見る目を持っていたかどうかはわからないが、少なくともこの一件に関する事実を見る目は持っていたので、追跡を諦め、その場から立ち去るしかなかった。ブリジェット・ロイスは我を忘れたようにそこにとどまり、男一人が妖精のように消え失せた、日あたりの良い庭をまじまじと見つめていた。彼女は今も剣呑な気分でおり、この奇蹟は彼女の心の中で敵意と恐怖の性格を帯びた――まるで妖精が明らかに悪い妖精であったかのように。輝く庭にふりそそぐ陽の光は、暗闇にもまして彼女を憂鬱にさせたが、それでも彼女は庭を見つめつづけた。すると、この世界そのものが可怪しくなり、娘は悲鳴を上げた。案山子が日光の中で動いたのだ。それは彼女に背を向けて、古く、ひしゃげた黒い帽子をかぶり、ボロボロの服を着て立っていたが、その襤褸（ぼろ）を翻しながら、丘をずんずん越えて行ったのである。

　男は見慣れたあたりまえのものの効果を巧みに利用して、大胆な詐術（トリック）を行ったのだが、娘はそれを分析してみなかった。今ももっと個人的な感情に覆われていて、何よりも気になったのは、消えゆく案山子が農場をふり返りもしないことだった。そして、彼の華麗な逃走歴に敵対しつつある運命は、次の冒険が、べつの場所では同様の成功を収めても、このあたりでは危険が高まるように定めたのである。彼について語られる多くの似たような冒険の中に、またこんな話がある――この数日後、メアリー・クレガンという娘が、自分の働いている農場に彼が隠れているのを見つけた。そして話が本当だとすると、彼女も不気味な経験のショックを味わったにちがいない。というのも、彼女が中庭で独り仕事をしていると、井戸の中から声が聞こえて来た。見ると、あの奇人が、少し下の方にある釣瓶（つるべ）に落ちていた――井戸には水が少ししか貯まっていなかったのだ。しかし、この場合、彼は綱を巻き上げてくれと娘に訴えなければならなかった。そして男たちが言うには、この話がもう一人の女の耳に入った時、彼女の魂は裏切りの一線を踏み越えてしまったのである。

　ともかく、田舎で言われているのはそのような話で、話はまだまだたくさんあった。たとえば、彼はある時、目のさめるような緑の化粧着を着て大ホテルの石段に傲然と立ち、そのあと警察を引っ張りまわして、大きな部屋から部屋へ、長々と追い駆けっこをさせた揚句、自分の寝室から川の上に蔽いかかっているバルコニーへ出た。追手がバルコニーへ踏み込んだとたん、バルコニーは足元で崩れ、警官たちは慌てふためいて渦巻く水の中へ落ちたが、化粧着を脱ぎ捨てて飛び込んだマイケルは泳いで逃げきった。あらかじめ念入りに支柱を切り取っておいたので、警官のように重たい物を支えきれなかったのだと言われている。だが、ここでも彼はその時は幸運だったが、長い目で見ると不運だった。警官の一人が溺死し、家族の遺恨をかって、少しばかり彼の人気が落ちたというからである。現在こうした話を事細かに語れるのは、それが彼の幾多の冒険の中でとくに素晴らしいからではなく、これらの話以外は、忠義な農民が口を閉ざして語らないからなのだ。こうした話だけが公式報告に載り、この物語のもっと目ざましい部分が始まる時、この地方の三人の主立った役人が読んで議論をしていたのは、こうした話であった。

　夜は更けて、臨時の警察署に使われている海岸近くの小屋には明かりが灯っていた。小屋の片側には、不規則に伸びた村の外れの家々があり、反対側にはただ荒地が海へ向かって広がっているだけで、海岸線を破る目印は、ポツンと立つ塔だけだった。これは今なおアイルランドに見られる先史時代以来の様式で造られており、柱のように細いが、ピラミッドのように先が尖っていた。いつもはこの風景が見渡せる窓の前に、今は木の机が置いてあり、それに向かって坐っている二人の男は、平服を着ているが、どこか軍人のような物腰だった。実際、その地域の主任刑事二人だったのである。二人のうちで年齢も階級も上の男は、がっしりした身体つきで、短く白い顎鬚を生やし、真っ白い眉毛をひそめていたが、その表情は厳しいというよりも何か心配そうだった。

彼の名前はモートンといい、リヴァプール出身で、長いことアイルランドの紛争にどっぷりと浸かっており、まったく同情を持たぬでもない不機嫌な態度で職務を果たしていた。彼は同僚のノーランに二言三言話しかけた。ノーランは背が高く、色の浅黒い男で、アイルランド風のげっそりした馬面（うまづら）だった。その時、モートンは何か思い出したらしく、呼鈴に触れると、べつの部屋で鈴が鳴った。呼ばれた部下は、手に書類の束を持ってすぐに現われた。

「坐りたまえ、ウィルソン」と彼は言った。「それは宣誓供述書だね」

「そうです」と第三の警官は言った。「取れる供述は全部取ったと思いますので、みんな帰してしまいました」

「メアリー・クレガンは証言したかね？」モートンはふだんより少し重々しく眉をひそめて、たずねた。

「いいえ。でも、彼女の雇い主はしました」ウィルソンと呼ばれる男は答えた。彼はぺったりした赤毛の髪と、平べったい青ざめた顔をしていたが、その顔には鋭さがなくもなかった。「あいつはあの娘に気があって、恋敵に敵意を持っているんだと思います。人が何かについて真実を語る時は、いつもその種の理由があるものです。それに、もう一人の娘もかなり本当のことを言ってるにちがいありませんよ」

「ふむ、そいつが何かの役に立つことを期待しよう」ノーランは、いささか諦めたように外の暗闇をじっと見つめて言った。「あいつについて何かを知らせてくれるものは何だろうと結構だ」とモートンは言った。

「君は奴について何か知っているのかね?」憂鬱なアイルランド人はたずねた。

「一つのことがわかっています」とウィルソンは言った。「今まで誰も知らなかったことです。我々は彼の居場所を知っています」

「たしかかね?」モートンは相手を鋭く見て、たずねた。

「たしかですとも」と部下はこたえた。「今この時、あいつはあそこの海岸の塔にいます。近くに寄れば、窓に蠟燭が燃えているのがわかりますよ」

そう言っている間に外の道で警笛が鳴り、そのすぐあとに、自動車のエンジン音が戸口へ来てピタリと停まった。モートンはすぐさま立ち上がった。

「有難い。ダブリンから来た車だ。私は特別な権限がなければ何もできない。たとえ、あいつが塔の天辺に坐って、こちらに舌を出していてもだ。だが、本部長なら最善と思うことをやれる」

彼は急いで入口へ行き、やがて毛皮のコートを着た大柄で顔立の整った男と挨拶を交わした。その男は薄汚い小さな警察署に、大都市の得も言われぬ輝きと広い世界の贅沢を持ち込んだ。

というのも、これこそサー・ウォルター・ケアリー——ダブリン城[3]のかくれもない高官であって、プリンス・マイケルの事件のような大事でなければ、夜の夜中にこんな遠出をすることはなかっただろう。しかし、プリンス・マイケルの一件は、無法さのみならず遵法主義によって複雑なものになっていた。この前、彼が逃げ出したのは法廷での屁理屈によってであり、いつものように個人的な突飛な芸当によってではなかったし、今回も彼に法の制裁を科すことができるかどうか疑問だった。法の解釈を広げることが必要かもしれなかったが、サー・ウォルターのような人物なら、たぶん好きなだけそれができるだろう。

彼がそうするつもりだったかどうかは、一考を要する問題だった。毛皮のコートのほとんど攻撃的な贅沢さにもかかわらず、サー・ウォルターの大きなライオンのごとき頭は、飾りにするだけでなく使うためにもあることがやがて明らかになり、彼は一件を冷静に、分別を持って考えた。白木の樅の机のまわりには、椅子が五脚並べられた。サー・ウォルターはホーン・フィッシャーという、親類で秘書でもある青年を連れて来たからである。フィッシャーはいささか懶げな青年で、口髭を少し生やし、髪の毛は若いのに薄くなっていた。警察が、ホテルの石段から海辺の寂しい塔に到るまで、逃げる叛逆者の足跡を追って一連の逸話を語る間、サー・ウォルターは真剣に耳を傾け、秘書は礼儀正しく退屈しながら聞いていた。ともかく、プリンスはそこに、荒地（ムーア）と白波の間に追いつめられ、ウィルソンが遣（つか）わした斥候（せっこう）は、彼が一本の蠟燭の明かりで書き物をしていると報告した。おそらくまた途方もない声明文を書いているのだろう。実際、最後の砦としてそこを選んだのは、いかにも彼らしかった。彼はそこが一族の城だといって、遠い昔の権利を主張しており、あの男なら、海を背に闘って死んだ大昔のアイルランドの族長の真似でもしかねない、と彼を知る人々は考えたのだ。

「私が入って来る時、妙な顔の連中が出て行くのを見た」とサー・ウォルター・ケアリーは言った。「あれは証人なんだろう。しかし、何でこんな夜中にここへ来るんだね？」

モートンは苦々しげに微笑（わら）った。

「ここへ夜に来るのは、昼間来たら命がなくなるからです。かれらは、ここでは窃盗や殺人よりも恐ろしい罪を犯す犯罪者なのですから」

「それはどういう犯罪だね？」相手は好奇心を持って、訊いた。

「法を助けていることです」とモートンは言った。

＊3　アイルランドが英領だった時代の総督府。

沈黙があり、サー・ウォルターは上の空のような目つきで、前にある書類をながめていた。しまいに言った。

「まったくだ。だが、いいかね、地元の感情がそれだけ強いとすると、いろいろ考えねばならんことがある。新しい法令によれば、私がそれを最善の策と考えるなら、今すぐにでも奴を逮捕できるはずだ。しかし、それが最善だろうか？　ここで深刻な蜂起が起これば、議会で問題になるし、政府はアイルランドだけでなくイングランドにも敵がいる。少し卑怯に見えるやり方をして、その結果、革命を引き起こすだけだったら、元も子もない」

「その反対ですよ」ウィルソンと呼ばれる男は即座に言った。「あいつをつかまえれば、あと三日野放しにしておくよりも、革命は半分で済むでしょう。どのみち、当節まともな警察にやってやれないことはありませんよ」

「ウィルソン君はロンドンっ子ですからね」アイルランド人の刑事がそう言って、微笑んだ。

「ええ、生粋の下町っ子です」とウィルソンは言い返した。「それが良かったと思っております。とくに、この仕事では。妙な話ですがね」

サー・ウォルターは第三の警官の強情さを少し面白がっているようだったが、たぶん、彼の言葉のわずかな訛りを、それよりももっと面白がったのだろう――そんな訛りでしゃべっていれば、生まれた場所を自慢することなど不必要だったから。

「君が言いたいのは」と彼はたずねた。「ロンドン生まれだから、ここでの仕事が良くわかるということかね？」

「変に聞こえるでしょうが、そう思うのです」とウィルソンは答えた。「こういう問題には斬新な方法が必要かと思います。しかし、何より必要なのは、斬新な眼だと信ずるのです」

上役たちは笑い、赤毛の男は少し苛立たしげに語りつづけた。

「だって、事実をごらんなさい。奴が毎回どうやって逃げるかをごらんになれば、私の言う意味が御理解いただけるでしょう。奴はなぜ古い帽子しか身を隠す物がないのに、案山子に化けていられたのでしょう？　村の警察官だったからです。案山子がそこにあることを知っていて――それがあるのを当然と思い、注意を払わなかったからです。でも、私は案山子があることを当然と思いません。街で案山子を見たことがありませんから、畑にあってもじろじろと見ます。私にとって新しいものですから、注意に値するのです。奴が井戸に隠れていた時も、まったく同じです。あなた方はああいう場所に井戸があるのを当たり前だと思っています。ああ、井戸だなと思うから、見はしません。私はそう思いませんから、ちゃんと見るんです」

「たしかに、一理あるな」サー・ウォルターは微笑んで言った。「だが、バルコニーはどうなんだね？　バルコニーはロンドンでも時折見かけるが」

「しかし、ヴェニスとちがって、真下に川は流れていません」とウィルソンはこたえた。
「たしかに新しい発想だ」サー・ウォルターは敬意のようなものを示して、繰り返した。彼は贅沢な階級の人間らしく、新しい発想が好きだった。しかし、批判能力もあって、然るべく熟考したのち、それは正しい考えでもあると思いはじめた。

次第に夜が明けて、窓ガラスがすでに黒から灰色に変わった頃、サー・ウォルターはいきなり立ち上がった。これは逮捕をするという合図だと受けとって、ほかの者も立ち上がった。しかし、かれらの指導者は、岐路に立たされたことを感じているのか、しばらく深く考え込んでいた。

と、突然、沈黙を貫いて、外の暗い荒地から長い泣き叫ぶような声が聞こえて来た。そのあとの沈黙は叫び声自体よりも恐るべきものに思われ、ノーランが重々しくこう言うまでつづいた。

「バンシー[*4]ですよ。誰かがこれから墓場に入るんです」

彼の長い大づくりな顔は月のように青白く、彼がその部屋にいる唯一のアイルランド人であることを思い出すのは容易だった。

「ああ、そのバンシーなら知ってますよ」ウィルソンが陽気に言った。「こういうことに疎(うと)いとお思いでしょうがね。私自身、つい一時間前、そのバンシーと話をしたところです。私はバンシーを塔に行かせて、奴(やっこ)さんが声明文を書いている姿をチラとでも見かけたら、あんな風に歌ってくれと頼んだのです」

「ブリジェット・ロイスという娘のことかね？」モートンが真っ白な眉を寄せて言った。

「彼女はそこまで犯人を裏切るのか？」

「ええ」とウィルソンは言った。「おっしゃる通り、私はこういう地元のことを良く知りません。ですが、怒った女というのはどこの国でも同じだと思いますね」

しかし、ノーランは依然憂鬱そうで、心ここにあらずという風だった。

「まったく厭な声だし、厭な事件です」と彼は言った。「もしもこれが本当にプリンス・マイケルの最期だとしたら、ほかのいろいろなものの最後でもあるでしょう。精霊が憑いている時、彼は死人を梯子にして逃げるでしょうし、海が血でできていても、その海を歩いて渡るでしょう」

「あなたが神妙に怖がっておられるのは、それが本当の理由なんですか？」ウィルソンは少し嘲るように言った。

アイルランド人の青ざめた顔は、新たな激しい感情にかられて黒くなった。

「ロンドンっ子君、君がクラパム・ジャンクション[*5]で格闘したのと同じ数の人殺しに、私

＊4　アイルランドの妖精。旧家の人間が死ぬ前に泣き声を上げるという。
＊5　多くの線が接続するロンドン南西部の駅。

はクレア州で立ち向かっているんだ」

「静かにしたまえ」モートンが鋭く言った。「ウィルソン、君には上司の振舞いを疑うようなことを言う権利はない。彼がこれまでいつもそうだったように、君も勇敢で信頼できることを証明してくれると良いがな」

赤毛の男の青白い顔はさらに少し青ざめたようだったが、黙って、落ち着いていた。サー・ウォルターはことさら慇懃にノーランの方へ歩み寄ると、言った。「では、外へ出て、この仕事を片づけようか？」

日はすでに昇り、大きな灰色の雲と大きな灰色の荒地の間に、白く幅広い亀裂が入っていた。荒地の彼方に、例の塔が日の出と海を背景にして輪郭を截っていた。

その塔の飾り気なく原始的な形は、どことなく地球の黎明期を暗示していた。物の色合いすら創造られていなかった先史時代、雲と粘土の間に空白の陽の光しかなかった頃を。そういう燻んだ色彩を救っているのは、金色の一点だけだった。寂しい塔の窓にともり、だんだん明るくなる陽射しの中に光を放っている蠟燭の火だ。刑事の一団に警官たちの非常線が続いて、あらゆる逃げ道を遮断するべく半円形に広がって行った時、塔の明かりは一瞬動かされたかのように閃いて、それから消えた。中にいる男が、陽が射して来たのに気づいて、蠟燭を吹き消したのだと一同は思った。

「ほかにも窓があるんだろうな？」とモートンが言った。「それに、もちろん扉が、どこか角をまわったところに——もっとも、丸い塔に角はないが」

「もう一つ、ささやかな提案をいたしましょう」ウィルソンが静かに言った。「あのおかしな塔は私がこの地方へ来て最初に見たものですが、あれについて、いや、あれの外側についていて、もう少し言えることがあります。窓は全部で四つです。一つはこの窓から少し離れていますが、今は見えません。どちらも一階にあり、向こう側にある第三の窓もそうで、一種の三角形をなしています。ですが、四番目の窓は三番目の窓の真上にあり、二階に空いているんだと思います」

「ただの屋根裏みたいなところだよ。梯子で上がるんだ」とノーランが言った。「子供の頃、あそこで遊んだことがある。空っぽの貝殻にすぎんよ」そう言うと、彼の顔はいっそう悲しげになったが、おそらく、祖国の悲劇と自分がその中で果たす役割を考えていたのだろう。

「ともかく、あの男は机と椅子を持っているにちがいありません」とウィルソンが言った。「しかし、奴はきっとどこかの家から持って来たんでしょう。もし提案をさせていただけるなら、我々はいわば五つの入口から同時に近づくべきだと思います。我々のうち一人が戸口へ、あとの四人が窓へ行くんです。ここにいるマクブライドが二階の窓に上る梯子を持っております」

懶げな秘書ホーン・フィッシャー氏は著名な親類の方を向いて、初めて口を開いた。

「僕はどちらかというと、ロンドン下町派心理学に転向したくちです」とほとんど聞き取れない声で言った。

ほかの者はべつの形で同じ影響を感じているようだった。言われた通りのやり方で散り散りになり始めたからである。モートンはさっそく正面の窓――隠れた無法者が蠟燭を消したばかりとおぼしい窓に向かって行った。ノーランはもう少し西側にある隣の窓へ。一方、ウィルソンは梯子を持ったマクブライドを従えて、裏手の二つの窓の方へまわり込んだ。サー・ウォルター・ケアリー自身は、秘書を従えて唯一の扉に向かって歩いて行き、もっと普通のやり方で入れてもらうつもりだった。

「奴はもちろん武器を持ってるだろうな?」サー・ウォルターはさりげなく言った。

「誰に聞いても」ホーン・フィッシャーは答えた。「彼はたいがいの人間が拳銃でする以上のことを、蠟燭でできるそうです。しかし、拳銃を持っていることも、かなりたしかです」

そう言っているうちに、質問への答は轟音によって返って来た。モートンは一番近くの窓の前に陣取り、幅広い肩で窓をふさいでいた。その窓が一瞬、内部から赤い焰のような光に照らされたと思うと、雷鳴のような音が反響(こだま)した。四角張った両肩の形が変わったように見え、がっしりした身体が塔の下のぼうぼうに茂った草の中に崩れ落ちた。窓から小さな雲のような煙が漂った。うしろにいた二人の男がその場に駆け寄り、モートンを抱き起こしたが、すでに事切れていた。

サー・ウォルターは立ち上がって何か大声で叫んだが、またも銃声がして、その声は掻き消された。警察はすでに向こう側から仲間の仇を打っているのかも知れなかった。フィッシャーはすでに走って隣の窓へまわっており、彼が新たに驚きの叫びを上げたので、サー・ウォルターもそちらへ行った。アイルランド人の警官ノーランも倒れて、草の中に大きな身体を横たえ、草は血に紅く染まっていた。二人が駆けつけた時、まだ息はあったが、顔には死相が浮かび、もう駄目だと最期の仕草で伝え、切れぎれの言葉と英雄的な努力で、ほかの仲間が塔の裏側を取り囲んでいるから、そちらへ行くようにと促した。この立てつづけの衝撃に呆然として、二人の男はぼんやりとその仕草に従うしかなく、裏手の窓へ行ってみると、これほど決定的で悲惨ではないにしても、同じくらい驚くべき場面に逢着した。他の二人の警官は死んでもいないし致命傷も負っていなかったが、マクブライドは片脚が折れ、梯子の下敷きになって倒れていた。塔の上の窓から突き落とされたらしい。一方、ウィルソンはうつ向けに倒れ、赤毛の頭をエリンギウムの灰色と銀色の中に埋め、気絶したように身動きもしなかった。しかし、彼が無力状態に陥っていたのはほんの束の間だった。ほかの者が塔をまわって来る間に動き出し、立ち上がったのである。

「何とまあ、爆発のようだな」とサー・ウォルターは言った。実際、この桁外れの威力を言い表わすにはこの言葉しかなかった。たった一人の男が、同時に同じ小さな三角形の三辺で死か破壊をもたらしたのである。

ウィルソンは早くもよろよろと立ち上がり、拳銃を手に、素晴らしい気力で飛ぶように窓へ戻った。中に二発撃ち込むと、自分の立てた硝煙の中に見えなくなったが、ドスンという足音と椅子の倒れる衝撃から察するに、恐れを知らぬロンドンっ子はとうとう中に跳び込んだらしい。そのあと奇妙な沈黙が訪れ、サー・ウォルターは薄れゆく硝煙の中を窓まで歩いて行くと、古い塔のうつろな殻の中を覗き込んだ。そこには、あたりを睥睨(へいげい)しているウィルソン以外、誰もいなかった。

塔の内部はがらんとした一つの部屋で、白木の椅子と机があるだけだった。机にはペンとインク、紙と燭台が置いてあった。高い壁の半ばあたり、二階の窓の下に、木造りの粗末な壇があった。小さい屋根裏というよりも、大きな棚だった。そこへは梯子でしか上がれず、剝き出しの壁と同じくらい剝き出しに見えた。ウィルソンはこの場所の検分を終えると、机に近寄り、そこに置いてある物をじっと見つめた。それから、何も言わずに、大きい帳面の開かれたページを細い人差し指で示した。書き手は単語を書きかけて、急にやめていた。

「爆発のようだと私は言ったが」サー・ウォルター・ケアリがしまいに言った。「本当に、あの男自身、突然爆発してしまったようだな。しかし、どういうやり方をしたのか、塔を壊さないで自分だけ吹っ飛ばした。爆弾というよりも水泡(あぶく)みたいに破裂したんだ」

「塔よりも大事なものを壊しましたよ」ウィルソンが陰気に言った。

長い沈黙があり、それからサー・ウォルターがおごそかに言った。「さて、ウィルソン君、私は刑事ではない。だから、この不幸な出来事の結果、その方面の仕事は君に任されることになった。我々はみんなそうなった理由を嘆き悲しむものだが、私としては、この任務を遂行する君の能力に全幅の信頼をおくと言いたい。次にどうするべきだと思うかね?」

ウィルソンは意気消沈から立ち直ったように見え、これまで誰にも見せたことのない慇懃さで、相手の言葉に感謝の意を表した。それから、内部を調べるのを手伝わせるために警官を二、三人呼び入れ、残りの者は捜索隊として外を広く探させた。

「私の思いますに」とウィルソンは言った。「第一にやるべきなのは、この塔の内側を良くたしかめることとです。奴が外に出ることは物理的にほとんど不可能でしたからね。気の毒なノーランならバンシーを持ち出して、超自然の力によって可能だとでも言ったでしょう。しかし、私が事実を扱う時は、肉体を離れた霊魂などに用はありません。そして、私の目の前にある事実とは、梯子と椅子と机がある無人の塔なのです」

「降霊術師なら」サー・ウォルターは微笑(わら)って言った。「霊魂(スピリッツ)は机を大いに活用できると言うだろう」

「たぶんそうでしょう。酒精(スピリッツ)が机の上に、壜の中に入っていれば」ウィルソンは青ざめた唇を歪めて、こたえた。「このあたりの人間がアイルランドのウイスキーでへべれけになれば、そんなことを信じるかもしれません。この国の連中は少し教育する必要があると思いますな」

ホーン・フィッシャーの重い目蓋が、持ち上がろうと弱々しい努力をして顫えた。まるで刑事の軽蔑したような口調に、怠惰な抗議を試みようとしているようだった。

「アイルランド人は霊魂を信じていますから、降霊術なんか信じませんよ」と彼はつぶやいた。「かれらは霊魂のことを知りすぎています。霊魂を呼べばやって来るという子供みたいに単純な信仰は、あなたのお好きなロンドンへ行けば見つかりますよ」

「どこだろうと、そんなものを見つけたくはありませんな」ウィルソンは素っ気なく言った。「私が相手にしているのは、あなたのおっしゃる単純な信仰よりもずっと単純なものなんです。机と椅子と梯子ですよ。さて、私がまず言いたいのは、こういうことです。三つとも、白木で粗削りに作ってあります。ですが、机と椅子はかなり新しいし、割合にきれいです。梯子は埃だらけで、一番上の段の下に蜘蛛の巣が張っています。ということは、奴は我々が考えた通り、最初の二つを最近どこかの家から借りて来たんです。しかし、梯子はこの腐った古いゴミ箱に長い間置いてあったのです。たぶん、元々あった家具の一つだったんでしょう。このアイルランドの王様たちの豪壮な宮殿にある、先祖伝来の宝です」

フィッシャーはまた目蓋の下でウィルソンを見たが、眠くて口を利けないようだった。

ウィルソンは議論をつづけた。

「さて、この場所でたった今じつに奇妙なことが起こったのは明らかです。十中八九、それはこの場所と特別な関係があるように、私には思われます。ことによると、奴がここへ来たのは、ここでしかそれが出来ないからかもしれません。ほかの点では、あまり魅力ある場所とは思えませんからね。しかし、あの男はここを昔から知っていました。ここはあいつの一族のものだったそうじゃありませんか。ですから、どう考えても、この塔の構造自体に何かがあると思えるんです」

「君の推論は見事だと思うが」注意深く耳を傾けていたサー・ウォルターが言った。「しかし、それは一体何だろう?」

「梯子のことを言ったわけはおわかりでしょう」刑事は話をつづけた。「あれはここにある唯一の古い家具で、ロンドンっ子の私の目に最初に留まったものです。しかし、ほかの物もあります。あの屋根裏はいわば材木のない材木部屋です。私の見た限りでは、ほかのすべての物と同様空っぽですし、実際のところ、あそこに梯子を掛けても何の役に立つのかわかりません。この一階には何も異常は見あたらないので、あそこを調べてみる価値がありそうです」

彼は腰かけていた机(ただ一つの椅子はサー・ウォルターに譲っていた)から元気良く

立ち上がると、素早く梯子を駆け上って、上の壇へ上がった。ほかの者もすぐあとに続いたが、しんがりのフィッシャー氏はかなり無関心な様子に見えた。

　しかし、この段階で、一同は失望を味わうことになった。ウィルソンはテリア犬のように隅々に鼻を突っ込んで嗅ぎまわり、まるで蠅のような姿勢（かっこう）をして天井を調べた。だが、三十分経っても、いまだに手がかりがないことを認めねばならなかった。サー・ウォルターの個人秘書は場所柄もわきまえず、ますます眠気がさして来たようで、梯子を登って来たのも最後だったが、今は下りる元気さえなさそうだった。

「来たまえ、フィッシャー」他の全員が階下（した）に戻ると、サー・ウォルターが呼びかけた。「この塔全体を取り壊して、何でできているかを調べるべきかどうか考えなければならん」

「今行きます」頭上の棚から声がした。その声は何となく言葉にならぬあくびのようだった。

「何をぐずぐずしているんだ？」サー・ウォルターがじれったそうに言った。「何かそこに見えるのかね？」

「そうですね、ある意味では」声は曖昧にこたえた。「実際、これではっきり見えて来ましたよ」

「何がですか？」机に腰かけて所在なく踵（かかと）を蹴っていたウィルソンが、鋭くたずねた。

「その、人間ですよ」とホーン・フィッシャーは言った。

ウィルソンは蹴落とされたように、テーブルから跳び下りた。

「どういう意味です？　どうして人間が見えるんですか？」

「窓から見えます」秘書は穏やかにこたえた。「荒地を横切って来るのが見えます。ひらけた野原を一直線に、この塔へ向かって来ます。我々に表敬訪問をしたいようですね。あれが誰に見えるかを考えると、我々は全員、戸口で出迎えた方が礼儀にかなっているでしょう」秘書はそう言って、悠然と梯子を下りて来た。

「誰に見えるというんです！」ウィルソンは驚いて相手の言葉を繰り返した。

「あなた方がプリンス・マイケルと呼ぶ人物だと思うんですが」フィッシャー氏は気軽に言った。「実際、そう確信しています。警察の人相書きを見たことがありますからね」

死んだような沈黙があり、サー・ウォルターの平常は冷静な頭脳も風車のようにクルクル回っているようだった。

「しかし、馬鹿な」彼はしまいに言った。「たとえ、あいつが自分で起こした爆発で、どの窓も通り抜けずに半マイル先へ吹っ飛んで、野原を歩く力がまだ残っているとしてもだ――そうだとしても、なぜこっちへ歩いて来なければならんのだ？　殺人者は一般に犯行現場をふたたび訪れるが、こんなに早くはないぞ」

「彼はまだここが犯行現場であることを知らないんです」とホーン・フィッシャーは答えた。

「一体全体、どういう意味だ？　あいつはそんなにうっかり屋だというのかね」

「本当のことを言いますとね、ここは彼の犯行現場じゃないんです」フィッシャーはそう言うと窓に近寄って、外を見た。

またも沈黙が訪れ、やがてサー・ウォルターが静かに言った。「おまえは何を考えているんだね、フィッシャー？　あの男が囲みを破って逃げ出した方法について、新説を思いついたのかね？」

「逃げたりしなかったんです」窓際の男はふり返りもせずに答えた。「囲みの外に逃げたりはしませんでした。なぜなら、囲みの中にいなかったからです。彼はこの塔の中にいなかったんです。少なくとも、我々が塔を取り囲んでいた時は」

彼はふり向いて窓によりかかったが、いつものように大儀そうな物腰だったにもかかわらず、影になったその顔は少し青ざめているように思われた。

「僕は塔までまだ来ないうちから、その種のことを想像しはじめたんです」と彼は言った。「蠟燭が消える前にパッと光って揺らめきましたが、あれに気がつきませんでしたか？　僕は蠟燭が燃え尽きる時、焰が最後に燃え立っただけだとほとんど確信していました。それから、この部屋へ入って来て、あれを見ました」

フィッシャーは机を指さした。サー・ウォルターは息を呑んで、己の不明を忌々しがった。燭台の蠟燭は明らかに燃え尽きてなくなっており、彼を少なくとも精神的には暗中に置き去りにしたからである。

「そうすると、一種の数学的な問題があります」フィッシャーはぐったりとうしろに寄りかかって、剝き出しの壁を見上げていた。そこに想像上の図形を描いてでもいるかのようだった。「三角形の真ん中にいる人間が、三辺すべてを向くことはそう簡単ではありません。しかし、第三の角にいる人間が同時に他の二つの角に向くことは、もっと容易です——ことに、その二つが二等辺三角形の底角である場合は。幾何学の講義みたいに聞こえたら、すみませんが——」

「そんな話をうかがっている暇はないと思いますが」ウィルソンが冷ややかに言った。

「もしあの男が本当に戻って来るなら、私はただちに命令を出さねばなりません」

「それでも、話をつづけようと思います」フィッシャーは傲然と落ち着き払って、天井を見つめながら言った。

「フィッシャーさん、私としては、私の流儀で調査を行わせていただきたいのです」ウィルソンはきっぱりと言った。「今は私がこの件を指揮しておりますので」

「その通りです」ホーン・フィッシャーは小声で、しかし、なぜか聞いた者がゾッとするような口調で言った。「そうです。でも、それはなぜですか？」

サー・ウォルターはまじまじと彼を見ていた。ふだん怠惰な若い友がそんな顔をしているのを、今まで見たことがなかったからだ。フィッシャーは目蓋を上げてウィルソンを見ており、その眼は、鷲の眼のように薄膜を落としたか、引っ込めたようだったからだ。[*6]

「なぜ、あなたは今指揮をとっているんです？」とフィッシャーはたずねた。「なぜ、あなたは今自分の流儀で調査を行えるんです？　上役がここにいて、あなたのすることに干渉しなくなったのは、どうしてなんでしょう？」

　誰も口を利かなかった。いつになったら誰かが落ち着いて口を利けるようになるか、誰にもわからなかった。その時、外から物音が聞こえた。塔の扉を叩く重いうつろな音で、奇妙なことに、動揺した一同の心には破滅を告げる槌の音のように響いた。

　塔の木戸は、それを叩いた手によって、錆びた蝶番を軸に動かされ、プリンス・マイケルが部屋へ入って来た。彼が誰かを疑う者はいなかった。身軽な服は冒険のために擦り切れていたけれども、気障なくらい立派な仕立てだったし、先の尖った皇帝髭を生やしていて、これもおそらくルイ・ナポレオンの真似だったが、お手本よりも彼の方がずっと背が高く、優雅だった。誰かが物を言う前に、彼はささやかな、しかし堂に入った歓待の身ぶりをして、みなを一瞬黙らせた。

「紳士諸君」と彼は言った。「ここも今では粗末な場所だが、諸君を心から歓迎する」

　ウィルソンが最初に落ち着きを取り戻し、新来者に一歩進み寄った。

「マイケル・オニール、フランシス・モートンとジェイムズ・ノーラン殺害の容疑で、国王陛下の名に於いて逮捕する。私の義務として警告しておくが――」

「いけません、ウィルソンさん」フィッシャーがいきなり叫んだ。「三度目の殺人はさせませんよ」

サー・ウォルター・ケアリーは椅子から立ち、椅子は大きな音を立ててうしろに倒れた。

「これはどういうことなんだ？」彼はうむを言わせぬ態度で、大声を上げた。

「つまり」とフィッシャーが言った。「この男、フッカー・ウィルソンは、あの窓から首を突っ込むや否や、ほかの二つの窓から首を突っ込んだ二人の同僚を、空っぽの部屋ごしに撃ち殺したんです。それが僕の言いたいことです。おたしかめになりたければ、彼が何回銃を撃ったはずか数えて、それから、拳銃に残っている弾を数えてごらんなさい」

ウィルソンはまだテーブルに腰かけていたが、突然手を伸ばし、傍らにあった武器を取ろうとした。しかし、次に起こったことは誰も予期していなかった。戸口に立っていたプリンスが、彫像のごとき威厳からいきなり曲芸の素早さに変わって、刑事の手から拳銃をもぎ取ったのだ。

「犬め」と彼は叫んだ。「してみると、おまえはイングランドの真実の典型だな——俺がアイルランドの悲劇の典型であるように。俺を殺すために同胞の血の中を渡って来るとはな。もしかれらが山で争って死んだなら、人殺しと呼ばれるだろうが、それでもおまえの

＊6　鷲の目には瞬膜という組織があり、目を覆ったり隠れたりする。

罪は赦されるかもしれん。だが、無実の俺は、御丁寧な形式を踏んで殺されるところだった。長々と演説が行われ、辛抱強い判事たちは俺の無実の訴えに耳を傾けて、俺の絶望を書き留めるが、少しも意に介さないだろう。そうだ、それこそ俺が暗殺と呼ぶものだ。だが、殺すことは殺人でないこともあり得る。この小さい銃には弾が一発残っていて、それをどこに撃ち込むべきか俺は知っている」

ウィルソンは机の上で素早くふり向き、ふり向きながら苦悶に身をよじった。彼が坐っている間に、マイケルが身体を撃ち抜いたので、彼は材木のように机から転げ落ちた。警官たちが飛んで行って彼を抱き起こした。サー・ウォルターは言葉もなく立っていた。それから、ホーン・フィッシャーが奇妙な気怠(けだる)げな仕草をして、言った。

「あなたは本当にアイルランドの悲劇の典型だ。まったく正しいが、悪者になっている」

プリンスの顔はしばし大理石のようだった。やがて、その目に絶望の光に似ていなくもない光が射した。彼は突然笑い出し、煙の出ている拳銃を床に放り投げた。

「たしかに俺は悪者だ」と彼は言った。「俺は罪を犯した。俺と俺の子供たちに呪いをもたらして当然の罪だ」

ホーン・フィッシャーはこの突然の悔悟の言葉に完全には納得していないようだった。彼は相手をじっと見ていたが、低い声でこう言っただけだった。「何の罪のことを言ってるんです？」

「イングランドの司法を助けてしまった」とプリンス・マイケルはこたえた。「おまえたちの国王の警官の仇を討った。あいつの絞首人の仕事をしてしまった。その罪で、本当に絞首刑に値する」

そして彼は警官たちの方をふり返り、一つの仕草をした。それは投降するというよりも、逮捕しろと命ずるようだった。


これは後年、ホーン・フィッシャーが記者のハロルド・マーチに、ピカデリーの近くの小さいが贅沢なレストランで聞かせた話である。彼は「標的の顔」と自ら名づけた事件のしばらくあとで、マーチを晩餐に招いた。話は自ずからその事件に及び、そのあとフィッシャーのもっと昔の思い出に、そして彼がプリンス・マイケルの一件のような問題を研究するに至ったいきさつに話題が移った。ホーン・フィッシャーはあの事件の時より十五歳年老っていた。薄い髪の毛は前が禿げ上がり、ほっそりした手は気取りよりも疲労のために垂れていた。彼が若い時アイルランドでした冒険を語ったのは、それが初めて犯罪と接した——あるいは、犯罪というものがいかに隠密に、恐ろしく法とからまることがあるかを知った機会の記録だからだ。

「フッカー・ウィルソンは僕が初めて出逢った犯罪者だった。そして警官だった」フィッシャーはワイングラスをいじりながら説明した。「それに僕の一生はずっと、こういう混ぜこぜのものだったんだ。奴は本当の才能の持主で、たぶん天才だったろうし、刑事としても犯罪者としても十分研究に値した。あいつの白い顔と赤い髪はあいつを良く表わしていた。冷たいが、功名心に燃える人間だったからだ。彼は怒りを抑えられても、野心は抑えられなかった。あの最初の口論で上役にけんつくを食らわされた時、内心憤怒に煮えたぎっていたが、ぐっとこらえた。しかし、二つの黒い頭が夜明けの空を背にして、二つの窓の中に突然あらわれた時、彼は好機を逃すことができなかった。それは仕返しだけじゃなく、昇進を妨げる二つの障碍を取り除く好機でもあったんだ。彼は必殺の狙撃手だったから、二人の口をふさぐ自信があった。もっとも、いずれにしても彼に不利な証拠を持ち出すのは難しかったろうがね。しかし、ノーランに関していうと、危いところだったんだ。ノーランは臨終（いまは）の際（きわ）に『ウィルソン』と言って指さした。僕らは仲間を助けてくれという意味だと思ったが、本当は殺人者を告発していたんだ。そのあとは簡単だった。頭の上にかかっていた梯子を倒して（梯子を登っている男には、真下や背後にあるものがはっきり見えないからね）、惨事のもう一人の犠牲者であるかのように、床に身を投げ出したんだ。

　しかし、殺人をも辞さない彼の野心には、自分の才能だけではなしに、自分の理論への信念も混じっていた。彼は斬新な目と称するものを信じていて、斬新な方法を用いる機会を窺（うかが）っていた。彼の意見には一理あったが、そういうものがたいてい失敗するところで失敗した。なぜなら、斬新な目であっても、見えないものは見えないからだ。梯子と案山子に関してはあたっていても、生命と魂に関しては、そうではない。彼は、マイケルのような男が女の悲鳴を聞いたらどうするかということについて、ひどい間違いを犯した。マイケルはほかならぬ虚栄心と自惚(うぬぼ)れのために、すぐさま外にとび出した。御婦人の手袋のためならダブリン城へでも入って行っただろう。気取りと呼ぼうと何と呼ぼうと勝手だが、ともかく彼はそうしたろう。女と会ってどうなったかはまたべつの話で、我々には知るすべもない。しかし、その後聞いた話からすると、二人は仲直りしたようだね。ウィルソンはそこのところを間違っていたが、それでも、新しく来た者には一番多くのものが見えるし、その場にいる人間は多くを知りすぎて何もわからないという、あいつの考えには一理あるよ。彼はいくつかのことに関して正しかった。僕に関しては正しかった」

「君に？」とマーチはたずねた。

「僕は知りすぎて何もわからない――少なくとも、何もできない男だ」とホーン・フィッシャーは言った。「アイルランドのことをとくに言ってるんじゃない。英国のことを言ってるんだ。我々が統治されている手法全体、おそらく、我々を統治し得る唯一の手法について言ってるんだ。あの悲劇の生き残りはどうなったかと、君はさっき訊いたね。うむ、ウィルソンの傷は癒えて、我々は彼を説得して退職させた。しかし、あの忌まわしい人殺しに、英国のために闘ったどんな英雄よりも多額の年金を払わねばならなかった。僕はマイケルを最悪の事態から救うことができたが、我々はまったく無実の人間を、彼がけしてやっていないと知っている犯罪のために、懲役に送らねばならなかった。もっとも、あとで脱獄するのをこっそり見逃してやることはできたがね。サー・ウォルター・ケアリーはこの国の首相だが、彼の部局であんなひどいことが起こったと真相を知られたら、けして首相になれなかっただろう。アイルランドでの我々の立場はまったくおしまいになったかもしれない。きっと、彼もおしまいになっただろう。あの人は父の旧友で、昔から僕にすごく親切にしてくれた。わかるだろう。僕はいろんなことに関わりを持ちすぎているし、そうしたことを正すために生まれて来たわけじゃない。君は呆れたとは言わないまでも、胸が痛むような顔をしているが、僕は少しも気を悪くしないよ。よかったら、ぜひ話題を変えようじゃないか。このバーガンディーをどう思うかね？　このレストランもそうだが、僕のちょっとした発見なんだ」

そう言うと、彼は世界中の葡萄酒(ぶどうしゅ)について豊かな蘊蓄(うんちく)を傾けた。道学者先生ならば、この話題についても知りすぎていると考えることだろう。

少年の心

その日の旅の途方もないジグザグの道程を示すには、大型のロンドン地図が必要となるだろう。旅をしたのは伯父と甥――いや、もっと正確に言えば、甥とその伯父だった。というのも、休日の学校生徒であるその甥は、理屈から言うと、自動車や、タクシーや、地下鉄等々に乗った神であったのに対し、伯父はせいぜいのところ、彼の前で踊りをおどり、犠牲を捧げる祭司にすぎなかったからである。もう少し真面目に言えば、この生徒には大周遊（グランド・トゥアー）*1をしている若き公爵のごとき平然たる様子があったのに対し、年輩の親戚は旅行案内人の地位に落とされていて、そのくせ、保護者のように費用（かかり）を一切払わねばならないのだった。この少年は、公式にはサマーズ弟（マイナー）*2として知られ、社交的にはスティンクスとして知られていた。後者は、素人写真家および電気技師としての彼の経歴に対して、

*1　十七、八世紀、上流子弟が成年に達すると、ヨーロッパ周遊旅行をしたことを言う。
*2　兄弟が同じ学校に学んでいる時、弟の方を minor（マイナー）と言う。

人々が贈った唯一のものだった。伯父はトマス・トワイフォード師という痩せて活発な老紳士で、赤い元気そうな顔をしていたが、髪の毛は真っ白だった。教会考古学者の小さな仲間内——お互いの発見を理解できる唯一の人々の間——では一目おかれていた。もののわかった人なら、その日の旅行にも、甥の休日の楽しみと少なくとも同じくらいは、伯父の趣味を見出したであろう。彼のもともとの目的はまったく父親的な、お祭気分のものだった。しかし、多くの知的な人間と同様、子供を喜ばせる玩具で自分が遊ぶという弱点を彼も持ち合わせていた。彼の玩具は王冠や、司教冠や、牧杖（ぼくじょう）[*3]や、御剣[*4]であって、彼は少年にロンドンの名所を全部見せてやらねばならないと思いつつ、そうした物の前に長々ととどまっていた。そしてお茶の時間に途方もない御馳走を食べてから、一日の終わりに、自分本位の誘惑に負けて、いかなる少年も興味をおぼえるはずのない場所へ行ってしまった。最近、テムズ川北岸にかつて礼拝堂だったとおぼしい地下室が発掘された。そこには一枚の古い銀貨以外、文字通り何もないが、そこへ行ったのである。とはいえ、その硬貨は、知る人にとってはコ・イ・ヌール[*5]よりも珍しくて素晴らしい物だった。ローマ時代の貨幣で、聖パウロの頭が彫ってあると言われ、これをめぐっては、古（いにしえ）のブリタニアの教会に関する激烈な論争が繰り広げられた。しかしながら、その論争にサマーズ弟は今ひとつ冷淡だった。

実際、サマーズ弟の興味を惹くものも惹かないものも、伯父を何時間も当惑させ、面白がらせた。少年はイギリスの学校生徒らしい、驚くばかりの無知と驚くばかりの知識——特別な範疇の知識で、それに関しては一般に年長者の誤りを正し、やっつけることができる——を有していた。彼は休日になれば、ウルジー枢機卿[*6]やオレンジ公ウィリアム[*7]の名前すら忘れる権利を、ハンプトン・コート[*8]で与えられるものと考えていたが、近所のホテルの呼鈴の配電に関する細部を見はじめると、そこから容易に連れ去ることができなかった。ウェストミンスター寺院を見せられた時は茫然としたが、あの教会は十八世紀の大きくて、あまり出来の良くない彫像の物置になっているから、無理もあるまい。しかし、ウェストミンスターの乗合いバス、いや、それのみかロンドンの乗合バスの系統全体について、魔

＊3　司教・主教が儀式の時に持つ杖。
＊4　式典の際、国王の前に捧げ持つ宝剣。
＊5　数多くの伝説のまつわるインド原産のダイヤモンド。ヴィクトリア女王に献上され、現在英国王室が所蔵している。
＊6　トマス・ウルジー（1450-1530）。イギリスの聖職者・政治家。ヘンリー八世の信任を得て権力を握ったが、のちに失脚した。
＊7　名誉革命によって即位したイングランド王ウィリアム三世（1650-1702）。
＊8　ロンドン南西にある旧王宮ハンプトン・コート宮殿のこと。ウルジー枢機卿はここに住んでいたことがある。有名な迷路があり、十九世紀以来一般公開されている。

法のような詳しい知識を有しており、それらのバスの色やナンバーを、紋章係が紋章を知るように知悉(ちしつ)していた。浅緑のパディントンのバスと濃緑(こみどり)のベイズウォーターのバスをちょっとでも混同したら、彼は非難の叫びを上げるだろう。それはちょうど、彼の伯父がギリシャの聖像(イコン)とローマの彫像を間違えた人に対する態度と同じだった。

「おまえはバスを切手みたいに集めているのかね？」と伯父はたずねた。「すると、かなり大きなアルバムになるにちがいないね。それとも戸棚に入れておくのかね？」

「頭の中に入れておくんです」甥は然(しか)るべききっぱりした口調で、こたえた。

「たしかに、それは賢明だな」と聖職者は言った。「よりによってそういうことをおぼえる目的は何かと訊いても、無駄だろうな。それで身を立てられるとはとても思えん。年中舗道に立って、バスを乗り間違えそうなお婆さんたちに助言してやることができるなら、べつだがね。ともかく、このバスから降りなきゃならん。ここがわしらの行先だからね。おまえに〝聖パウロの一文銭〟と呼ばれるものを見せてやりたいんだ」

「聖(セント)ポール寺院みたいなもの？」若者は諦めてそうたずね、二人は下車した。

入口のところで、二人は奇妙な人影に目を引かれた。その人物もそこへ入りたがってウロウロしているらしい。色の浅黒い、ほっそりした男で、カソックに似た長い黒衣をまとっていたが、頭にかぶった黒い縁なし帽は、ビレッタ[*9]にしては妙な格好だった。むしろ、ペルシアかバビロンの古い頭飾りを思わせた。男は顎の両隅だけに見える奇妙な黒い顎鬚を生やしていた。大きな目は妙な具合に顔の中に埋まっていて、古代エジプトの絵に描かれた横向きの顔の平板で装飾的な目に似ていた。二人が全体的な印象以上のものを感じ取らないうちに、男は二人の終着点でもある戸口の中へもぐり込んだ。

沈み込んだ聖所の地面の上には、頑丈な木造の小屋しか見えなかった。近頃、さまざまな軍事目的や公の目的のために急造される種類の小屋で、木の床は、下に掘った穴の上に足場を掛け渡したにすぎなかった。外に兵隊が一人見張りに立っており、中にはもっと位の高い軍人、インド帰りの立派な将校が机に向かって書き物をしていた。実際、観光客たちはやがて、この名所がいとも尋常ならざる備えに囲まれていることに気づいた。筆者は彼の銀貨をコ・イ・ヌールにたとえたが、ある意味で、それはこの国に古来伝わる宝と比較することもできたのだ。なぜなら、歴史の偶然によって、一時は戴冠用宝玉の一つに、少なくとも宝器類の一つに数えられていたからである。ところが、王子の一人が公然とそれをもとあったと思われる神殿に返したのだ。ほかの理由もいろいろあって、公の監視の目がこの硬貨に集まった。近頃はスパイが小さな物品に爆発物を入れて持ち運ぶことへの不安があり、官界に波のごとく打ち寄せる実験的な命令の一つが、最初は次のことを布告した——訪問者はみな公的な懺悔服のようなものに着替えよ、というのである。それから

*9　聖職者がかぶる四角い帽子。

(このやり方では苦情が来たので)、少なくともポケットを裏返して見せよということになった。警備責任者のモリス大佐は小柄で活発な男で、いかめしい、がさがさした顔をしているが、眼は生き生きしてユーモアを湛え、行動に裏づけられた矛盾とも言うべき人物だった。彼は防衛措置を嘲笑うと同時に、それを要求したからである。

「わしには〝パウロの一文銭〟だか何だか、そんな物はどうだって良いんですよ」彼は多少顔見知りの聖職者が考古学的な話をはじめると、そう答えた。「しかし、わしは国王陛下の制服を着ているし、国王の叔父君が手ずからここに物を置かれて、わしに警備させるとなると、疎かな真似はできません。だが、聖者だの遺物だのといったものに関しては、わしは少しばかりヴォルテール流でね――あなた方が懐疑主義者と呼ぶものなんです」

「王室（ロイヤル・ファミリー）の存在は信じるのに聖家族（ホーリー・ファミリー）の存在を信じないというのは、懐疑主義であるかどうかも怪しいと思いますが」とトワイフォード氏は答えた。「しかし、もちろん、爆弾を持っていないことを示すために、ポケットを空にするのは造作もないことです」

牧師がテーブルの上に積み上げた持ち物の小さな山は、主として紙と、大切なパイプと煙草入れ、そしてローマ時代とサクソン時代の硬貨から成っていた。残りは古書のカタログと、「ソールズベリー式典礼」[*10]と題する小冊子の類で、大佐も甥も一目見ただけでたくさんだと思った。少年のポケットの中身は、当然のことながらもっと大きな山となって、おはじきや丸めた紐、懐中電燈、磁石、小さいパチンコ、それにもちろん大きなポケット・ナイフが含まれており、小さな道具箱と言っても良いくらいだった。彼がとくに気に入っているらしい複雑な装置が一つあって、少年の説明によると、それには釘抜きと木に穴を空ける道具、そして何よりも大切な、馬の蹄に挟まった石を取る器具が含まれていた。少年は馬がいないことをあまり意に介さないようだった――馬などはいつでも手に入る付属品にすぎないかのように。しかし、黒いガウンを着た紳士の番になると、ポケットの中身を見せず、両手を広げただけだった。

「持ち物はありません」と彼は言った。

「ポケットを空にして、証明していただきましょう」大佐はぶっきら棒に言った。

「ポケットがないんです」と見知らぬ男は言った。

トワイフォード氏は玄人の目で長く黒いガウンを見ていた。

「あなたは修道士なんですか？」彼は合点がゆかぬようにたずねた。

「私はマグスです」と見知らぬ男は答えた。「たぶん、マギ[11]という名は聞いたことがおあ

＊10　十一世紀にソールズベリー司教聖オズマンドが定めた典礼。のちに英国全土で行われたが、宗教改革後に廃された。

＊11　ラテン語でマグスの複数形。本来ゾロアスター教徒を言ったが、古代ギリシア以来魔術師の意味になった。「マタイ伝」の中で幼子イエスを崇めに来た東方の三博士は（ギリシア語の複数形で）マゴイと呼ばれている。

りでしょう。私は魔術師（マジシャン）なのです」

「へえっ！」サマーズ弟が目を突き出して、叫んだ。

「しかし、かつては修道士でした」と男は語りつづけた。「私は逃亡修道士と言われるものです。然（しか）り、私は永遠へ逃げ出したのです。しかし、修道士たちは少なくとも一つの真実を知っていました。至高の生活は持ち物を持たぬ生活だということです。私はポケット・マネーもポケットも持っていませんが、すべての星が私の装身具なのです」

「いずれにしても、星には手がとどきませんよ」モリス大佐はその方が結構だとでも言いたげな口調で言った。「わしもインドで大勢の魔術師を知っていました。マンゴーの木だとか、ですな。だが、誓って申しますが、インドの魔術師はみんなイカサマですぞ。実際、あいつらのペテンを暴くのは、随分面白かったですよ。ともかく、この退屈な仕事よりは面白かった。だが、サイモンさんが来ました。あの人が地下の古い部屋を案内してくれます」

　公式な管理人兼案内人であるサイモン氏はまだ若い男だったが、早々と白髪になって、真面目そうな口元がごく小さな黒い口髭と奇妙な対照をなしていた。蠟で固めた口髭の先は、何かそこだけが独立しているように見えた——まるで黒い蠅が顔にとまったかのようだった。彼はオックスフォード出の常任公務員といった言葉遣いだったが、やる気のない雇われ案内人のように退屈なしゃべり方をした。一同は暗い石の階段を下り、階段の下でサイモンがボタンを押すと、扉が開いた。その向こうは暗い部屋、というより、ついさっきまで暗かった部屋だった。重い鉄の扉が大きく開くのとほぼ同時に、目も昏むような電燈の光が室内を満たしたからである。スティンクスの気まぐれな熱狂にたちまち火がつき、彼は照明と扉が連動しているのかと熱心にたずねた。

「そうです。みんな一つの仕掛なのです」とサイモンがこたえた。「すべて殿下があれをここにお預けになった日のために備えつけられました。御覧下さい、あれはガラス・ケースの向こうに、殿下が置かれた時そのままに保管されています」

宝物を護る設備は、実際、単純だが強固なものであることが一目で見て取れた。この部屋は、岩壁と頭上の木の屋根に鉄の骨組が埋め込まれているが、その一隅にガラス板が嵌めてある――それがガラス・ケースだった。このケースをもう一度開けるには面倒な作業をしなければならず、そうかといってガラスを破れば、たぶん夜警が目を醒ますだろう。夜警は常時、たとえ寝ている時でも、宝物から二、三フィートと離れていない場所にいるのである。仔細に調べれば、ほかにも多くの巧妙な安全装置のあることがわかっただろうが、少なくともトマス・トワイフォード師の目は、それよりずっと関心を惹くものにすでに釘づけになっていた。それは白い光を照てられて、無地の黒い天鵞絨を背景に輝いている、鈍い色の銀の円盤だった。

「〝聖パウロの一文銭〟は、聖パウロがブリテン島を訪れたことを記念するものと言われ、おそらくこの礼拝堂に八世紀まで保管されていました」サイモンは、澄んでいるが生彩を欠いた声で言った。「九世紀になって蛮族に持ち去られたと考えられていますが、北方ゴート族の改宗のあと、ゴートランドの王家の持物の中にふたたび姿を現わします。ゴートランド公殿下はこれをいつも御自身で管理しておられましたが、公開すると決定なさった時、手ずからここに置かれたのです。宝物はただちに、こうして封印されました――」

　不幸なことに、この時、九世紀の宗教戦争から少しく興味の逸れていたサマーズ弟は、壁の壊れたところに短い電線が出ているのに目を留めた。彼はまっしぐらにそこへ駆け寄り、大声で言った。「ねえ、あれは接続してるんですか?」

　接続していることは明らかだった。少年がその線をぐいと引っぱったとたん、まるで一同の目が突然見えなくなったかのように、部屋中が真っ暗になり、次の瞬間、扉が閉まる鈍いドシンという音が聞こえたからだ。

「おや、やってしまいましたね」サイモンが持ち前の落ち着いた様子で言った。それから少し間をおいて、言い足した。「遅かれ早かれ我々が出て来ないことに気づくでしょうし、扉はきっと開けてもらえますよ。でも、しばらく時間がかかるでしょうねえ」

　沈黙があり、それから不屈のスティンクスが言った。

「畜生、懐中電燈を置いて来たのが悔やしいなあ」

「思うに」伯父は自制して言った。「おまえが電気に興味を持っていることは、よくわかったよ」

それから、少し間をおいて、もっと機嫌良く言った。「私自身の手荷物の中で今欲しいものがあるとすれば、パイプだな。もっとも、暗闇で煙草を吸ってもあまり美味(うま)くはないが。暗闇では何もかもちがって見えるからな」

「暗闇では何もかもちがいますよ」と第三の声が言った。自称魔術師の声だった。非常に音楽的な声で、今は見えない無気味な浅黒い顔とは対照的だった。「それがいかに恐ろしい真実であるか、あなた方はたぶん御存知ないでしょう。あなた方の見ているものはすべて、人の顔も、家具も、花も、木も、陽の光が描いた絵なのです。物それ自体は、あなた方にとって非常に奇妙であるかもしれない。テーブルや椅子が見えたところに、今はほかの何かが立っているかもしれない。友達の顔も闇の中では全然ちがうかもしれない」

　短く、何とも形容し難い物音が静寂を破った。トワイフォードは一瞬ビクッとして、それから鋭く言った。「こんな時に子供を脅(おど)かすのは適当でないと思いますが」

「誰が子供なの？」サマーズが怒って言った。その声には雄鶏の鳴き声のようなところもあったが、急に声変わりがしたようでもあった。「それに誰が臆病者なの？　僕じゃないよ」

「それなら、私は黙っていましょう」ともう一つの声が言った。「ですが、沈黙はものを造りもすれば、壊しもするんです」

求められた沈黙は長いこと破られなかったが、しまいに聖職者が小声でサイモンに言った。「空気は大丈夫でしょうな？」

「ええ」と相手は大きな声でこたえた。「事務室の扉のそばに、暖炉と煙突があります」

飛び跳ねるような音と椅子が倒れる音がして、抑え難き若者がまたもや部屋を横切ったことがわかった。突然大声が聞こえた。「煙突だ！　ようし、僕が――」そのあとはくぐもった、しかし嬉しげな叫び声になった。

伯父は何度も呼びかけたが返事がなかったので、とうとう手探りで暖炉の口まで行った。見上げると、丸い日影がチラリと見えたので、逃亡者は無事姿を消したらしい。伯父はガラス・ケースのそばにいる人々の方へ戻る時、倒れた椅子につまずいて、気を取り直すのにしばらくかかった。サイモンに話しかけようとして口を開いたとたん、また口をつぐみ、白い光に目が昏んで瞬(まばた)きをしていた。もう一人の男の肩ごしに、扉が開いているのが見えた。

「それじゃ、やっと我々のことがわかったんですな」彼はサイモンに言った。

黒い長衣をまとった男は数ヤード離れた壁に寄りかかり、顔には微笑が刻まれていた。

「やあ、モリス大佐が来たぞ」トワイフォードはまだサイモンに向かって話していた。

「誰かが電燈の消えたわけを言わなけりゃならん。あなた、言ってくれませんか？」

しかし、サイモンは依然無言だった。彫像のように身じろぎもせず突っ立って、ガラスの仕切りのうしろにある黒い天鵞絨を見ていた。黒い天鵞絨を見ていたのは、ほかに見る物がなかったからだ。〝聖パウロの一文銭〟は消えていたのである。

　モリス大佐は二人の新客を連れて部屋へ入って来た。二人はおそらく、この事故のために待たされた新しい観光客であろう。前にいるのは背が高く、金髪の、少し懶げな様子をした男で、額が禿げ上がり、鼻梁が高かった。その連れはもっと若い男で、明るい巻毛の髪と、率直で無邪気と言っても良い眼をしていた。サイモンには新しく来た人々の声も聞こえないようだった。明かりが点いたために、屈み込んだ自分の姿勢が丸見えになっていることにも気づかないようだった。やがてうしろめたそうにハッとして、二人のよそ者のうち年上の男を見ると、青ざめた顔がさらに少し青ざめたようだった。

「おやおや、ホーン・フィッシャーじゃないか」それから少し間をおいて、小声で言った。

「僕はおそろしく困ってるんだ、フィッシャー」

「解かなければいけない謎が少しあるようだね」フィッシャーと呼ばれた紳士は言った。

「この謎はけして解けまい」青ざめたサイモンは言った。「もしも誰かに解けるとすれば、それは君だろう。でも、誰にもできまい」

「私にはできると思うんですが」部外者がそう言ったので、驚いてふり返ると、黒い長衣を着た男がまた口を利いたのだとわかった。

「あんたが！」大佐が鋭く言った。「一体、どうやって探偵を演じるつもりだね？」

「探偵を演じるつもりはありません」相手は鈴を振るような声で答えた。「魔術師を演じるつもりなのです――大佐、あなたがインドでインチキを暴いた魔術師の一人ですよ」

しばらく誰も口を利かなかったが、やがてホーン・フィッシャーがこう言って、みんなを驚かせた。「さあ、階上へ行きましょう。そうすれば、この紳士も試すことができるでしょう」

彼はサイモンが機械的に指でボタンを押そうとするのを止めた。「いや、明かりは点けたままにしておきたまえ。一種の安全装置だからね」

「もう盗られるものはないよ」サイモンが苦々しげに言った。

「返すことができる」とフィッシャーはこたえた。

トワイフォードはすでに階上へ駆け上がって、消えた甥の行方を捜し、消息を得たけれども、それは彼を困らせると同時に安心させた。床に大きな紙飛行機が落ちていた。男の子が、先生が教室にいない時、投げっこをするようなものだった。窓から投げ込まれたとおぼしく、広げてみると、下手糞な字でこう書き殴ってあった。「伯父さん、僕は無事です。あとでホテルで会いましょう」そのあとに署名があった。

これを見て幾分ホッとすると、聖職者の思いは自然と、お気に入りの甥の次に彼の同情を惹く好きな遺物のことに戻った。そしていつの間にか、宝物が消え失せたことを話し合う一団に囲まれ、かれらの興奮が伝染って、少し我を忘れていた。それでも、心の底には、少年がどうしたのか、無事というのは正確にはどういう意味なのかという問いが流れつづけていた。

その間に、ホーン・フィッシャーは、それまでと打って変わった口調と態度で一同を面食らわせていた。彼は大佐に向かって軍事配置と機械配置のことを話し、軍律の詳細と電気設備の専門的事項に関する並々ならぬ知識を示した。聖職者と話し、例の遺物に関する宗教的・歴史的興味について、やはり驚くべき知識を披瀝（ひれき）した。魔術師と自称する男と話し、東洋の隠秘学（オカルティズム）と心霊実験のいとも奇抜な形式に同じくらい精通していることによって、一座の者を驚かせるだけでなく、呆れさせた。彼はこの最後の、もっともいかがわしい研究分野を突き詰めるつもりがあるようだった。魔術師を大っぴらに激励し、くだんのマグスが手ほどきしてくれそうな、とんでもない調査方法に従うつもりらしかった。

「では、どのように始めますか？」彼は熱意のある礼儀正しさでそうたずね、大佐はそれを聞くと、怒りのあまり顔を赤くした。

「すべて力の問題です。あるいは、力を得るための交信を確立する問題です」達人は愛想良くこたえ、警察力がどうのこうのという軍人のつぶやきを無視していた。「それは西洋人が動物磁気と呼んでいたものですが、それよりずっと強力なのです。どれくらい強力かは言わない方が良いでしょう。交信に取りかかるには、通常は誰か影響を受けやすい人を忘我状態にします。これは交信の一種の橋ないし絆（きずな）の役を果たし、それによって彼方（かなた）の力が彼にいわば電気ショックを与え、高度な感覚を目醒めさせるのです。眠っている心の目を開くのです」

「僕は影響力を受けやすい」フィッシャーは素直なのか、妙な皮肉をこめているのか、そう言った。「僕の心の目を開いてみてはいかがですか？　ここにいる友人のハロルド・マーチ君は、僕が暗闇の中でも物を見ることがあると言うでしょう」

「誰でも、暗闇の中でなければ何も見ないのです」と魔術師は言った。

厚い夕雲が木造の小屋のまわりに迫っていた。巨大な雲で、小さい窓からは、その片隅が紫の角や尻尾のように見えるだけだった——まるで何か巨大な怪物たちがあたりをうろついているかのように。しかし、紫の色はすでに濃くなり、暗灰色に変わりつつあった。もうじき夜になるだろう。

「ランプを点けないで下さい」マグスは静かだがうむを言わせぬ調子で、そうしようとする動きを制した。「物事は暗闇の中でしか起こらないと申し上げたはずです」

このように滅茶苦茶な場面が、よりによって大佐の事務室でなぜ許されたのかは、のちに大佐本人を含む多くの者の記憶に一つの謎として残った。かれらはそれを一種の悪夢のように、何か制御できないもののように思い出した。ことによると、催眠術をかけられた男のまわりには、本当に動物磁気が働いていたのかもしれない。ともかく、男は催眠術にかかっていた。ホーン・フィッシャーは崩れるように椅子に坐り込み、長い手脚をだらんと投げ出し、目は空を見つめていたのである。もう一人の男は黒い布に覆われた両腕で、あたかも黒い翼を動かすかのように、何かを払い除ける仕草をしながら、フィッシャーに術をかけていた。大佐が葉巻を点けた。彼はとうに我慢の限界を越えており、変わり者の上流階級はしたい放題を許されていることをぼんやりと悟った。しかし、もう警察を呼んであるから、警察が来れば、こんなまやかしを打ち破ってくれるだろうと思って、自らを慰めた。

「はい、ポケットが見えます」忘我状態にある男は言った。「たくさんのポケットが見えますが、みんな空っぽです。いや、ちがう。一つだけ空っぽでないポケットが見える」

静けさの中にかすかな動揺があり、魔術師は言った。「そのポケットに何が入っているか、見えますか?」

「はい」と相手は答えた。「輝く物が二つあります。どちらも鋼鉄の欠片だと思います。鋼鉄の欠片の一つは曲がっているか、歪んでいます」

「それは遺物を階下から持ち去るために使われたのですか?」

「そうです」

ふたたび間があり、質問者は言った。「遺物自体は少しでも見えますか?」

「それの影か幽霊のように、何かが床に輝いているのが見えます。机の向こう、あそこの隅にあります」

男たちがふり返る動きがあり、それから、誰もが身を硬ばらせたような突然の静寂があった。木造の床の隅に、果たして、丸くうっすらと光っている場所があったからだ。この部屋で唯一の光だった。葉巻はもう消えていた。

「それは道を示しています」と託宣の声がした。「霊たちが悔い改めへの道を示しており、泥棒に返還を促しています。私にはそれ以上何も見えません」声は次第に低くなって静寂のうちに消えた。その静寂を破ったのは、床で金属の鳴る音と、放り上げた半ペニー硬貨のように、何かがクルクルまわって落ちる音だった。

「ランプを点けてください」フィッシャーが愉快そうにも聞こえる大声で叫びながら、ふだんよりずっと活発に跳び上がった。「僕はもう行かなければいけませんが、行く前に見たいんです。だって、わざわざあれを見に来たんですから」

ランプが点き、彼はそれを見た。〝聖パウロの一文銭〟は足元の床にあったからだ。

「ああ、あれはね」一月(ひとつき)ほど経ってマーチとトワイフォードを昼食に招待した時、フィッシャーは説明した。「魔術師とゲームをやってみたかっただけなんだ」

「あいつを自分の仕掛けた罠(わな)に嵌めるつもりかと思ったよ」とトワイフォードが言った。「いまだに何がなんだかさっぱりわからんが、私はあの男が怪しいとずっと睨んでいた。俗な意味での泥棒だとは必ずしも思わん。警察はいつでも銀貨は銀のために盗まれると思っているようだが、ああいう物は宗教的偏執狂のために盗まれることもあり得る。神秘家に宗旨変えした逃亡修道士なら、何か神秘な目的のためにあれを欲しがるんじゃないか」

「いいえ」とフィッシャーはこたえた。「逃亡修道士は泥棒ではありません。ともかく、彼は泥棒じゃないんです。それに必ずしも嘘つきでもありません。少なくとも一つは本当のことを言いましたからね」

「そいつは何だい？」とマーチが訊いた。

「すべて磁気だと彼は言った。実際、盗みは磁石を使って行われたんだ」

それから、あとの二人がまだ困惑した顔をしているので、フィッシャーは言い足した。

「甥御さんの持っていた玩具の磁石ですよ、トワイフォードさん」

「しかし、僕には理解できん」マーチが異を唱えた。「学校の少年の磁石でやったのなら、犯人は少年だと思うがな」

「うむ」フィッシャーは考え込むようにこたえた。「それはどの少年かによるね」

「一体どういう意味なんだ？」

「少年の魂というのは、奇妙なものです」フィッシャーは思索に耽（ふけ）るような様子で、語りつづけた。「それは煙突をよじ登って外へ出ることだけでなく、いろいろなことができなくなったあとも、生き残ることがあります。人間は、大がかりな戦役に従事しているうちに白髪になっても、まだ少年の魂を持っていることがあります。赫々（かくかく）たる名声を得てインドから帰り、偉大な公の宝物の管理を任されても、それでも少年の魂が残っていて、ふとしたことで目醒めるのを待っている場合もあり得ます。しかも、少年に懐疑主義者が加わるとなると、十倍もその可能性が高まります。懐疑主義者というのは、おおむね一種のひねくれた少年ですからね。あなたはさっき、宗教的偏執狂がいろいろなことをやりかねないとおっしゃいました。反宗教的偏執狂のことを聞いたことはありませんか？　請け合ってもいいですが、そういうものは非常に過激な形で存在します。ことに、インドの魔術師のインチキを暴いて喜ぶような人間には」

「君が言いたいのは」とトワイフォードは言った。「モリス大佐が遺物を盗んだということかね？」

「彼は磁石を使える唯一の人間でした」とフィッシャーはこたえた。「実際、甥御さんは使える物をたくさん彼の手元に置いて行ったんです。彼は丸めた紐と、木の床に穴を開ける道具を持っていました――ところで、僕は忘我状態にあった時、あの穴を少しいじってみたんですがね。下の明かりが点いていると、それは真新しい一シリング硬貨のように輝きました」

トワイフォードは椅子の上で急に飛び上がった。

「しかし、そうだとすると」と声の調子を変えて、言った――「何だ、そうか、もちろん――君は鋼鉄の欠片と言った――」

「鋼鉄の欠片が二つあると言いました」とフィッシャーは言った。「曲がった鋼鉄の欠片はあの子の磁石でした。もう一つは一銭硬貨でした」

「しかし、あれは銀だ」と考古学者は答えた。

「ああ」フィッシャーは慰めるように言った。「たぶん、銀が少し塗ってあったんでしょう」

重苦しい沈黙があったが、しまいにハロルド・マーチが口を開いた。「でも、本物の遺物はどこにあるんだい？」

「五年前からさる場所におさまってるよ」とホーン・フィッシャーはこたえた。「ネブラスカ州に住むヴァンダムという狂った億万長者が持っている」

ハロルド・マーチはテーブル掛けに向かって眉をひそめ、それから、少し間をおいて言った。「あれをどんな風にやったか、君の推理は僕にもわかると思う。モリスが穴を開けて、紐の先につけた磁石で釣り上げたんだ。そんなインチキはまるきり気狂い沙汰みたいに思えるが、あいつは狂っていたんだろう。一つには、証明はできないけれども偽物だと思っている物をながめるのにうんざりしたんだ。すると、そのことを――少なくとも自分自身に――証明するチャンスが訪れたので、彼が『面白かった』と言うことをやってみたんだ。うん、細かい点がいろいろわかって来たぞ。しかし、僕が面食らうのは、この一件全体にだよ。どうしてまた、そんなことになったんだ？」

フィッシャーは平然とした目つきで、身動きもせずに相手を見ていた。

「万全の備えがなされた」と彼は言った。「公爵が自ら遺物を運び、自分の手でケースに収めた」

マーチは黙っていたが、トワイフォードは吃りながら言った。「わからんな。君の言うことを聞いていると、ぞっとする。もっとはっきり言ってくれないかね？」

「いいですとも」フィッシャーはため息をついてこたえた。「はっきり真実を申しますと、もちろん、良くないことなんです。事情を少しでも知っている者はみんな良くないことだと知っています。でも、こういうことはつねに起こりますし、必ずしもかれらを責められません。連中はオランダ人形みたいに頑（かたく）なな外国の王女に惚れ込んでしまって、したい放題をしました。この場合は随分派手なしたい放題でした。

身分違いの結婚だろうと、もう少しまともな問題だったら、こんなことを言いませんが、あんな女のために何千ポンドもつぎ込むなんて、よほどの愚か者だったにちがいありませんね。しまいにはまったくの恐喝事件になりましたが、あの阿呆爺さんは納税者の金で片をつけることができませんでした。金を都合してくれたのは例のアメちゃんだけで、こういう次第となったんです」

「甥が何も関係していなくて嬉しいよ」とトマス・トワイフォード師は言った。「それに、やんごとない人々の世界がそういうものだとすると、彼がけして関わりを持たんことを望むね」

「僕は誰よりも良く知っていますが」とホーン・フィッシャーは言った。「人はそういう世界と関わりを持ちすぎることもあるんです」

実際、サマーズ弟はそんなものと関わりを持たなかった。そしてこの物語とも、この種のどんな物語とも関わりを持たなかったことは、彼の見どころの一つである。少年は歪んだ政略とイカレた贋物（まがいもの）がもつれ合うこの話から弾丸のごとく飛び出し、向こう側に突き抜けると、自分の汚れなき目的を果たした。彼はよじ登った煙突の天辺から、色も名前も知らなかった新しい乗合バスを見つけた——ちょうど博物学者が新種の鳥を、植物学者が新種の花を見つけるように。そこで夢中になって追いかけ、妖精の船に乗って去ったのである。

底なしの井戸

ヨーロッパから夜明けの方に向かって広がる赤と黄色の砂の海。そこに浮かぶオアシスないし緑の島には、いささか奇妙奇天烈な対照が見られるが、それはそうした場所の典型的な光景なのである。なぜなら国際条約がそこをイギリス進駐の前哨地点としたからだ。その土地はあるもののために考古学者の間で知られている。それは記念碑とは言い難く、地面に空いた穴にすぎない。しかし、井戸のような丸い縦穴で、おそらく年代も定かならぬ遠い昔の、大規模な灌漑設備の一部なのであろう。あの古い土地にあるいかなる物よりも古いかもしれない。井戸の真っ黒い口のまわりは、椰子と平団扇サボテンが緑に縁取っているが、上部の石組で残っているのは、無可有郷の門の列柱のように並び立つ、二つの摩滅した大石だけだった。超絶主義的な考古学者のある者は、月の出や日没のある種の気分の時、そこにバビロニアの怪物よりも奇怪な姿や顔形のかすかな線が認められると思った。一方、合理主義を奉ずる考古学者たちは、昼間のもっと理性的な時間に、不恰好な二つの岩しか見なかった。しかし、すべての英国人が考古学者ではないことに読者もお気づきかもしれない。公務や軍務でそうした場所に集まっている人間の多くは、考古学以外の趣味を持っている。そして、この東方の異郷にいる英国人が緑の灌木林と砂地をささやかなゴルフ場にしたことは、厳粛な事実である。その一方の端に快適なクラブ・ハウスがあり、もう一方の端にこの太古の記念碑がある。かれらはこの大昔の奈落をバンカーには使わなかった。言い伝えによると、そこは底知れぬ深さで、実用のためにさえ深さを測ったことはなかったからである。この穴に落ちたボールは、いずれも文字通り失くなったボールと見なされた。しかし、人々はゴルフの合間におしゃべりをして煙草を喫む時、よく穴のまわりをぶらぶら歩いた。そして、かれらの一人がクラブ・ハウスからこちらへ来ると、もう一人が少し憂鬱そうに井戸の中を覗いていた。

二人の英国人はいずれも軽装で、白いヘルメット帽を被り、パガリー[*1]を巻いていたが、似ているところは大体それだけだった。二人ともほとんど同時に同じ言葉を言ったが、声の調子はまったく異なっていた。

「報せを聞いたかい？」クラブから来た男がたずねた。「素晴らしいな」

「素晴らしい」井戸のそばの男がこたえた。だが、最初の男はその言葉を若者が女性について言うように発音したのに対して、二番目の男は老人が天気のことを言うように言った。本心ではあるが、たしかに熱はこもっていなかった。

この時の口調は十分に二人の人となりを表わしていた。第一の男はボイル大尉といい、勇敢で少年じみたタイプの男で、色は浅黒く、顔に一種生まれつきの熱気があった。それは東洋の雰囲気というよりも、西洋の熱情と野心に属するものだった。もう一人は年上で、この地に住んで長いことはたしかだった。ホーン・フィッシャーという文官で、垂れ下がった目蓋と垂れ下がった口髭は東洋にいる英国人のあらゆる逆説を表わしていた。彼は熱すぎて、冷たくしかなれなかったのである。

二人とも、何が素晴らしいのかを言う必要はないと思っていた。誰でも知っていることについて冗語を費やすだけだからだ。北方でトルコ人とアラビア人の恐るべき連合軍に対し、歴戦の強者ヘイスティングズ卿麾下の軍勢が目ざましい勝利を収めたことは、すでに新聞によって大英帝国全土に報じられており、戦場から近いこの小さな駐屯地は言うまでもなかった。

「こんなことは世界中のほかのどの国にもできないよ」ボイル大尉は力をこめて言った。

ホーン・フィッシャーはなおも黙って井戸の中を覗き込んでいたが、ややあってから答えた。

「たしかに、我々は誤ちを埋め合わせる術を心得ている。気の毒なプロシヤ人は、その点が間違っていたんだ。連中は誤ちを犯して、それに固執することしかできなかった。誤ち

*1　ヘルメット帽に巻きつける薄地の布。日除けにする。

を埋め合わせるには、本当にある種の才能が要る」

「どういう意味だい？」とボイルがたずねた。「何の誤ちだい？」

「誰でも知っている通り、あれはどう見ても手に余る仕事だった」とホーン・フィッシャーは言った。これはフィッシャー氏の癖だが、彼は二百万人に一人しか聞くのを許されないことを、誰でも知っていると言うのだった。「それに、トラヴァースが際どいところであんなに上手く現われたのは、じつに幸運だった。我々にとって正しいことをしばしば副司令官がするのは奇態だな――偉大な人間が司令官であっても、そうなんだから。ウォータールーの戦いでのコルボーン[*2]みたいなものだ」

「今回のことで帝国に属州がそっくり付け加わることになる」と相手は言った。

「うん、きっとジマーン一族なら、運河まで要求しただろうね」フィッシャーは考え深げに言った。「もっとも、属州を増やすことは、昨今必ずしも割に合わないのを誰でも知っているがね」

ボイル大尉は少し面食らったように眉をひそめた。生まれてからこの方、ジマーン一族などという名前は聞いたこともないのをぼんやりと意識しながら、感情を抑えてこう言うことしかできなかった。

「でも、小英国主義者[*3]にはなれないよ」

ホーン・フィッシャーは微笑んだ。彼の笑顔は感じが良かった。

「ここにいる人間はみんな小英国主義者だよ」と彼は言った。「小さな英国に帰りたいと思ってるんだ」

「何を言ってるのか、わからないね」年下の男はやや疑わしげに言った。「君は本当はヘイスティングズを尊敬していないみたいじゃないか——あるいは、尊敬するものは何もないみたいだ」

「僕は彼を尊敬してやまないよ」とフィッシャーはこたえた。「この任に就くには、断然最高の人材だ。回教徒を理解していて、かれらをどうにでもできる。だから、トラヴァースを彼と組ませるのに反対なんだ。今言った理由だけでもね」

「君が何を言いたいのか、本当に理解できん」相手は率直に言った。

「たぶん、理解するに値しないことさ」フィッシャーはあっさりと答えた。「いずれにしても、政治の話なんかする必要はない。あの井戸にまつわるアラビア人の伝説を知ってるかい?」

＊2　ジョン・コルボーン（1778-1863）。英国陸軍の将校。ウェリントン麾下の将校としてウォータールー（ワーテルロー）の戦いで手柄を立てた。
＊3　小英国主義とは植民地主義的な領土拡張に反対する主張。グラッドストーンら自由党の政治家がこの立場を取った。

「アラビア人の伝説には疎いのでね」ボイルは少しよそよそしく言った。

「そいつはいけない」とフィッシャーはこたえた。「とくに、君の観点からするとね。へイスティングズ卿は彼自身がアラビア人の伝説なんだ。それはたぶん、彼が本当になった一番偉いものだろう。もしも彼の評判が落ちると、アジアでもアフリカでも、我々の立場は弱くなるよ。ところで、どこまで通じているのか誰も知らない、あの地面の穴にまつわる物語は、ずっと僕を魅了して来た。今じゃマホメットの話になっているが、マホメットよりずっと古い話だとしても驚かないよ。それはスルタン・アラディンという誰かさんにまつわる話なんだ。もちろん、ランプのアラディンじゃないが、魔神(ジン)だか巨人だか、その手のものと関係がある点では、少し似ている。彼は巨人たちに命じて、星空の上まで高く高く聳える一種の塔(パゴダ)を建造させたという。バベルの塔が出来上がると、人々はそれを〝いと高き方のもとに〟と呼んだ。しかし、バベルの塔を建てた連中は、このアラディンに較べればつつましくて家庭的な、二十日鼠みたいな連中だった。かれらはただ天にとどく塔が欲しかっただけで、そんなのは取るに足りない。アラディンが望んだのは、天を突き抜けてその上に聳(そび)え立ち、どこまでもどこまでも伸びてゆく塔だった。そこでアラーは彼を雷霆(いかづち)で地面に叩き落とし、雷霆は地面に沈み込んで、空いた穴がどんどん深くなり、塔に頂上がなかったように底のない井戸になった。そして高慢なスルタンの魂は、あの逆さまになった闇の塔の中をいつまでもいつまでも落ちて行くんだ」

「君は変な男だなあ」とボイルは言った。「まるでそんなおとぎ話を信じられるかのように話しているね」

「僕はたぶん、その教訓は信じるが、話自体は信じない」とフィッシャーは答えた。「でも、ヘイスティングズ卿夫人が来るぜ。彼女を知ってるだろう?」

ゴルフ場のクラブ・ハウスは、もちろん、ゴルフ以外のさまざまな用途にも使われていた。そこは厳格な軍事拠点であるだけでなく、駐屯地唯一の社交場だった。玉突きの部屋と酒場があり、己の職業に真剣に取り組むへそ曲がりな将校のために、優れた参考図書室もあった。そうした将校の中には偉大な将軍その人もいて、彼の銀色の髪と、真鍮の鷲の顔にも似た青銅色の顔が、図書室の地図や二つ折り版の書物の上に屈み込んでいる姿がしばしば見られた。偉大なヘイスティングズ卿は科学と研究を、人生の他の厳しい理想と同様に信じており、この点についてボイル青年によく親心あふれる忠言をしていた。ボイルがこの研究の場所に現われることは、やや間遠だったからである。青年が図書室のガラス扉からゴルフ場へ出て来たのは、こうして少し勉強をしたあとだった。だが何よりも、このクラブには、少なくとも紳士方と同じくらい淑女方の社交の便宜を供する設備が整っており、ヘイスティングズ卿夫人はそういった社交界で、自分の屋敷の舞踏場にいる時のように女王役を演ずることができた。彼女はそうした役を演ずることを大いに期待されていたし、一部の者が言うには、本人にも大いにその気があった。彼女は夫より大分若く、魅力的な、時には危険なほど魅力的な婦人だった。ホーン・フィッシャーは、彼女が若い軍人を連れて颯爽と去り行く後姿を少しばかり皮肉な目で見送った。それから、彼の物寂しげな目は井戸のまわりの緑色をした棘だらけの茂みに移った——厚い葉からもう一つの葉が茎も小枝もなく直接に出る、奇妙なサボテンの茂みに。それは彼の空想に満ちた心に、形もなければ目的もない盲目的な生長という不気味な感覚を与えた。西洋の花や灌木は育って、その極致である花を咲かせると、満足する。しかし、この植物はあたかも悪夢の中で手から手が生え、脚から脚が生えるかのようだ。

「つねに帝国に属州を加えているんだ」彼は微笑んで言った。それから、もっと悲しげに、「だが、僕は結局正しいのかどうか自信がない」

力強いが優しい声が物思いに割り込んで来た。フィッシャーは面を上げ、古い友人の顔を見て微笑んだ。その声は実際、顔よりも優しかった。顔は見るからに厳しかったからである。典型的な法律家の顔で、顎は角張り、眉は太くて白髪まじりだった。顔の持主は大そう法律家らしい人間だったが、今はこの荒涼たる地域の警察という、半ば軍人的な身分に属していた。カスバート・グレインはたぶん法律家や警官というよりも犯罪学者だったのだろうが、野蛮な環境の中で、自分をこれら三つが実用的に組み合わさったものにしていた。東洋の奇妙な犯罪を次々と暴いたことは彼の手柄になったが、そのような趣味ないし学問分野に通じていたり、魅かれたりする人間はめったにいなかったため、彼の知的生活はいささか寂しかった。ごくわずかな例外の一人がホーン・フィッシャーで、この男はほとんど何事に関しても、ほとんど誰とでも話ができる風変わりな才能を有していたのである。

「植物学の研究かい？　それとも考古学かい？」とグレインはたずねた。「君がどれだけ多くのことに関心を持っているのか、僕にはけしてわからんだろうよ、フィッシャー。君が知らないことは知る価値がないと言って良さそうだね」

「ちがうよ」フィッシャーはいつになく唐突に、苦々しさを混じえてこたえた。「知る価値がないのは、僕が知ってることさ。物事の暗黒面、政略といわれる秘密の理由や、汚い動機や、贈賄（まいない）や、脅迫だ。こういう下水溝へ下りて行ったからといって、街路（とおり）にいる子供に吹聴するほど得意がる必要はないよ」

「どういう意味だい？　君、どうかしたのか？」と彼の友人はたずねた。「君がこんな風に興奮したのは見たことがないぞ」

「自分を恥じてるんだ」とフィッシャーは言った。「たった今、少年の熱狂に冷水をぶっかけたところなんでね」

「その説明じゃとても十分とは言えないな」犯罪の専門家は言った。

「もちろん、その熱狂はろくでもない新聞のたわごとだ」とフィッシャーは語りつづけた。

「だが、あの年齢（とし）では錯覚も理想たり得ることを僕は知っているべきだった。ともかく、そいつは現実よりましなんだ。しかし、若者を動揺させて、腐りきった理想の轍から逸らせることには、一つ、じつに厭な責任がある」

「何なんだね？」

「そんなことをすると、若者は同じ力を使って、もっとずっと悪い方向へ行きがちなんだ」とフィッシャーは答えた。「行っても行っても果てしのない方向へ――底なしの井戸と同じくらい深い、底なしの奈落へ」

フィッシャーが次にこの友人と会ったのは二週間後で、その時、彼はクラブ・ハウスの裏手、ゴルフ場とは反対側の庭にいた――その庭は、砂漠の夕陽の中で、亜熱帯植物の濃厚な色彩と香りに満たされていた。二人の男がフィッシャーと一緒におり、第三の男は今や著名人となった副司令官、トム・トラヴァースとして誰もが知る人物だった。痩せた、色の浅黒い男で、年齢よりも老けて見え、額には深い皺が刻まれ、黒々とした口髭の形にすら何か気難しげなものがあった。一同はついさっきアラビア人にブラック・コーヒーをいれてもらったところで、この男は今クラブの臨時雇いの使用人として働いているが、将軍の老僕としてお馴染の、有名と言っても良い人間だった。サイードという名で通っており、黄色い顔の不自然な長さと、かれらの間に時々見かける狭い額の高さとで、他のセム族の間でも目立っていた。愛想の良い笑顔だったが、何か不吉なものというちぐはぐな印象を与えた。

「あいつはどうも信用ならん気がする」グレインは男が行ってしまうと言った。「そんな風に見るのは非常に不当だとは思うよ。奴はたしかにヘイスティングズに忠実で、彼の命を救ったというからね。しかし、アラビア人はえてしてそうなんだ——一人の人間だけに忠義を尽くすんだ。奴はほかのみんなの喉を切りかねない——しかも、人を裏切ってそうしかねないという気がしてならん」

「うむ」トラヴァースは少し不機嫌な微笑を浮かべて言った。「あいつがヘイスティングズに手を出さない限り、世間はあまり気にせんだろうよ」

戦闘の記憶に満ちたいささか気まずい沈黙があり、やがてホーン・フィッシャーが静かに言った。

「新聞が世界だというわけじゃないぞ、トム。あんなものは気にするな。君の世界にいる者は誰でも、本当のことを良く知っている」

「今は将軍の話はしない方が良いと思うな」とグレインが言った。「御本尊がクラブから出て来たからね」

「ここへは来ないだろう」とフィッシャー。「奥方を車に乗せるだけだ」

実際、そう言っているうちに、くだんの婦人がクラブの玄関の段の上に出て来た。そのあとに続いた夫は素早く彼女の前にまわって、庭の門を開けた。夫人はその間にふり返り、戸口の蔭で籐の椅子にまだ腰かけている男にちょっと声をかけた。人気のないクラブに残っているのは、庭にいる三人を除けば、その男ただ一人だった。フィッシャーはいっとき蔭の中を覗き込んで、それがボイル大尉であることを認めた。

次の瞬間、一同が驚いたことに将軍がふたたび現われ、石段を上って、今度は彼がボイルに一言二言話しかけた。それからサイードに合図をすると、サイードはコーヒーカップを二つ持って急いでやって来た。二人の男は各々手にカップを持ってクラブに入った。やがて、深まる暗闇の中に白い光が輝き、向こうの図書室で電燈が灯されたことがわかった。

「コーヒーと科学的研究か」トラヴァースが陰気に言った。「学問と理論研究の贅沢だ。さて、私も行かなきゃならん。こちらも仕事があるからな」

彼はややぎごちなく立ち上がると、連れに一礼して、夕闇の中へ大股に歩き去った。

「ボイルが科学的研究を本当に続けているといいがね」とホーン・フィッシャーが言った。「僕はあの男のことがどうも気になるんだ。でも、何かほかの話をしよう」

かれらは何かほかの話を始めて、それが思ったより長びいたらしい。やがて南国の夜が訪れ、皓々たる月があたりを銀色に染めた。しかし、月の光が物を見られるほど明るくなる前から、フィッシャーは図書室の明かりが急に消えたことに気づいていた。彼は二人の男が庭の入口から出て来るのを待っていたが、誰も来なかった。

「ゴルフ場を散歩しに行ったようだ」と彼は言った。

「そうかもしれん」グレインがこたえた。「美しい夜になりそうだからな」

彼がそう言ってからまもなく、クラブ・ハウスの蔭から呼びかける声が聞こえた。驚いたことに、トラヴァースがこちらへ急ぎ足で歩いて来ながら、叫んでいた。

「君たちの助けが要るんだ。ゴルフ場でとんでもないことが起こった」

二人は夢中でクラブの喫煙室と、その向こうの図書室を突っ切った。建物の中も暗かったが、心も闇に包まれたようだった。しかし、ホーン・フィッシャーは、無関心なふりをしていても、その場の雰囲気に奇妙に、ほとんど超常的なまでに敏感な人間で、何かただの事故ではないことが起こったのをすでに感じていた。彼は図書室で家具にぶつかり、ショックで身体が震えそうだった。その物は、家具とは思えないような動き方をしたからである。生き物のように動き、退いて、また打ち返して来るようだった。次の瞬間、グレインが明かりを点けたのでわかったが、フィッシャーがぶつかったのは回転式書架の一つで、これがクルリと回って、ぶつかったのだ。しかし、彼自身が思わず後ずさったのは、何か謎めいた奇怪なものをぼんやりと意識したためだった。図書室には、あちらこちらにこうした回転書棚がいくつかあった。その一つにコーヒー茶碗が二つのっており、もう一つに大きな本が開いたまま置いてあった。それはエジプトの象形文字に関するバッジ[*4]の本で、奇妙な鳥や神々の彩色画が入っていた。急いでそこを通り過ぎながらも、その時そこに軍

＊4　E・A・T・ウォーリス・バッジ。イギリスの考古学者・東洋学者（1857-1934）。

事科学の著作ではなく、この本が開いてあったことを何か変だな、と彼は思った。きれいに本が並んでいる書棚に、この本を抜き取ったあとの隙間が空いていることにも気づいていた。その隙間は、何か不気味な顔の歯にある隙間のように、厭らしくこちらに向かって口を開いているかのようだった。

二、三分走ると、底なしの井戸の前にある地面の向こう側に着いた。そして井戸から二、三ヤード離れたところに、真昼のような月光に照らされて、かれらの見に来たものが見えた。

偉大なるヘイスティングズ卿がうつ伏せに倒れており、その姿勢には何か奇妙な硬ばったものがあった。片方の肘が身体の上にまっすぐ立っていて、腕は曲がり、大きい骨張った手が生い茂った草をつかんでいた。二、三フィート離れたところにボイルが、同じように身じろぎもせず、地面に両手両足をついて、死体を見つめていた。それはショックと偶然にすぎなかったのかもしれない。しかし、四つん這いになった姿勢とポカンと口を開いた顔には、何か無様で不自然なものがあった。まるで理性を失くしてしまったようだった。背後には南国の澄んだ青空と砂漠があるばかりだったが、井戸の前に大きな欠けた石が二つ並んでいるのが目に留まった。こういう光と雰囲気の中では、それらの大石に、巨大で邪悪ないくつもの顔が浮かんで、こちらを見おろしているような気がすることもある。

ホーン・フィッシャーは屈み込んで、今も草をつかんでいる力強い手に触った。その手は石のように冷たかった。彼は死体の傍らにひざまずき、しばらく他の試験をすることに余念がなかった。それからまた立ち上がり、いわば自信に満ちた絶望とでもいった調子で言った。「ヘイスティングズ卿は死んでいるよ」

石のような沈黙があり、やがてトラヴァースがぶっきら棒に言った。「これは君の管轄だ、グレイン。ボイル大尉に尋問するのは君に任せる。私には彼の言うことがわからんからな」

ボイルは我に返り、スックと立ち上がったが、その顔にはいまだに恐ろしい表情が残っていて、新しい仮面か別人の顔のようだった。

「私は井戸を見ていました」と彼は言った。「そしてふり返ると、彼が倒れていたんです」

グレインの顔は非常に暗かった。

「君が言う通り、こいつは僕の仕事だ」と彼は言った。「まず頼みたいんだが、彼を図書室へ運ぶのを手伝ってくれ。それから、徹底的に調べさせてくれ」

死体を図書室に安置すると、グレインはフィッシャーに向かって、張りと自信を取り戻した声でこう言った。「僕はこれから閉じこもって、まず徹底的な調査をする。君はほかの連中と連絡を取り合って、先にボイルの取り調べをしてくれたまえ。僕はあとで彼と話をする。それから、本部に電話して警察官を呼んでくれ。警官にはすぐにここへ来て、用ができるまでそばにいてもらいたい」

偉大な犯罪調査人はそれ以上何も言わず、明かりのついた図書室に入って、背後に扉を閉めた。フィッシャーは返事もせずにふり向き、トラヴァースと静かに話しはじめた。

「奇妙だな」と彼は言った。「あの場所の真ん前で、あんなことが起きるとはね」

「たしかに、非常に奇妙なことだ」とトラヴァースはこたえた。「もしもあの場所が一役演じているとしたらね」

「思うんだが」とフィッシャーがこたえた。「あれが演じなかった役の方が、もっと奇妙なんじゃないかな」

この一見意味のなさそうな言葉を言うと、フィッシャーは動揺したボイルの方をふり返って、その腕を取り、小声で話しながら、月光の中を一緒に行ったり来たりしはじめた。

カスバート・グレインが図書室の明かりを消して、ゴルフ場へ出て来たのは、夜が急に明けて空が白(しら)んで来た頃だった。フィッシャーはいつもの大儀そうな様子で、一人その辺をぶらついていたが、彼が呼んだ警察の使者(つかい)がうしろに気をつけの姿勢で立っていた。

「ボイルはトラヴァースと一緒に行かせたよ」フィッシャーは無頓着に言った。「トラヴァースが面倒を見てくれるだろう。ともかく彼も少し眠った方がいいからね」

「彼から何か聞き出したかね?」とグレインはたずねた。「ヘイスティングズと二人で何をしていたか、言ったかね?」

「うん」とフィッシャーは答えた。「結局、かなりはっきり説明してくれた。彼が言うには、ヘイスティングズ卿夫人が車に乗って行ったあと、将軍がこう言ったんだそうだ。図書室で一緒にコーヒーでも飲もう、この土地の古蹟について、あることを調べてみようと。ボイルは回転書架の一つでバッジの本を探しはじめたが、その時、将軍が壁の書棚にその本を見つけた。図版をいくつか見たあと、二人は——少し唐突に思われるだろうが——外のゴルフ場に出て、古井戸の方へ歩いて行った。ボイルが井戸の中を覗いていると、背後でドサッという音がして、ふり返ると、将軍が我々の見たような格好で倒れていた。ボイルは四つん這いになって死体を調べようとしたが、その時一種の恐怖に襲われて痺れてしまい、それ以上近づいたり触ったりできなかった。だが、不思議じゃないと思うよ。びっくりして衝撃をうけた人間は、時々非常におかしな格好で見つかるからね」

グレインは聴き入りながらいかめしい微笑を浮かべていたが、少し黙っていたあとで言った。

「ふむ、あまり嘘はついていないな。起こったことを、信用して良いほど明確に首尾一貫して述べている。大事なことは何も言わなかったが」

「あすこで何か見つけたのかい？」とフィッシャーがたずねた。

「何もかも見つけたよ」とグレインは答えた。

フィッシャーがいくぶん陰鬱な沈黙を保っていると、相手は静かな、自信のある口調で説明をつづけた。

「フィッシャー、君はあの若造が奈落に向かって暗い道を下りてゆく危険があると言ったね。それはまったく正しかった。君が考えたように、君のかけた揺さぶりが将軍への見方に関係があったかどうかはともかく、しばらく前からボイルの将軍への態度は良くなかった。不愉快なことだから細々と言いたくないが、奥方も夫に良くない仕打ちをしていたことが、かなりはっきりしている。それがどこまで進んでいたか知らないが、ともかく隠し立てをする程度には進んでいた。というのも、ヘイスティングズ卿夫人がボイルに話しかけたのは、図書室にあるバッジの本に手紙を隠したと言うためだったんだ。将軍はそれを立ち聞きしたか、あるいは何らかの形で知って、さっそくその本のところへ行って、手紙を見つけた。手紙を持ってボイルに迫り、もちろん一悶着あった。それにボイルはほかのことにも直面したんだ。恐るべき選択肢に直面した。その選択肢に於いては、老人の生は自分の破滅を意味し、その死は勝利と幸福さえも意味していた」

「なるほど」フィッシャーはしまいに言った。「彼はあの女の果たした役割を君に言わなかったが、僕はそれを咎める気にならないね。でも、どうして手紙のことを知ったんだい?」

「手紙は将軍が身につけていたんだ」とグレインは答えた。「しかし、それよりもっと悪いことを発見した。死体の硬直の仕方が、どうもある種のアジアの毒に特有のものだったんだ。それでコーヒー・カップを調べてみると、僕の化学の知識でも、片方のカップの滓に毒が入っていることがわかった。ところで、将軍は書棚へ向かってまっすぐ歩いて行って、コーヒー・カップを部屋の真ん中にある書架の上に置いて行った。彼が背中を向けていて、ボイルが書架を調べるふりをしていた時、ボイルはコーヒー・カップを自由にできた。あの毒は効くまでに十分ほどかかる。そして十分歩けば、底なしの井戸へ辿り着くだろう」

「そうだな」とホーン・フィッシャーが言った。「それで底なしの井戸については、どうなんだ?」

「底なしの井戸と何の関係があるんだね?」と友人はたずねた。

「何も関係はない」とフィッシャーはこたえた。「その点がまったく不可解で、信じがたいと思うんだ」

「どうして地面に空いたあの穴と関係がなくちゃいけないんだ?」

「君の主張に空いている穴だからさ」とフィッシャーは言った。「だが、今はそれにこだわるのはよそう。ところで、もう一つ言わなければならないことがある。ボイルをトラヴァースにまかせて帰したと言ったね。トラヴァースをボイルにまかせて帰したと言っても、同じくらい正しいだろう」

「まさかトム・トラヴァースを疑ってるんじゃないだろうな?」

「彼はボイルよりもよほど将軍のことを苦々しく思っていた」ホーン・フィッシャーは奇

妙に無関心な態度で言った。

「おい、本気で言ってるんじゃないよな」グレインは声を上げた。「言っとくが、コーヒー・カップの一つに毒が入っていたんだぞ」

「もちろん、例のサイードもいる」とフィッシャーは言い足した。「憎しみからか、金のためかはともかくとしてね。あいつはどんなことでもやりかねない奴だと僕らの意見は一致したじゃないか」

「彼の主人を傷つけることはできないという点でも一致した」グレインはやり返した。

「うん、うん」フィッシャーは愛想良く言った。「たぶん、君の言う通りなんだろう。でも、図書室とコーヒー・カップを一目見ておきたいんだ」

フィッシャーは屋内へ入り、その間にグレインは待機している警官の方をふり返って、走り書きの短信を手渡し、本部へ電信で知らせてくれと頼んだ。警官は敬礼して、足早に立ち去った。グレインが友のあとから図書室に入ると、フィッシャーは空のカップが置いてある、部屋の真ん中の書架のそばにいた。

「君の話によると、ボイルはここでバッジの本を探すか、探すふりをしていたんだね」

フィッシャーはそう言いながら屈み込んで、半分うずくまるような姿勢になり、回転書棚の低いところに入っている書物を見た。というのも、書架全体が普通のテーブルよりもあまり高くはなかったからである。次の瞬間、彼は蜂に刺されたように跳び上がった。

「ああ、何てことだ！」

ホーン・フィッシャー氏がその時のように振舞うのを見た人は、たとえいたとしても、ごくわずかである。彼はサッと扉の方を向いて、開いている窓の方が近いことを見て取ると、ハードルを跳び越えるようにヒラリと窓を跳び越して外に出、消え行く警官のあとを追って芝生を突っ走った。グレインは立ったままその後姿を見つめていたが、やがて背の高い、しまりのない姿がいつものように気抜けして、のんびりと帰って来るのを見た。フィッシャーは一枚の紙でゆっくりと自分を煽いでいた。それは彼が乱暴に横取りした電報だった。

「上手い具合に止められた」と彼は言った。「この件は絶対に洩らしちゃいけない。ヘイスティングズは卒中か心臓病で死んだことにするんだ」

「一体、何の問題があるんだね？」もう一人の調査人がたずねた。

「問題は」とフィッシャーは言った。「あれを放っておいたら、二、三日後に僕らは非常に愉快な二者択一を迫られたということさ。無実の男を縛り首にするか、大英帝国を地獄に突き落とすかの」

「君が言いたいのは」グレインはたずねた。「この忌まわしい犯罪を罰してはならないということなのかね？」

フィッシャーは相手をじっと見つめた。

「もうすでに罰せられているよ」

そう言うと、いっとき間を置いて、また語りはじめた。

「君は事件を見事な手際で推理したし、君の言ったことはおおむね正しかった。二人の男が二つのコーヒー・カップを持って図書室へ入り、カップを書架の上に置いて、一緒に井戸に向かって行った。その一人は殺人者で、相手のカップに毒を入れた。しかし、それはボイルが回転書棚を見ている間に行われたのではなかった。といっても、彼が手紙の入ったバッジの本を探して、書棚を見たことは本当なのさ。だが、想像するに、ヘイスティングズはその本をすでに壁の棚に移しておいたんだろう。彼が先に本を見つけることは、あの陰険なゲームの一部だったんだ。

ところで、回転式書架を調べる時、人はどういう風にするかね？　普通は蛙みたいにうずくまって、まわりをピョンピョン跳んだりしない。書架はちょっと触るだけで、回転するんだ」

フィッシャーは話しながら床に渋面を向けていた。重い目蓋の下には、そこにめったに現われない光があった。経験から来る冷笑癖の下に深く埋もれていた神秘主義が目醒め、心の底で動き出していた。その声は予期せぬ変化と抑揚を帯び、まるで二人の人間がしゃべっているようだった。

「それがボイルのやったことだ。彼が触れたとたん、書架は地球が回るのと同じくらい簡単に回った。そう、まさしく地球が回るようにだ。なぜなら、それを回した手は彼の手ではなかったからだ。満天の星の車輪をまわす神がその車輪に手を触れて、一周させた――恐ろしい裁きが返って来るように」

「君の言おうとする恐ろしい考えが」とグレインはゆっくりと言った。「おぼろげにだが、わかって来たぞ」

「じつに単純なことさ」とフィッシャーは言った。「屈んでいたボイルが立ち上がった時、彼の気づかなかったことが起こっていた。かれの敵も気づかず、誰も気づかなかったことがね。二つのコーヒー・カップの位置が、そっくり入れ替わっていたんだ」

グレインの岩のようにごつい顔は無言で衝撃に耐えたようだった。皺一つ変わらなかったが、声を出した時、その声は意外なほど弱々しかった。

「言いたいことはわかった。君の言う通り、この件についてはなるべく黙っていた方が良い。情夫が夫を厄介払いしようとしたんじゃなくて――その逆だったんだな。ああいう人物についてそんな話が広まったら、ここにいる我々は破滅だ。君は最初から勘づいていたのかい？」

「言ったと思うが、底なしの井戸だよ」フィッシャーは静かに答えた。「あれが初端（はな）から引っかかっていたんだ。この事件に関係があったからじゃない。何も関係がなかったからなんだ」

彼は話の持って行き方を考えているかのように、しばらく口を閉ざしていたが、やがて語りつづけた。「人殺しが、敵が十分後に死ぬことを知っていて、相手を底知れない奈落の縁へ連れて行こうとする時、彼は死体をそこに投げ込むつもりでいる。ほかに何があるだろう？　生まれつきの阿呆だってそのくらいの知恵は持っているだろうし、ボイルは生まれつきの阿呆じゃない。それなら、なぜそうしなかったんだ？　その点を考えれば考えるほど、この殺人にはいわば何かの手違いがあったという思いが強まったのさ。誰かが誰かを投げ込むためにあそこへ連れて行ったが、その誰かは投げ込まれなかった。僕はすでに、役割が入れ替わったか逆転したという厭な考えを漠然と抱いていた。それから、たまたま書架をまわそうとして屈み込んだとたんに、何もかもわかった。二つのカップが空の月みたいに、もう一度回転するのを見たからだ」

しばしの間があったあと、カスバート・グレインが言った。「それで、新聞には何と言えば良いだろう？」

「僕の友人ハロルド・マーチが今日カイロから来ることになっている」とフィッシャーは言った。「あいつはじつに頭が切れる、成功した記者だ。それでも、本当に名誉を重んずる人間だから、あいつに本当のことを言っちゃいけないよ」

三十分後、フィッシャーはボイル大尉とクラブ・ハウスの前をまた行ったり来たりしていた。ボイルはこの時、打ちのめされ、途方に暮れた様子をしていた。たぶん、前よりも悲しく賢い人間になっていたことだろう。[*5]

「それじゃ、僕はどうなるんだい？」とボイルは言った。「疑いは晴れたのかい？　これから疑いを晴らさなければいけないんじゃないかい？」

「僕はそう信ずるし、希望するが」とフィッシャーが答えた。「君に嫌疑がかかることはあるまい。だが、君への疑いが晴れることも、きっとあるまい。将軍に嫌疑がかかってはならないから、従って、君にもかけられない。彼に何か嫌疑がかかるようなら――こんなとんでもない話が知られたら、もちろんだが――マルタからマンダレーまで我々は大打撃を受けるだろう。将軍は英雄であると同時に回教徒たちにとって神聖な恐怖だった。実際、英国の軍隊にいる回教徒の英雄と呼んでも良いくらいだ。もちろん、彼が連中と上手くやれたのは、一つには、自分にも少し東洋の血が混じっているからだった。その血はダマスカスの踊子だった母親から受け継いだんだ。誰でも知っているがね」

「ああ」ボイルは目を丸くして相手を見ながら、機械的に繰り返した。「誰でも知っている、だって」

「たぶん、彼の嫉妬心と兇悪な復讐には、その血のなせるところもあったんだろう」とフ

＊5　S・T・コールリッジ「老水夫行」の末尾を踏まえている。老水夫の不思議な物語を聞かされた婚礼の客は、それによって以前よりも「悲しく賢い」人間となる。

イッシャーは語りつづけた。「それにしても、あんな犯罪を犯そうとしたことが知れたら、アラビア人の間での我々の立場は滅茶苦茶になっただろう。歓待の義務に反する犯罪のようなものだったから、なおさらさ。君にとっては憎むべき犯罪だったし、僕にとってもかなりおぞましいものだ。しかし、あのろくでもない井戸に関しては、やっちゃいけないことがいくつかあって、僕が生きている限り、あれはその一つなんだ」

「どういう意味だい？」ボイルは興味深げに相手をチラと見て、たずねた。「よりによって、君がなぜあの井戸にそんなにこだわるんだ？」

ホーン・フィッシャーは不可解な表情で青年を見た。

「思うに、僕が小英国主義者だからだろう」

「どういう意味でそう言っているのか、僕にはちっともわからない」ボイルは疑わしげに答えた。

「君は英国がそんなに小さいと思っているのかい？」フィッシャーは冷淡な声にいくらか熱を込めて言った。「二、三千マイル離れた人間をつかまえていられないほどに？　いいかい、君は観念的な愛国主義をふりかざして僕に講釈したね。しかし、今君と僕に必要なのは現実的な愛国主義で、それを助けるための嘘は要らないんだ。君はあたかも世界中で万事が我々にとって上手く行き、大勝利の漸強音（クレッシェンド）となって、その結果がヘイスティングズであるかのような話をした。僕に言わせると、ここにいる我々は何もかも失敗している

——例外はヘイスティングズだけだ。彼の名前は、我々が手品をするために残されたただ一つの名前だった。だから、それまで駄目にしてはいけない。そう、神かけてだ！　忌々しいユダヤ人の一味が我々をここへ送り込んだのは、ひどいことだ。ここには、守るべき英国の権益なんかひとつもないし、すべての地獄が我々を攻めて来る。それもこれも、ノージー・ジマーン[*6]が閣僚の半数に金を貸しているからなんだ。バグダッドから来た質屋の爺いが自分の戦（いくさ）を我々に肩代わりさせるというのは、ひどい話だ。我々は右手を切り落とされては戦えない。我々の唯一の得点はヘイスティングズと彼の勝利だ。本当はべつの誰かの勝利なんだがね。トム・トラヴァースは我慢しなければならないし、君もだ」

　それから、しばしの沈黙ののちに、フィッシャーは底なしの井戸を指さし、もっと静かな調子で言った。

「僕はアラディンの塔の哲学を信じないと言ったろう。大英帝国が天にとどくまで成長することも信じない。英国旗（ユニオン・ジャック）があの塔のように永遠に上へ、上へ上がって行くことも信じない。しかし、英国旗が底なしの井戸みたいに永遠に下へ、下へ下りて行って、底なしの奈落の暗闇に落ち、敗北と嘲笑にまみれて、ほかでもない、我々をカラカラに吸い尽くしたユダヤ人に嘲笑（わら）われるのを、僕が放っておくと思うなら——いや、断じてそうはさせ

＊6　原語 Nosey（=nosy）にはお節介とか穿鑿屋の意味がある。

ないぞ。たとえ財務大臣が赤新聞を持っている二十人の億万長者に強請(ゆす)られようと、首相が二十人のアメリカのユダヤ女と結婚しようと、たとえウッドヴィルとカーステアズが二十のインチキ鉱山の株を持っていようと。もしこの国が本当にぐらついていようと、神よ、助けたまえ、それをひっくり返すのが我々であってはならないんだ」

　ボイルは当惑して相手を見ていたが、その気持ちはほとんど恐怖に近く、一抹の不快さすら混じっていた。

「どういうわけか」と彼は言った。「君が知っていることには、ちょっとおっかないものがあるようだね」

「あるのさ」とホーン・フィッシャーは言った。「僕は自分のわずかな知識と考察が嬉しいわけじゃ全然ない。でも、君が絞首刑にならないのはそのおかげもあるんだから、文句を言う筋合いもないんじゃないかな」

　そして彼は最初に自慢したことを少し恥ずかしく思っているかのように、ふり向いて、底なしの井戸の方へゆっくりと歩き出した。

塀の穴

二人の男が――一人は建築家で、もう一人は考古学者だった――プライアーズ・パークの大きな家の石段の上で出会い、もてなし役のブルマー卿は気さくな人なので、二人を紹介するのが当然だと思った。じつを言うと、卿は気さくであるだけでなくぼんやりしていて、建築家（アーキテクト）と考古学者（アーキオロジスト）が同じ一連の文字で始まるという感覚以外に、両者のつながりをはっきり考えていたわけではない。彼が同じ原則に基いて外交官（ディプロマティスト）を渇酒症患者（ディプソメイニアック）に、理論家（ラシオシネイター）を鼠取り屋（ラットキャッチャー）に紹介したかどうかについては、世間は謹んで疑わねばならないだろう。ブルマー卿は大柄な金髪猪首（いくび）の青年で、さかんにいろいろな仕草をし、無意識のうちに手袋をはためかせ、杖を振りまわすのだった。

「お二人はきっと何か話題がおありでしょう」と卿は朗らかに言った。「古い建物とか、その種のことで。ちなみに、この邸も結構古い建物ですよ。僕が言うのも何（なん）ですがね。ちょっと失礼させていただきます。妹が準備しているクリスマスのお遊びのために、催し物の様子を見て来なけりゃならないんです。もちろん、その場でみなさんとお会いしましょう。ジュリエットは仮装パーティーにしたがっています。僧院長とか十字軍の騎士とか、そんなものに。結局、みんなうちの御先祖なんでしょう」

「僧院長は御先祖にいないと思いますが」考古学に詳しい紳士は微笑んで言った。

「まあ大伯父か何かになれるだけでしょうね」と相手は笑って答えた。それから、彼のさまよいがちな目は邸の前の整然とした風景を見まわした。そこには人工の水面があり、その中央に古めかしいニンフ像があって、まわりを囲む庭には高い木々が生えていたが、今は灰色と黒で、霜がかかっていた。厳寒のさなかだったからである。

「随分冷えて来ましたね」と貴族は言葉をつづけた。「妹はダンスのほかにスケートもできそうだと言っています」

「十字軍の騎士たちが本式に鎧を着て来たら」と相手は言った。「御先祖様が溺れないように気をつけなければいけませんよ」

「いや、その心配はありません」とブルマーは答えた。「うちのこの湖は、どの場所も深さが二フィートとないんですから」

彼はそう言うと、いつもの大袈裟な身ぶりで杖を水の中に突っ込み、浅いことを示した。短い杖の先が水の中で曲がって見えたため、ほんの束の間だが、折れかかった杖に重い身体でよりかかっているように見えた。

「予想できる最悪のことは、僧院長が急に坐り込むのを見ることとくらいです」ブルマーはそう言い足して、ふり返った。「では、またのちほど。催しのことは追ってお知らせします」

考古学者と建築家は大きな石段に残され、顔を見合わせて微笑(わら)っていたが、共通の興味が何だったにしろ、二人の風貌はかなり対照的だった。空想好きな人が両者を個別に吟味したならば、何か相反するものさえ見つけたかもしれない。考古学者はジェイムズ・ハッドウ氏といって、革装丁の羊皮紙の本がたくさんある法学院の眠たい棲処(すみか)から来たのだった。法律が彼の職業で、歴史は趣味にすぎなかったからである。実際、彼は何よりもまず、プライアーズ・パークの地所の事務弁護士であり代理人だった。しかし、彼自身は眠たいどころか、非常にはっきり目醒めているようだった。抜け目のなさそうな、突き出した青い眼をしていて、赤い髪の毛はじつに小ぎれいな服装と同様、きれいに梳(す)いてあった。建築家の方はレナード・クレインといい、建築業者と不動産周旋人の事務所からまっすぐにここへ来た。その事務所は粗野で、ロンドン下町風と言っても良いくらいだったが、近所の郊外にあり、どぎつい色の見取り図や非常に大きな字で書かれた掲示を貼り出し、安普請の新しい家並の端で日を浴びていた。しかし、真剣な観察者が良く見れば、この男の目に幻視と呼ばれる輝く眠りが多少あるのに気づいたかもしれない。そして彼の黄色い髪は、気取って長く伸ばしているのではなく、気取らずに手入れしていた。この建築家が芸術家であることは、悲しいかもしれないが明白な事実だった。しかし、芸術家気質というだけでは到底この男を説明できなかった。彼にははっきりと説明できないが、人によっては危険とも感じる何かがあった。夢見がちな性格であるにもかかわらず、彼は時折、前世の記憶のように、普段の生活からかけ離れた芸当や遊び事で友人たちを驚かせるのだった。しかしながら、この時は、相手の趣味に関して権威を持たないことをすぐに表明した。

「偽りの看板を出すわけにはいきませんからね」クレインは微笑んで言った。「私は考古学者とは何なのかさえ、ろくに知らないんです。ただ、錆びついていますが、ギリシア語を少し憶えていますから、古い物を研究する人間だということくらいはわかりますが」

「そうです」ハッドウは無愛想に言った。「考古学者は、古い物を研究して、それが新しいことを発見する人間ですよ」

クレインはしばらく相手をじっと見てから、また微笑んだ。

「我々が話していたことのうちにも、古くないことがわかった古い物があったと言えますかね？」

連れもしばらく黙っていた。やがて静かに返事をした時、そのいかつい顔に浮かんだ微笑みは、もっと弱々しかった。

「この邸園のまわりの塀は本当に古いですよ。門の一つはゴシック様式で、破壊や修復の跡も見あたりません。しかし、家と地所全体は――ええ、こういう物に読み込まれるロマンティックな考えは、えてして最近の夢物語で、まず流行小説のようなものです。たとえば、プライアーズ・パーク＊1というここの名前にしても、聞けば誰でも月光に照らされた中世の僧院を考えますよ。大方（おおかた）、心霊主義者たちはもうここに修道士の幽霊を見つけたでしょう。しかし、私の知る限り、この件に関する唯一の権威ある研究によりますと、あの場所がプライアーズと呼ばれるのは、田舎の場所がどこでもポッジャーズと呼ばれるのと同じであることがわかります。あれはプライアーという人の家だったんです。おそらく農家で、ある時ここに建てられると、地元の目印になったんでしょう。なに、似たような例はここにもよその土地にもたくさんあります。このあたりの郊外はかつて村でしたが、一部の人々が名前を曖昧に発音してホリウェルと言ったために、大勢の二流詩人が〝聖なる（ホーリー）・井戸（ウェル）〟の空想に耽り、呪文だの妖精だの、その手のことを考え出して、郊外の応接間をケルトの薄明＊2に満たしたんです。しかし、事実に通じている者なら誰でも、『ホリンウォール』が『塀の穴（ホール・イン・ザ・ウオール）』を意味するにすぎず、たぶんまったく些細な偶然の出来事に由来するのだと知っています。我々は古い物を見つけるよりも新しい物を見つける方が多いと言ったのは、そういう意味なんです」

＊1　〝修道院長の庭園〟を意味する。

＊2　妖精と民間伝承を扱ったW・B・イェイツの著書『ケルトの薄明』（1893）にかけた洒落。

クレインは、古い物と新しい物に関するこの小講義に少し上の空になっていたようだった。彼が落ち着かなくなった原因はすぐ明らかになり、こちらへ近づいて来た。ブルマー卿の妹ジュリエット・ブレイが、一人の紳士に付き添われ、ほかに二人を従えて、ゆっくりと芝生を横切って来たのだ。若い建築家は、三人の方が一人よりましだという非論理的な精神状態にあった。

令嬢と並んで歩いているのは、ほかでもない高名なボロディーノ公で、この人物は秘密外交と呼ばれるものの世界で、少なくとも秀でた外交官がそうあるべき程度に有名だった。英国各地の田舎屋敷を歴訪しているところだったが、プライアーズ・パークで外交のために何をしていたかは、外交官としてこれ以上望めないほど秘密にされていた。彼の容貌についてはっきり言えるのは、すっかり禿げていなかったら、この上ない美男子だったろうということだった。しかし、これもいささか露骨な言い方だろう。突飛に聞こえるかもしれないが、こう言った方が良くあてはまるだろう――人々は彼に髪の毛が生えているのを見たら、ローマ皇帝の胸像に髪の毛が生えているのを見たように驚くだろう、と。背が高く、腰回りがきつい服のボタンをきちんとかけていて、それがむしろ堂々たる体躯を際立たせていた。ボタン穴には赤い花を挿していた。うしろを歩く二人のうち、一人はやはり禿げていたが、禿げ方は部分的で、年もまだ若かった。垂れ下がった口髭はまだ黄色く、目蓋がいくらか重たるかったかもしれないが、それは倦怠のためであって老齢のためではなかったからだ。この男の名前はホーン・フィッシャーといい、あらゆることについて淀(よど)みなく淡々と語るため、彼の好きな話題が何なのかはいまだに誰にもわからなかった。その連れはもっと目立ち、もっと不気味でさえある人物だった。おまけに、ブルマー卿の一番古く一番親しい友達だという貫禄があった。一般にはただブレイン氏として知られていたが、インドで裁判官と警察官吏をしていたこと、また敵があって、犯罪に対する彼の処置がそれ自体犯罪的だと言い立てたことも周知の事実だった。茶色い骸骨のような男で、黒い眼は深く窪み、黒い口髭は口元の表情を隠していた。何か熱帯の病気でやつれたような顔つきだったが、動作は、ぶらぶら歩いている連れよりもずっと機敏だった。

「もう決まりましたわ」呼びかければ聞こえる距離まで来ると、令嬢はじつに浮きうきとして言った。「みなさん、仮装舞踏会の格好をして、たぶんスケート靴もお履きにならなければいけません。それは不釣り合いだと公爵はおっしゃっていますけれども、かまいませんわ。もう凍えるほど寒くなりましたし、イングランドじゃこんな機会はそうそうありませんから」

「インドでも一年中スケートをしているわけではありませんよ」とブレイン氏が言った。

「イタリアだって、氷と特に縁があるわけじゃありません」とイタリア人が言った。

「イタリアといえば特に思い出すのは、アイスですね」とホーン・フィッシャー氏が言った。「つまり、アイスクリーム売りのことです。この国の人間はたいがい思っています

――イタリアに住んでいるのはアイスクリーム売りと手回しオルガン弾きばかりだと。たしかに、あの連中は大勢いますからね。きっと変装した侵略軍なんでしょう」

「我々の外交の密使ではないとどうしてわかるんです？」公爵は少し軽蔑をこめた微笑を浮かべて言った。「手回しオルガン弾きの軍団は情報を拾い上げるかもしれませんし、連中が連れている猿はあらゆる物を拾い上げるでしょう」

「実際、オルガンは組織(オーガナイズド)されていますからね」不真面目なフィッシャー氏は言った。「僕は以前イタリアも、インドも、ヒマラヤの斜面も、随分寒いことを知りました。ここの小さな丸い池の氷は、それに較べれば心地良いですよ」

　ジュリエット・ブレイは黒い髪と眉と踊る瞳を持つ魅力的な女性だった。彼女のやや高飛車な振舞いには温かみがあり、度量の大きささえもうかがわせた。たいていのことでは兄を自分の意に従わせたが、くだんの貴族は曖昧な考えしか持たない多くの男と同様、追い詰められると威張り返る気味がなくもなかった。彼女はたしかに客人たちを意のままに動かした――お上品ぶって厭がる客も、中世風の仮装で着飾らせるほどに。まったく、彼女は魔女のように地水火風も意のままにできるかと思われた。天気は着実に厳しく、肌を刺すように寒くなって来たからである。その夜、湖の氷は月光に燦(きら)めいて、大理石の床のようだった。人々は暗くならないうちから、氷の上で踊ったり滑ったりし始めた。

　プライアーズ・パークは、いや、もっと正確に言うと、周辺のホリンウォール地域は田舎屋敷が郊外になった場所だった。かつてはお邸に隷属する村が門前に一つあるだけだったが、今では門の外に出ればどこにも、ロンドンの拡大する兆候が見える。ハッドウ氏は図書館でも地元でも歴史研究に従事していたが、地元ではほとんど収穫を得られなかった。プライアーズ・パークが本来はプライアーズ農場のような、土地の名士にちなむ名前だったことを文献からすでに推測していたが、新しい社会状況は、伝承によってこの物語の跡を辿ることを難しくしていた。本当の村人が残っていれば、たぶん、プライアー氏にまつわる言い伝えを――彼がどんなに遠い昔の人物だとしても――見つけることができただろう。しかし、昨今では会社員や職人といった新しい放浪者人口が郊外から郊外へ転々とし、子供たちも学校から学校へ移るといったありさまで、そこには一貫した継続性などあり得ない。教育の普及した場所はどこもそうだが、人々は歴史を忘れてゆくのである。

しかし、翌朝図書室から出て来て、冬の樹々が凍った池のまわりに黒い森のごとく立ち並んでいるのを見た時、彼は田舎の奥深くにでもいるような気がした。邸園を囲む古い塀のおかげで、囲い地そのものは今もまったく田舎風でロマンティックだったから、その暗い森の奥は遠くの谷や丘まで果てしなく続いているように想像することも容易だった。冬の森の灰色と黒と銀色は、凍った池の上やまわりに早くも立っている色とりどりなお祭の面々と見較べると、いっそう地味ないし陰鬱だった。ハウス・パーティーの面々は待ちかねたように、もう仮装をしていたのである。その中では、小綺麗な黒い背広を着た赤毛の法律家が唯一の現代人だった。

「あなたは着替えませんの?」ジュリエットは十四世紀の角(つの)のようにとんがった青い冠り物を彼に向かって振りながら、憤然としてそう言った。その冠り物は風変わりではあったが、彼女の顔に良く似合っていた。「ここにいる方はみんな、中世にいなければいけませんのよ。ブレインさんでさえ、茶色い化粧着みたいなものをお召しになって、修道士だと言っていますし、フィッシャーさんは台所で古い馬鈴薯(じゃがいも)袋を見つけて、それを縫い合わせたんです。あの人も修道士なんだそうよ。公爵はどうかというと、立派な真紅の長衣(ローブ)を羽織って、ほんとに素晴らしいお姿です。枢機卿ですって。みんなに毒を盛りそうに見えますわ。あなたも何かにならなくちゃいけません」

「あとでやります」と相手はこたえた。「今はただの考古学者で弁護士です。もうじきお兄さんに会わなければいけないのです。法律上の用件がありますし、この土地について調べてくれと頼まれたこともありますから。管財人として仕事の話をする時は、少しは管財人らしい格好をしなければいけません」

「でも、兄はもう扮装していますわ」娘は声を上げた。「本格的に。そう言ってよろしければ、すごいのよ。ほら、今ピカピカの格好でやって来ますわ」

高貴な貴族は実際、絢爛(けんらん)たる十六世紀風の衣装で二人の方へ歩いて来た。衣装は紫と金で、金の柄(つか)がついた剣を帯び、羽根飾りつきの帽子を冠り、物腰もその格好にふさわしかった。実際、その時の彼の風貌には、ふだんの大袈裟な身ぶり以上のものがあった。いわば、帽子の羽根飾りが頭に来てしまったかのようだった。彼は大きな金の裏地のついた服をパントマイムの妖精王の翼のようにひらめかせた。派手に剣を抜いて、ステッキのように振りまわしもした。のちに起こった出来事を考えると、その元気溢れる様子には何か奇怪で不吉なものがあるようだった——何か「この世ならぬ」という言葉で表わされるような気分が。その時は、彼は酔っているのかもしれないという考えが、二、三人の心をよぎっただけだった。

ブルマー卿が妹の方へ大股に歩いて来る時、最初に通り過ぎた人物は、リンカーン・グリーン[*3]の服をまとい、ロビン・フッドのように角笛と飾帯と剣を身につけたレナード・クレインだった。彼が令嬢の一番近くに立っていたからで、この男は実際、不相応に長い間そこにいたと言って良いかもしれない。クレインはスケートに関して隠れた才能を示していたが、スケートが終わった今も、敵方(あいかた)のつとめを続けたがっているようだった。騒々しいブルマーはふざけて剣を抜くと、彼に突きかかった。正しいフェンシングの格好で踏み出しながら突きをし、齧歯(げっし)類(るい)の動物とヴェネツィアの硬貨について、あまりにも良く知ら

＊3　中世によく人が着たリンカーン産の生地の色で、灰色がかった緑色。ロビン・フッドとその仲間がこの色の衣装をまとったという。

れたシェイクスピアの台詞を引用した。[*4]

　おそらく、この時クレインも、抑えてはいたが興奮していたのだろう。ともかく、彼も瞬く間に自分の剣を抜いて、攻撃をかわした。すると突然、誰もが驚いたことに、ブルマーの剣が手から宙に跳び出したように見えて、氷の上に転がり、音を立てた。

「まあ、私、一度も」令嬢はもっともな憤りにかられたように言った。「あなた、フェンシングもできるなんて、一度もおっしゃったことがないわ」

　ブルマーは怒ったというよりも戸惑ったような様子で剣を鞘に収め、そのことが、その時の彼の気分に何か無責任なものがあったような印象を深めた。それから、彼は唐突に法律家の方をふり返って、言った。「夕食のあとで地所の件を片づけましょう。残念ながら、僕はスケートがほとんどできなかったんです。氷が明日の晩まで保つかどうか疑問です。早起きして、一人でちょっと滑ろうと思います」

「お邪魔はしませんよ」ホーン・フィッシャーがいつものくたびれたような調子で言った。「アメリカ式にアイスで一日を始めなきゃいけないなら、量が少ない方が有難いです。でも、十二月に早起きなんて僕にはできません。早起きの鳥は風邪を引きますからね」

「いや、僕は風邪を引いたくらいで死にはしませんよ」ブルマーはそう答えて、笑った。

　スケートをする面々の多くは、屋敷に泊まる客だった。それ以外の者は、大部分の客が晩餐のために部屋へ退りはじめるよりも少し前に、三々五々姿を消した。こういう催しの機会(おり)にいつもプライアーズ・パークへ招(よ)ばれる近所の人々は、自動車か徒歩で家へ帰った。法律家にして考古学者である紳士は、依頼人と相談するのに必要な書類を取って来るため、夜汽車で法学院へ引き返した。残りの客の大部分は、就寝に向かうさまざまな段階で、ぶらついたり部屋に居続けたりしていた。ホーン・フィッシャーは、まるで早起きを拒む口実を自分から奪おうとするかのように、イの一番に部屋へ退ったが、眠そうで眠れなかった。彼はテーブルから古い地誌の本を持って来た。ハッドウはここの地名の由来に関する最初の手がかりを、その本から得たのである。フィッシャーは何にでも関心を抱くという地味で風変わりな才能を持っていたので、本をじっくり読みはじめ、それ以前の読書から得た知識に照らし合わせると、その本の結論に疑問の残る箇所について時折メモを取った。彼の部屋は森の中央にある湖に一番近く、それ故に一番静かだった。晩のお祭騒ぎの最後

＊4 「ハムレット」第三幕第四場二三のハムレットの台詞「How now? A rat? Dead, for a ducat, dead!」への言及。この台詞の前後（二三－二四行）の坪内逍遥訳は次の通り（逍遥訳に硬貨のことが出て来ないのは、慣用句と解しているからであろう）。
ハム （剣を抜きて）や！　鼠？　こたへたか、うぬ！
と垂帳(たれぎぬ)越しに突く。
ポロ （中にて）おゝ！　やられたァ！
と倒れて息絶ゆる。

の反響も、彼の耳にはとどかなかった。彼はプライアー氏の農場と塀の穴が語源だと証明し、修道士や魔法の井戸に関する今時流行りの空想を排斥する議論を丹念に追っていた。そのうち、夜の凍りついた静寂の中で音がするのに気づいた。とくに大きい音ではなかったが、家に入ろうとする男が木の扉にぶつかって立てるようなドスン、バタンという音から成るようだった。そのあと、まるで障碍物が開けられたか壊れでもしたように、軋むか破裂けるような音がかすかに聞こえた。フィッシャーは寝室の扉を開けて、耳を澄ました。しかし、階下の到る所から話声や笑い声が聞こえて来たので、人を呼んでも無視されたり、この家が無防備になったりすることを恐れる理由はなかった。彼は開け放った窓に寄り、暗くなりまさる森が円形に広がったところの中央にある凍った池と月光に照らされた彫像を見やって、もう一度耳を澄ました。しかし、その静かな場所には静けさが戻っており、かなりの時間耳を欹てていたが、聞こえるのは遠くで駅を出る汽車の寂しい汽笛だけだった。ごく普通の夜でも、目醒めている者には、いろいろな名状し難い音が聞こえるものだ。やがてフィッシャーはそのことを思い出して、肩をすくめ、気怠げに床に就いた。

彼は突然目醒め、ベッドの上に起き直った。耳をつんざく叫び声の谺が、雷鳴のように耳の中でわんわんと鳴っていた。彼はしばし身を硬張らせていたが、やがてベッドから跳び出して、一日中着ていた緩い麻布の僧衣を引っかけた。まず窓に向かった。窓は開いていたが、厚いカーテンが引いてあったので、部屋はまだ真っ暗だった。だが、カーテンを開けて顔を出すと、灰色と銀色の東雲（しののめ）が、小さい湖を囲む黒い森のうしろにもう現われていた。見えるのはそれだけだった。音はたしかにこの方向から、開いた窓を通して入って来たのだが、あたりの景色は月光の下でそうだったように朝日の中でも静まり返り、人っ子一人いなかった。やがて、窓枠に置いた長い、やや無気力な手が、顫えを抑えようとするように窓枠をきつく握りしめ、外を見つめる青い眼は恐怖のために曇った。前夜、音がした時には、常識を働かせて神経の昂ぶりを鎮めたことを考えると、この時の彼の感情は大袈裟で不必要なものに思われるかもしれない。しかし、それは全然ちがう種類の音だったのだ。前夜の音の原因なら、木を斬ったとか壜が割れたとか、五十もあり得ただろう。夜明けに暗い家の中に谺した音を立て得るものは、自然界にただ一つしかなかった。それは明瞭に発音された恐ろしい男の声で、もっと悪いことに、フィッシャーはそれがどの男かを知っていた。

彼にはそれが助けを求める悲鳴であることもわかっていた。言葉も聞き取れたような気がしたが、その言葉は、短かったが、途中で嚥（の）み込まれた。話そうとしているうちに息を詰まらせたか、連れて行かれたように。ただその嘲（あざけ）るような反響だけが記憶に残っていたが、声の主について疑いはなかった。暗闇と夜明けの間に、ブルマー男爵フランシス・ブレイの雄牛のような大声が、これを最後に聞こえたことを彼は疑わなかった。

どれだけの時間そこに立っていたかわからないが、半ば凍りついた風景の中に初めて生き物が動くのを見て、フィッシャーはハッと我に返った。湖のほとりの小径を、彼のいる窓の真下を、一つの人影がゆっくりと静かに、しかし、悠然と歩いていた。輝くばかりの緋の長衣をまとった堂々たる姿。それはいまだに枢機卿の扮装をしているイタリア人の公爵だった。実際、この一日二日、大部分の客は仮装のまま暮らしていたのであり、フィッシャー自身、便利な化粧着として麻布の僧衣を着ていたのである。しかし、この威厳ある赤い鸚鵡には、早起きの鳥にしては何か異様に隙のない、堅苦しいところがあった。まるで夜通し起きていたかのようだった。

「どうしたんです?」フィッシャーは窓から身をのり出して、鋭く呼びかけた。イタリア人は真鍮の仮面に似た大きな黄色い顔を上向けた。

「階下で話した方がいい」とボロディーノ公は言った。

フィッシャーが階段を駆け下りると、大きな赤い服の人物が戸口から入って、巨体で入口をふさいでいた。

「あの悲鳴を聞きましたか?」とフィッシャーはたずねた。

「物音を聞いて、出て来たんです」と外交官は答えたが、その顔は蔭になっていたため、表情は読み取れなかった。

「ブルマーの声でした」とフィッシャーが言った。「請け合っても良いが、ブルマーの声でした」

「彼を良く知っていたんですか？」と相手はたずねた。

この質問は不合理ではなかったけれども、場違いなものに思われた。フィッシャーは、ブルマー卿を多少知っていただけだと良い加減に答えることしかできなかった。

「彼を良く知っていた者はいないようです」イタリア人は落ち着いた口調で続けた。「あのブレインという男以外はね。ブレインはブルマーより少し年上ですが、二人の間にはたくさんの秘密があったようです」

フィッシャーはまるで一時的な忘我状態から醒めたかのように、いきなり身体を動かし、それまでとはちがう力強い声で言った。「でも、外に出て、何かが起こったのかどうかをたしかめた方が良くありませんか？」

「氷が解けて来たようです」相手はほとんど無関心に言った。

邸から出ると、灰色の氷原には黒ずんだ汚点（しみ）や星印がついていて、この家の主人が前の日に予言した通り、霜が解けかかっていることがわかった。そして昨日の記憶それ自体が、今日の謎をまた思い出させた。

「彼は氷が解けることを知っていました」と公爵は言った。「だから、わざわざ朝早いうちにスケートをしに行ったのです。水に落ちたから大声を上げたんだと思いますか？」

フィッシャーは困ったような顔をした。

「ブルマーは、靴が濡れたからといって、あんな風にわめく男じゃありませんでしたよ。

しかし、ここではそのくらいのことしか起こらなかったはずです。彼のように大柄な男なら、水はふくらはぎまでもとどかないでしょう。そら、湖の底に平たくなった水草が見えますね。まるで薄いガラス窓を通して見ているように。いや、もしブルマーが氷を割っただけなら、その時はどうこう言わなかったでしょう——あとで散々文句を言ったかもしれませんが。彼は足を踏み鳴らしながら悪態をついて、この小径を行ったり来たりして、きれいな靴を持って来いと怒鳴っていたでしょう」

「これからそういうところが見られればいいですがね」と外交官は言った。「だとすると、あの声は森から聞こえて来たにちがいありませんな」

「家から聞こえたのでないことは請け合います」とフィッシャーは言った。二人は連れ立って、冬の木立の薄明かりの中に姿を消した。

植え込んだ木々は日の出の燃えるような色彩を背にして、黒々と立っていた。黒ずんだ輪郭が羽根のような様子をしているため、葉が落ちても、ゴツゴツした感じとは正反対だった。それから何時間も経って、濃密だが繊細な同じ木々の輪郭が、夕日とは反対側の冷たい緑色がかった色彩を背に黒く浮き上がっていた時も、ブルマー卿の捜索はまだ終わっていなかった。ゆっくりと集まって来た人々に次第に明らかになったのは、この会に、あらゆる空白のうちでもっとも異常な空白が生じたことだった。客人たちは家の主人をどこにも見つけられなかったのである。召使いの話によれば、彼のベッドには人が寝た形跡があり、スケート靴と仮装の衣装はなくなっていた。彼は自分で言った通り、スケートをするために早起きしたようだった。しかし、家の上から下まで、邸園を囲む塀から中央の池まで探してみても、ブルマー卿は死んでいるのか生きているのか、影も形もなかった。ホーン・フィッシャーは早くも背筋の寒くなる予感がして、生きている彼にはもう会えないと思っていた。しかし、彼の禿げ上がった額は、卿がどうしても見つからないという、まったく新しい不自然な問題を考え込んで、皺を寄せた。

彼はブルマーが何らかの理由で、自分からどこかへ行った可能性を考えてみたが、十分検討した末、その考えを捨てた。彼の声が間違いなく夜明けに聞こえたことと矛盾するし、ほかにも多くの現実的な障碍があった。この小さな邸園を囲む古くて高い塀には、門が一つしかなかった。番小屋にいる門番は昼近くまで錠を開けなかったし、通る者は誰も見かけなかった。自分が閉鎖空間の中の数学的問題に直面していることをフィッシャーは確信した。彼の直観は最初から悲劇にすっかり調子を合わせていたため、死骸が出て来ればホッとするくらいだった。貴人の死体が絞首台からぶら下がるように庭の木からぶら下がっていたり、青白い水草のように池に浮いていたりするのに出くわしても、悲しみはするだろうが、恐ろしさは感じないだろう。恐ろしいのは何も見つからないことだった。

彼はまったく個人的に独自の調査を試みたが、すぐに自分一人ではないことに気づいた。植え込んだ林の静かな秘密めいた空地にいても、屋敷の中心から離れた古い塀の隅にいても、影のように跟いて来る姿を何度も見たのである。落ちくぼんだ眼がよく動いて、あちこちに絶えず視線を配っているのと対照的に、黒い口髭をたくわえた口は何も語らなかったが、インド警察のブレインが、虎を追う狩人のように追跡を始めたのは明らかだった。彼は消えた男のただ一人の友人だったから、それも当然に思われたので、フィッシャーは率直に相手をすることに決めた。

「こうして黙っているのは、ちょっと気詰まりですね」と彼は言った。「お天気の話をして氷を割っても良いですか？　そういえば、天候はすでに氷を割ってしまいましたが。この事件では、氷を割るというのは、少し憂鬱な隠喩かもしれませんね」

「私はそうは思いませんな」ブレインは素っ気なくこたえた。「氷はこの事件とあまり関係がないでしょう。どうして関係があり得るのかわかりません」

「それじゃ、何をすれば良いとお考えですか？」とフィッシャーはたずねた。

「そうですな。もちろん警察は呼んでありますが、連中が来る前に、何か見つけられると思うのです」インド帰りのイギリス人はこたえた。「この国の警察の捜査方法にはあまり期待できないでしょう。お役所仕事が多すぎます。人身保護令状とか、その類のことが。必要なのは誰も逃げ出さんように気をつけることで、そのための一番の近道は、ここにいる人々を集めて、いわば数を数えることです。あれから誰もいなくなった者はいません。例外は、古い物を探しまわっていたあの弁護士だけです」

「ああ、彼は数に入りませんよ。昨夜ここを出て行ったんですから」とフィッシャーは答えた。「弁護士が汽車で帰るのをブルマーの運転手が見送って、それから八時間後に、僕はブルマーの声をはっきり聞いたんです。今あなたの声を聞いているのと同じくらい、はっきりとね」

「あなたは霊というものをお信じにならないでしょうな?」インドから来た男はそう言うと、少し間を置いて、こう言い足した。「インナー・テンプル[*6]にいる、アリバイを持った男を追いかける前に、見つけ出したい人間がほかにいるのです。緑の服を着たあの男はどうしました? 森の住人に扮した建築家ですよ。その辺に見かけないのですが」

ブレイン氏は警察が到着する前に、取り乱した人々を何とか全員集めた。しかし、若い建築家がまだ姿を現わさないことについて、もう一度論評しはじめた時、彼は自分が小さな謎と、まったく思いがけぬ心理的展開を目のあたりにしていることを悟った。

ジュリエット・ブレイは兄の失踪という不幸に、暗い諦観を以て立ち向かった。その心はたぶん苦しむというよりも麻痺していたのだろう。しかし、もう一つの問題が浮上して来ると、興奮するとともに腹を立てたのである。

＊5　break the ice という表現には口を切る、緊張をほぐすといった意味がある。
＊6　ロンドンに四つある法学院の一つ。

「我々は誰に関するいかなる結論にも軽々(けいけい)に跳びつきたくありません」ブレインは持ち前の歯切れの良い調子で言った。「ですが、クレイン氏のことをもう少し知りたいのです。彼のことも、出身についても、誰もよく知らないようです。それに、偶然かもしれませんが、昨日氏はブルマーと剣を交え、ブルマーを突き刺すこともできました。剣術の腕前を見せましたからね。もちろん、それは事故であって、誰かに罪のある事件とは到底呼べないかもしれません。しかし、そうしますと、我々には誰かに罪のある事件を申し立てる手立てがないことになります。警察が来るまで、我々はど素人の警察犬の群にすぎません」

「それに、貴族崇拝家(スノッブ)の群だと思いますわ」とジュリエットが言った。「クレインさんが天才で、自力で身を立てていらっしゃるからといって、あなた方は彼が人殺しだと、暗に仄(ほの)めかそうとするんです。あの方が玩具の剣を持っていて、たまたまその使い方を知っていたからといって、それを何の理由もなく、血に飢えた狂人みたいに使ったと信じさせようとするんです。そして兄を刺すことができたのにそうしなかったからといって、刺したと推論なさるんですわ。それがあなた方の論法です。彼がいなくなったことについていえば、ほかのこともすべてそうですけれど、あなた方は間違っています。だって、ほら、今やって来たじゃありませんか」

　果たして、そう言っているうちに、物語のロビン・フッドの緑の姿が樹々の灰色の背景からゆっくりと浮き上がり、こちらへ近づいて来た。

彼はゆっくりと、しかし、落ち着いて一同に近づいて来たが、顔はひどく青ざめていた。ブレインとフィッシャーの眼は早くも緑衣をまとった姿の一つの点に、ほかの者よりもはっきりと気づいていた。角笛は今も飾帯から垂れ下がっていたが、剣がなくなっていたのだ。

人々が少し驚いたことに、ブレインはこうして持ち出された問題を突きつめようとせず、調査を主導する格好は保ちながら、話題を変えようとしているようにも見えた。

「みなさんお揃いになったところで」彼は穏やかに言った。「初めにおたずねしたいことがあります。ここにおられるどなたか、今朝ブルマー卿の姿をごらんになりましたか?」

レナード・クレインは青ざめた顔で、輪になった人々の顔を順々に見まわし、しまいにジュリエットの顔を見た。すると、唇を少しすぼめて言った。「はい、私は見ました」

「卿は生きていて、元気でしたか?」ブレインが即座にたずねた。「どんな服装をしていました?」

「非常に元気そうでしたよ」クレインは奇妙な抑揚でこたえた。「昨日と同じ服装をしていました。十六世紀の先祖の肖像画を真似した、あの紫の衣装を着ていました。手にスケート靴を持っていました」

「腰には剣を帯びていたのでしょうな? クレインさん、あなたの剣はどこにありますか?」

「投げ捨ててしまいました」

　そのあとに訪れた沈黙の中で、多くの者の考えは自ずから一続きの彩色画となった。かれらは自分たちの仮装が暗灰色の空と縞の入った銀色の霜を背景にして、いっそう派出で豪華に見えることに慣れていた。動きまわる人物の姿は、ステンドグラスの聖者が歩くように輝いていた。多くの者が漫然と法王や君主の格好を真似ていたため、この効果はいっそう適切だった。しかし、かれらの記憶に残っているもっとも印象的な姿勢は、修道院風のものとは全然ちがった。それは、明るい緑の服をまとった人物と鮮やかな菫色の服をまとった人物がいっとき剣を交えて、銀色の十字をつくった、その瞬間の姿だった。それは冗談だった時でさえ中々の劇だったが、灰色の夜明けに、同じ二人が同じ姿勢で悲劇として繰り返したかもしれないというのは、奇妙で不吉な考えだった。

「あなたは彼と喧嘩したのですか？」ブレインが唐突にたずねた。

「ええ」緑衣の男は動じずにこたえた。「というよりも、彼が私と喧嘩したのです」

「なぜ、喧嘩したのです？」と取り調べ人は訊いたが、レナード・クレインは返事をしなかった。

　可怪しなことに、ホーン・フィッシャーはこの重大な反対訊問にあまり注意を払っていなかった。重い目蓋の下の眼は、ボロディーノ公の姿を懶げに追っていた。公爵はこの時、森の外れの方へぶらぶら歩いて行って、瞑想でもするように少し立ちどまったあと、樹の間の暗がりへ姿を消したのだった。

彼によそ見をやめさせたのは、ジュリエット・ブレイの声だった。その声はまったく新たな、決然たる調子で響き渡ったのだ。

「もしもそこが問題なのでしたら、はっきりさせた方が良いでしょう。私はクレインさんと婚約しました。そのことを兄に言うと、兄は不賛成でした。それだけです」

ブレインもフィッシャーも少しも驚いた素振りを見せなかったが、前者は静かにこう言い添えた。

「ただし、クレインさんとお兄上は話し合いをしに森へ入って行ったのでしょう――そこにクレインさんは剣を置き忘れた。もちろん、一緒に行った相手も」

「うかがっても良いですか」クレインが青白い顔面に一種の嘲りの色を閃かせて、たずねた。「私が剣や話相手をどうしたとお考えになっているんですか？　仮に私が殺人者だという楽しい命題を立ててみましょう。そうすると、私が魔法使いであることも証明しなければなりません。私があなたの不幸なお友達の身体に剣を突き刺したとすると、死体をどうしたんですか？　七匹の空飛ぶ竜に持って行かせたんですか？　それとも、死体を乳白色の雌鹿に変えるという、取るに足らぬことだったんですか？」

「皮肉を言っている場合ではない」インド帰りの裁判官は突然威丈高（いたけだか）になった。「失踪について冗談を言えるからといって、あなたの立場が良くなるものではありませんぞ」

フィッシャーの夢見るような、物寂しくもある目は、依然として背後の森の外れに注がれていた。彼は暗紅色の塊が、嵐の前の夕焼け雲のように、ほっそりした樹々の灰色の網目を透かして輝いているのに気づいた。枢機卿の衣をまとった公爵がまた小径に現われた。ブレインは、公爵が失くなった剣を探しに行ったのかもしれないと考えていたのだが、ふたたび現われた時、公爵が手にしていたのは剣ではなく斧だった。

仮装と謎の事件との不調和が、奇妙な心理的雰囲気を醸していた。一同は初め、ひどく恥ずかしかった。馬鹿げたお祭の扮装をしていたところに、葬いの性格が濃い出来事が起こったからである。早く部屋へ戻って、もっと葬いにふさわしい、少なくとももっと正式な服に着替えれば良かったと大勢が思っていた。しかし、なぜかこの時、人々は第二の仮面舞踏会、第一のそれよりも人工的で不真面目な仮面舞踏会をしているような気がしたのである。そしてこの滑稽な装いに馴染んでしまうと、妙な感覚が何人かの者を襲った。敏感な人間、クレインやフィッシャーやジュリエットはとくにそうだったが、多かれ少なかれ誰もが同じことを感じたのであって、例外は実際家のブレイン氏だけだった。まるで自分たちは先祖の亡霊であり、暗い森と陰気な湖に取り憑き、忘れかけた昔の役を演じているかのようだった。色とりどりな人物の動きは、物言わぬ紋章のように、何か遠い昔に取り決められたことを意味しているようだった。振舞いも、態度も、外的な物体も、それを解く鍵さえない寓喩として受けとめられた。そして危機が訪れると、かれらはそのことを知った——どういう危機なのかは知らなかったが。公爵が怒れる真紅の長衣を着て青銅色の顔をうつ向け、新たな形の死を手にして、痩せ細った木々の間に立った時、物語全体が新たに恐ろしい変化を遂げたことを、なぜか意識下で知ったのだった。かれらには理由を言えなかったろうが、二振りの剣はまさしく玩具の剣になり、物語全体が折れて、玩具(おもちゃ)のように投げ捨てられたようだった。ボロディーノは恐るべき真っ赤な衣をまとい、罪人の処刑のために斧を持っている旧世界の首斬り役人のようだった。そして罪人はクレインではなかった。

インド警察のブレイン氏はその新しい代物を睨みつけていて、少し間をおいてから、耳障りな、ほとんどしわがれた声で話した。

「それで何をしているんです？　木樵(きこり)の斧のようだが」

「自然な連想ですね」とホーン・フィッシャーが言った。「森で猫に出くわしたら、山猫だと思うでしょう。たとえ、客間のソファーから迷い出て来たばかりかもしれなくてもね。じつを言うと、僕はたまたまそれが木樵の斧でないことを知っています。そいつは台所で使う刻み包丁か、肉切り包丁か、何かそのような物で、誰かが森に投げ捨てたんですよ。僕自身、それを台所で見ました。中世の隠者の格好をするために馬鈴薯袋を探していた時です」

「それにしても、興味がなくはありませんな」公爵はそう言いながら道具をフィッシャーに向けて差し出し、フィッシャーは受け取って入念に調べた。「肉屋の包丁が肉屋の仕事をしたんだ」

「間違いなく犯行の道具です」フィッシャーは低い声で同意を示した。

ブレインは斧の刃の鈍(にぶ)い青色の光を、魅せられたような獰猛(どうもう)な眼でじっと見つめていた。

「おっしゃることがわかりませんな」と彼は言った。「何も――何も跡はついておりません」

「血は流さなかったんです」とフィッシャーが答えた。「それでも、罪を犯したんです。いわば、犯人が罪を犯した時と同じですよ」

「どういう意味です？」

「犯人は現場にいなかったんです」フィッシャーは説明した。「現場にいなければ人を殺せないのは、低級な殺人者ですよ」

「あなたは人を煙に巻こうとしてしゃべっているだけのように思える」とブレインは言った。「有益な助言があるなら、聞いてわかるように言った方が良い」

「僕にできる唯一の有益な助言は」フィッシャーは考え深げに言った。「地元の地誌や名前の由来を少し研究したら、ということだけです。聞くところによると、かつてプライアー氏という人がこの近隣に農場を持っていたそうです。思うに、故プライアー氏の家庭生活について細かいことがわかれば、この恐ろしい事件が解明できるんじゃないでしょうか」

「あなたは地誌以上にすぐに役に立つものを何も提供できないわけですな」ブレインは冷笑した。「私が友人の仇を討つ助けになるものを」

「そうですね」とフィッシャーは言った。「僕は〝塀の穴〟に関する真相を探りあてなければいけません」

その夜、嵐模様の黄昏が終わり、霜が溶けたあとに吹きはじめた強い西風の下で、レナード・クレインは、小さな森を囲い込んでいる高く切れ目のない塀のまわりを、やみくもにまわっていた。彼は自己の評判を傷つけ、自由さえ脅やかしている謎を自分で解こうという、必死の思いに突き動かされていた。警察当局は現在調査の任にあたっているが、彼を逮捕してはいなかった。しかし、彼が遠くへ行こうとすれば、たちまち逮捕されるのはわかっていた。ホーン・フィッシャーの与えた切れぎれの暗示は――フィッシャーはまだ詳しく説明しようとしなかったが――建築家の芸術家的気質を刺激して一種の大胆な分析に駆り立て、彼は象形文字の意味がわかるまで、逆さまにしてでも何でも読んでやる覚悟だった。それと塀の穴に関係があるなら、塀の穴を見つけ出そう。しかし、実際のところ、塀にはほんのかすかな罅割れも見つからなかった。彼は職業的知識から、この塀の石垣はすべて一人の職人が一時期に造ったものであることを知っていた。謎には何の光も照てない正規の入口以外に、隠れ場所や脱出の手段を暗示するものは見つからなかった。彼は風に吹かれる塀と、東に激しくたわんでいる灰色の、羽毛のような樹々との間の狭い隙間を歩き、嵐の雲が空を走るにつれて、夕陽の名残りの変わりゆく光が稲妻のようにチカチカ瞬(またた)くのを、そして背後にゆっくりと輝きを増す月の青い微光と混じり合うのを見ていたが、そのうち、頭がまわり出すのを感じた――ちょうど彼の踵(かかと)が、何度も何度も現われる窓一つない障壁のまわりをめぐっているように。

彼は思考の境界線でものを考えていた――それ自体、どんなものも隠す穴である四次元のことを夢想し、五感に空いた新しい窓を通して新しい角度からあらゆるものを見ることや、化学が生んだ新しい光線のような、神秘的な光と透明さのことを考えた。その中にブルマーの死体が、おぞましくギラギラ光りながら、森と塀の上に、毒々しい真っ赤な光輪に囲まれて浮いているのが見えた。彼はまた一切がプライアー氏に関係があるという、なぜか同じくらい恐ろしく思われる仄めかしにも取り憑かれていた。その人物がいつもプライアー氏と敬意をこめて呼ばれること、恐ろしい出来事の根源を死んだ農場主の家庭生活に求めよと言われたことにも、背筋の寒くなるものがあるような気がした。実際のところ、地元で調べてみても、プライアー一族については何も判明しなかったのを知っていた。彼はプライアー氏を、山高帽を被り、たぶん顎鬚か頬髯を生やした人物だろうと何となく想像したが、その人物には顔がなかった。

月の光が皓々(こうこう)と冴え渡り、風が雲を吹き払って急に歇(や)んだ時、クレインは一回りして、また邸の前の人造湖に戻っていた。何らかの理由で、それは非常に人工的な湖に見えた。実際、場面全体がワトー風の古典派の風景画のようだった。邸のパラディオ式の家表（やおもて）は月光を浴びて青白く、同じ銀色の光が、池の中央にある異教的な裸の大理石のニンフにも触れていた。驚いたことに、彼は石像の傍らにもう一つの人影が、ほとんど像と同じくらい身じろぎもしないで坐っているのをみとめた。同じ銀の鉛筆がホーン・フィッシャーの皺の寄った額と辛抱強い顔を描いていた。フィッシャーは今も隠者の格好をして、隠者の孤独な生活をいくらか実践しているかのようだった。しかし、面を上げてレナード・クレインを見ると、まるで彼が来るのを予期していたように微笑んだ。

「ねえ」クレインはフィッシャーの前に立ちどまって言った。「この一件について何か教えてくれませんか？」

「もうじきみんなにすべてを話さなければいけないでしょう」とフィッシャーはこたえた。「ですが、その前にあなたに多少話してもかまいません。しかし、まず初めに、あなたも何か教えてくれませんか？　今朝ブルマーとお会いになった時、一体何が起こったんです？　あなたは剣を投げ捨てましたが、彼を殺さなかったんですか？」

「殺しませんでした。私の剣を投げ捨てたからです」と相手は言った。「わざとそうしたんです。さもないと、何が起こるかわかりませんでしたから」

　少し間があってから、クレインは静かに語りつづけた。

「亡きブルマー卿はじつに気さくな紳士でした。この上なく気さくでした。目下の者に親切で、いろいろな休日や催しがあると弁護士や建築家を屋敷に泊めました。しかし、彼にはべつの一面があって、彼と対等になろうとすると、その面が露われたんです。私が妹さんと婚約したと言った時、何か私には説明できないし、したくもないことが起こりました。それはまるで途方もない狂気の暴発のようでした。しかし、真相は悲しいけれども単純なものなんでしょう。紳士の粗暴さというものがあります。それは人間のもっともおぞましいものです」

「知っていますよ」とフィッシャーは言った。「チューダー朝[*7]のルネッサンス貴族たちがそんな風でした」

「あなたがそうおっしゃるとは妙ですね」クレインは語りつづけた。「というのも、ブルマー卿と話しているうちに、私は妙な気分になったんです。我々は何か過去の場面を繰り返していて、私は本当に無法者で、ロビン・フッドのように森で見つかり、彼は羽飾りと紫衣を身にまとって、先祖の肖像画の額縁から抜け出して来たような。ともかく、彼は何かに憑かれていて、神も畏れなければ人間も眼中にありませんでした。もちろん、私は彼に反抗し、歩いてその場を去りました。立ち去らなければ、本当に彼を殺していたかもしれません」

「そうです」フィッシャーはうなずいて言った。「彼の先祖は取り憑かれていたし、彼も取り憑かれていた。これで話は終わりです。万事辻褄(つじつま)が合いますよ」

「何と辻褄が合うんです?」相手は急に苛立(いらだ)って、声を上げた。「私には何が何だかわかりません。あなたは塀の穴にある秘密を探せとおっしゃいますが、塀の穴など見つかりません」

「そんなものはない」とフィッシャーは言った。「それが秘密なんです」

　彼はしばし考え込んでから、言い足した。

「それを世界という塀の穴とでも呼ぶならば、べつですがね。いいですか、お聞きになりたければ申し上げますが、まず前置きが必要なようです。あなたは現代人の心の癖の一つを理解しなければいけません。たいていの人間がそれと気づかずに従っている傾向です。

　外の村だか郊外だかに、聖(セント)ジョージと竜(ドラゴン)の看板を掲げた居酒屋があります。さて、仮に僕が、こいつは国王(キング)ジョージと竜騎兵(ドラグーン)の訛りにすぎないと言ってまわったとしましょう。何十人という人々が、全然調べもせずに、それを信じるでしょう。散文的であるが故にありそうなことだと何となく感じてね。それはロマンティックで伝説的なものを、最近の日常的なものに変えてしまう。そのせいで、道理にかなっていないにもかかわらず、合

＊7　ヘンリー七世からエリザベス一世に至るイングランドとアイルランドの王朝（1485-1603）。

理的に聞こえるんです。もちろん、中には分別があって、イタリアの古画やフランスの物語に聖ジョージが出て来たことを思い出す人もいるでしょうが、大多数の人はそんなことを考えもしないでしょう。懐疑主義を、懐疑主義だというだけで鵜呑みにするでしょう。現代の知性はいかなることも権威に基いて受け入れようとしません。しかし、権威を持たないものならどんなことでも受け入れるんです。ここで起こったのは、まさにそういうことなんですよ。

どこかの評論家が、プライアーズ・パークは小修道院(プライオリー)ではなくて、プライアーという、つい最近の人間の名前にちなんで名づけられたのだと言い出した時、誰もその説を検証しませんでした。本当にプライアー氏という人がいたのかどうか、彼に会ったり、噂を聞いたりした人がいるかどうかを訊くために、この話を繰り返すということは、誰の頭にも浮かびませんでした。じつを言うと、それは小修道院で、たいていの小修道院と同じ運命を辿ったんです。すなわち、羽飾りをつけたチューダー朝の紳士が力ずくでそこを分捕り、自分の屋敷にしたんです。彼はもっとひどいこともやりましたが、その話はあとでお聞かせしましょう。ですが、ここで肝腎なのは、問題の癖がこういう風な働きをすることです。その癖は話のほかの部分でも同じように働きます。この地域の名前は、学者が作った最善の地図を見ると、どれにもホリンウォールと印刷されています。学者たちは、貧しい人々のうちでも、とりわけ無知で旧弊な連中がホリウェルと発音していたことに、軽い気持ちで、微笑(わら)いながら言及します。しかし、間違っているのは綴りで、発音の方が正しいんです」

「ということは」クレインが即座にたずねた。「本当に井戸があったんですか?」

「井戸はあります」とフィッシャーは言った。「そして、真実はその底にあるんです[*8]」

彼はそう言いながら片手を伸ばし、目の前に広がる一面の水を指さした。

「井戸はどこかあの水の下にあります。井戸に関連して起こった悲劇は今回が初めてじゃありません。この家の創建者は、同類の悪党どももめったにやらないことをしたんです。修道院略奪の混乱した状況にあってさえ、揉み消さねばならないようなことを。この井戸はある聖者の奇蹟に由縁(ゆかり)があり、井戸を守っていた最後の小修道院長(プライアー)は、彼自身聖者のような人でした。少なくとも殉教者によく似ていました。新しい所有者に挑み、この場所を汚すなら汚してみろと言いました。それで、くだんの貴族は怒り狂い、彼を刺し殺して、死体を井戸に放り込みました。それから四百年後、簒奪者(さんだつしゃ)の子孫が同じ紫の衣を着て、同じような高慢さで世間をのし歩き、死体の後を追ったんです」

「しかし、一体どうして」とクレインはたずねた。「ブルマーがほかならぬその場所に初めて落ちたんです?」

＊8 「真実は井戸の底にあり」という英語の諺がある。

「それを知っている唯一の人間が、ほかならぬその場所の氷だけを緩めておいたからです」とホーン・フィッシャーは答えた。「氷のその場所が、台所用の肉切り包丁でわざと割ってありました。僕自身、氷を叩く音を聞いたんですが、何だかわかりませんでした。その場所は人造湖に覆われていましたが、人工的な伝説によって真実を覆うためだったのかもしれません。しかし、異教の女神像で神聖な井戸を穢すというのは、ああいう異教徒の貴族がやりそうなことだと思いませんか?――ちょうどローマ皇帝がキリストの聖墳墓にウェヌスの神殿を建てたようなものです。けれども、真実は、学者が突きとめようと腹を決めれば、今でも突きとめることができました。そして、この男は突きとめようと腹を決めたんです」

「誰がです?」相手はたずねたが、答は薄々察していた。

「アリバイのあるただ一人の男です」とフィッシャーはこたえた。「考古学者で法律家のジェイムズ・ハッドウは惨事の前の晩に去りましたが、氷の上にあの黒い死の星を残していきました。彼は最初ここに泊まるつもりでしたが、急に帰りましたね。たぶん、法律のことでブルマーと会見した時、見苦しい喧嘩をしたんでしょう。御存知のように、ブルマーは人に殺意を抱かせることがありましたからね。それに、僕の想像ですが、法律家本人も白状しなければならない不正を犯していて、依頼人に暴露される危険があったんでしょう。しかし、これは僕が人間の性質について知ったことですが、人間は商売でずるをしても、趣味ではしません。ハッドウは不誠実な法律家だったかもしれませんが、誠実な考古家たらざるを得ませんでした。〝聖なる井戸〟に関する真実を追いはじめると、とことん調べずにいられませんでした。プライアー氏と塀の穴に関する、新聞に載った話に欺されはしませんでした。彼は何もかも、井戸の正確な場所に到るまで突きとめて、その報酬を得たんです——人殺しに成功することが報酬と見なせるならば、ですがね」

「しかし、あなたはこの隠された歴史をどうやって突きとめたんです?」若い建築家はたずねた。

ホーン・フィッシャーの額を翳がよぎった。

「初端から知りすぎていただけです」と彼は言った。「それに、結局のところ、僕が気の毒なブルマーのことを軽々しく貶すのは、恥知らずなことです。彼は報いを受けましたが、僕らは受けていないんですからね。おそらく、僕が吸う葉巻の一本一本、僕が飲むリキュールの一杯一杯が、直接にか間接にか、聖地の略奪と貧乏人の迫害によって得られるんです。結局のところ、過去を突っつきまわさなくとも、塀の穴は見つかりますよ——英国史を擁護する主張に空いた大きな突破口はね。そいつは偽の情報や教育という薄い表面のすぐ下にあります——ちょうど、あの暗い、血に汚れた井戸が浅い水とぺったりした水草の床の真下にあるように。ええ、あの氷は薄いけれども、良く保ちます。僕らが修道士に扮して、古きなつかしき中世の猿真似をして踊っている間、僕らを支えられるほど頑丈です。

僕は仮装しなければいけないと言われたので、自分の趣味と好みによって仮装しました。僕はわが国と帝国の歴史について、我々の繁栄と進歩について、我々の商業と植民地について、我々の成功ないし栄光の数世紀について、ささやかな知識を持っています。それで、仮装しろと言われた時、ある古めかしい衣装をまといました。紳士の身分を受け継いでいるが、紳士の感情を忘れきってはいない男にふさわしいと思う唯一の衣装を身につけたんです」

物問いたげな表情に答えて、フィッシャーはサッとお辞儀をするような仕草をして立ち上がった。

「麻布(あさぬの)ですよ」と彼は言った。「それに灰もかぶろうと思います。[*9] 僕の禿頭に灰をかぶっても落ちなければ、の話ですが」

＊9　聖書に於いて、麻布をまとい、灰をかぶるのは悔い改めの表現。

釣師のこだわり

物事は異常すぎると記憶されない場合があるものだ。それがもし自然の成り行きから全然逸脱していて、原因も結果もないように思われると、そのあとに起こった出来事から想起されることもない。ただ潜在意識の事柄となって、ずっと後に何かの偶然によって掻き立てられる。忘れられた夢のように流れ去って行くのである。西部地方の川でボートを漕いでいる男がそうした奇妙な光景を見たのは、夜が明けて闇が去った直後の、夢多き時間であった。男は目醒めていた。実際、しゃっきり目が醒めていると自分でも思っていた。彼はハロルド・マーチという新進の政治記者で、田舎屋敷にいるさまざまな有名政治家と会見をしに行く途中だったからだ。しかし、彼が見たものは、気の迷いかと思われるほど理屈に合わないものだった。それはただ心の中を通り過ぎ、そのあとの全然異なる出来事のうちに埋没した。そしてずっと後にその意味を悟る時まで、思い出しもしなかった。

川の一方の縁に沿って、野や藺草に薄い朝靄がかかっていた。反対側には、暗紅色の煉瓦塀が水に覆いかぶさるようにして連なっていた。マーチは櫂を船に収め、しばらく流れのままに漂っていたが、そのうちふと頭をめぐらすと、長々と単調にうちつづく煉瓦塀が途切れて、そこに橋が架かっているのを見た。優美な十八世紀風の橋で、灰色になりかけた白い石の支柱がいくつも並んでいた。大水が出たあとで、川は今も非常に水嵩が増しており、矮小な樹々が人間の腰あたりまで水に浸かって、弓形の橋の下には、暁の白い光が細い弧をなして輝いていた。

　暗い拱道の下をくぐる時、マーチと同じようにたった一人の男の漕ぐボートが、こちらへ向かって来るのが見えた。男の顔は、うつむいているので良く見えなかったが、橋に近づくと、男はボートの中で立ち上がり、ふり向いた。しかし、すでに暗い拱道に入りかけていたので、朝日を背にして全身が真っ黒になっていた。マーチには男の顔は見えなかったが、二つの長い頬髯か口髭の先っぽだけが見えて、それが、おかしなところについた角のように、影絵に何か不気味なものを与えていた。こうした点も、それと同時にある意外なことが起らなかったら、マーチはけして気に留めなかっただろう。男は低い橋の下へ来ると、橋にぴょんと跳びつき、両脚をぶらぶらさせながら、ボートが流れ去るのを放っておいた。マーチは一時、二本の黒いバタつく脚を幻のように見た。それから、黒いバタつく脚は一本になり、やがて渦巻く流れと長々と続く塀以外何も見えなくなった。しかし、ずっと後になって、このことに関わりのある物語を理解してから思い返すと、この一件はつねにあの突飛な姿として心に浮かんだ——まるであの暴れる脚が、怪物形樋嘴よろしく橋に取りつけられた彫刻の装飾であるかのように。その時は、ただ流れを見つめながら通り過ぎただけだった。橋の上を走ってゆく人影は見えなかったから、もう逃げてしまったにちがいない。しかし、彼は次の事実にかすかな意味合いを感じていた――塀の向かい側にある橋詰の木立の中に一本の街灯柱があり、その傍らに、何も気づかないでいる警官の、肩幅の広い、青い背中が見えたのである。

政治的巡礼の神殿に着く前から、マーチには橋の奇妙な出来事のほかにも、いろいろ考えることがあった。そんな寂しい川ですら、男が一人きりでボートを操るのは必ずしも容易でなかったからだ。実際、彼が一人でいるのは思いがけぬ故障のせいにすぎなかった。ボートを買ったのも、この遠出を計画したのも、友人と相談した上でのことだったが、その友人は土壇場になって、予定をすべて変えなければならなかった。ハロルド・マーチは友人ホーン・フィッシャーとともに、ウイローウッド邸(プレイス)まで川旅をするはずだった。首相が今、そこの客になっているのだ。ハロルド・マーチはこの頃、名が売れて来た。彼の卓抜な政治記事が次第に大きなサロンへの扉を開いていったからだが、それでも、まだ首相に会ったことはなかった。ホーン・フィッシャーの名前を聞いたことのある人間は、一般大衆のうちにほとんどいなかったが、フィッシャーは首相を子供の時から知っていた。そんなわけで、二人がもし予定通り一緒に旅行していたら、マーチは少し先を急いだかもしれないし、フィッシャーは漫然と旅を長引かせたがったかもしれない。というのも、フイッシャーは生まれた時から首相を知っているような人々の一人だったからである。首相を知っていることはあまり彼を陽気にさせないらしく、彼の場合は、生まれた時から退屈しているというに近かった。ホーン・フィッシャーは背の高い、青ざめた、金髪の男で、額は禿げ上がり、物腰は大儀そうだった。彼が倦怠という形よりも激しい形で苛立ちを示すのは稀だったが、旅行のために釣道具や葉巻といったささやかな荷物をまとめている時、汽車ですぐ来てくれという電報をウィローウッドから受け取ると、明らかに立腹した様子だった。首相は今晩発たねばならないという。友人の記者は翌日までどうしても出発できない。フィッシャーは友人の記者が好きだったし、川で二、三日遊ぶのを楽しみにしていた。首相はとくに好きでも嫌いでもなかったが、二、三時間汽車に乗って行くという選択肢はじつに気に入らなかった。それでも、彼は首相というものを受け入れたし、鉄道汽車も受け入れた。彼は体制の一員であり、少なくともそれを破壊するために地上に遣わされた革命家ではなかったからだ。そこでマーチに電話をし、謝罪半分愚痴半分に、予定通りボートで出かけてくれと頼んだ。約束の時間までにウィローウッドで落ち合おうというのである。それから外へ出てタクシーを呼びとめ、鉄道の駅へ行った。駅では本屋に立ち寄り、安っぽい殺人の物語を何冊も買って軽い荷物につけ加え、そうした本を大いに楽しんで読んだが、自分がこれから現実生活の中で、それと同じくらい奇妙な物語の中に足を踏み入れるという予感は少しもなかった。

日没の少し前、フィッシャーは軽いスーツケースを手に、川沿いに長々と続くウィローウッド邸の庭の門の前に到着した。ここは海運王で新聞社をいくつも持っているサー・アイザック・フックの田舎屋敷のうちでは、小さいものの一つだった。フィッシャーは川の向こう側で、道路に面している門から中に入ったが、その水辺の風景には、旅人に川が近いことをつねに思い出させる混淆した性質があった。水の白い光が緑の茂みの中で、剣か槍のように時折キラッと輝いたし、いくつもの中庭に区切られて、生垣や高い庭樹に囲まれた庭自体にも、到る処に水の調べが聞こえて来た。フィッシャーが最初に入った緑の中庭は、あまり手入れをしていないクローケー場のように見えて、若い男がただ一人、自分を相手にクローケーをしていた。けれども、彼は一時の練習をしている球戯に熱心ではなく、黄ばんでいるが造作の整った顔は、どちらかというと不機嫌そうに見えた。彼は何かをしていないと意識の重荷に耐えられず、何かをするというのは何か遊戯をすることだとしか考えていない若者の一人にすぎなかった。色黒で、休日の軽装だが良い身形をしており、フィッシャーはすぐに彼がジェイムズ・バレン——なぜか理由はわからないが、バンカーと呼ばれている——という青年であることを知った。彼はサー・アイザックの甥だった。しかし、その時もっと重要なことは、首相の私設秘書でもあることだった。

「やあ、バンカー」とホーン・フィッシャーは言った。「君みたいな人に会いたかったんだ。君の上司はもう来たのかい？」

「晩餐が終わるまでしかいないんだ」バレンは黄色い球を見ながら、こたえた。「明日バーミンガムで大演説をしなきゃいけないから、今夜中にまっすぐあちらへ向かうんだ。自分で運転して、あっちへ行く。自動車を運転して、ということさ。あの人はそれだけが自慢なんでね」

「君は良い子にして、伯父さんとここに残るってわけかい？」とフィッシャーはこたえた。「でも、首相はバーミンガムで何をするんだ——優秀な秘書が警句をささやいてくれなかったら？」

「からかうのはやめてくれ」バンカーと呼ばれる青年は言った。「お供をしなくて済んだから、嬉しくてしようがないんだ。あの人は地図とか、金銭とか、ホテルとか、そういうことを何にも知らないから、僕は旅行案内人みたいに跳びまわらなきゃいけない。伯父さんはというとね、僕はここの地所を相続することになってるから、時々ここへ来た方が良いのさ」

「ごもっともだ」と相手はこたえた。「それじゃ、あとでまた会おう」そう言って芝生を横切り、生垣の切れ目から外に出た。

フィッシャーは桟橋に向かって芝生を歩いていたが、黄金色の午後の円天井の下、川に取り憑かれたその庭で、旧世界の趣と残響を今もまわり中に感じていた。彼が次に横切った四角い芝生の地面は一見無人のようだったが、やがて隈の方にある薄暗い木立にハンモックが見え、そのハンモックに男が乗って、新聞を読みながら片方の脚を網の端からぶらぶらさせていた。フィッシャーはこの男にも名前で呼びかけ、男は地面に滑り下りて来ると、ゆっくりと進み出た。その場所の様子に過去の何かを感ずることは運命のようにも思われた。その人物は、ヴィクトリア朝初期の幽霊がクローケーの小門（フープ）や打球槌（マレット）の幽霊を再訪したかのように見えたからだ。それはほとんど奇抜とも見える長い頬髯を生やし、古風で丹念なカットの付襟と襟飾り（クラヴァット）をつけた年輩の男だった。四十年前、流行を追う洒落者（しゃれもの）だった彼は、今も何とか、流行は無視しながら洒落者道を守っていた。背後のハンモックの上には、「モーニング・ポスト」紙と並んで白い山高帽が置いてあった。これぞウェストモアランド公爵、本当に数百年続いた旧家の生き残りで——その古さは紋章ではなく、歴史だった。こういう貴族が現実にはいかに稀（まれ）で作り話にはいかに多いかを、ホーン・フィッシャーほど良く知っている人間はいなかった。しかし、公爵があまねく尊敬を受けているのは血統の正しさのおかげか、それとも、貴重な財産を山程持っているおかげかについては、フィッシャー氏の意見を聞いてみると、もっと興味深い問題かもしれなかった。

「随分くつろいでいらしたので」とフィッシャーは言った。「てっきり召使だと思ってしまいましたよ。僕はこの鞄を運んでくれる人を探してるんです。急いで出て来たので、人を連れて来なかったものですから」

「その点は、わしも同じだよ」公爵は誇らしげにこたえた。「わしはけしてそういうものを連れ歩かないんだ。この世にわしの嫌いな動物がいるとすれば、従僕だ。わしは幼い頃から自分で服を着ることをおぼえたし、着方もちゃんとしていると言われた。わしは子供に還（かえ）ったかもしれんが、子供みたいな服の着方はせんよ」

「首相も従僕を連れて来ませんでした。その代わり、秘書を連れて来ました」とフィッシャーは言った。「秘書の方がはるかに下等な仕事です。ハーカーがこちらに泊まっていると聞きましたが？」

「あそこの桟橋にいるよ」公爵は無関心そうにこたえて、また「モーニング・ポスト」を読みはじめた。

フィッシャーは庭の端にある緑の塀を越えて、川と向こうの木の生えた島に望む一種の曳舟道（ひきふねみち）へ出た。果たして、そこには猛禽のように身を屈めた、痩せた黒い人影があった。その姿勢は、法廷では法務長官サー・ジョン・ハーカーの姿勢として良く知られていた。彼の顔は頭脳労働のために皺（しわ）が刻まれていた。庭で怠惰にすごしている三人のうちで、彼だけが自力で身を立てた人間だったからである。禿げ上がった額とくぼんだ顳顬（こめかみ）のまわりには、銅板のようにぺったりした、冴えない色の赤毛の髪が引っついていた。

「僕はまだこの家の主人に会っていないんです」ホーン・フィッシャーはほかの二人と話した時よりも少し真面目な口調で言った。「でも、晩餐の席で会えるでしょうね」

「今でも姿は見えるが、会うことはできないよ」とハーカーは答えた。

彼は顎をしゃくって、向こう側の島の片端を示した。その方にじっと目を凝らすとフィッシャーにも見えてきたが、丸い禿頭と釣竿の先が、どちらも微動だにせず、向こうの流れを背景にして高い下生えから突き出していた。釣師は木の切り株に腰かけて向こう岸を向いているらしく、顔は見えなかったが、頭の形は見間違えようがなかった。

「彼は釣りの最中に邪魔されるのを好まないんだ」ハーカーは続けて言った。「あの男には、魚以外食べないという一種のこだわりがあってね。自分の魚を自分で釣るのをたいそう自慢にしている。もちろん、質素な暮らしが好きなんだ。ああいう億万長者には、そういう連中が大勢いるがね。労働者みたいに、その日の糧を稼いだと言って帰って来るのが好きなんだ」

「彼はどうやってガラスを吹くか、どうやって椅子や何かに詰め物をするかも説明しますか?」とフィッシャーは言った。「銀のフォークを作ったり、葡萄や桃を育てたり、絨毯の紋様をデザインしたりするやり方も? 多忙な人だといつも聞いていますが」

「そんな話はしたことがないと思う」と法律家は言った。「この社会諷刺はどういう意味なんだね?」

「なに、少しうんざりしてるんですよ」とフィッシャーは言った。「我々の小さな仲間が暮らしている〝素朴な生活〟と〝奮闘的な生活〟に。我々はほとんどすべてのものを他人に依存しながら、何か一つのものに関して自立することに大騒ぎしているんです。首相は運転手なしでやっているのを自慢していますが、雑用係や何でも屋なしではやっていけません。だから、気の毒なバンカーが万能の天才の役を引き受けなければいけないんです――彼はそんな柄じゃないんですがね。公爵は従僕なしでやっているのを自慢しています。でも、あの人は、自分が着る恐ろしく古い服を集めるために、大勢の人間にとんでもない苦労をかけているにちがいありません。ああいう物は大英博物館で見つけたか、墓から掘り出して来たにちがいありません。あの白い帽子一つとっても、あれを見つけるには、北極点を見つけるみたいに探険隊を組織しなければならないでしょう。そうしてフックは自分の魚を調達すると言っていますが、それを食べるのに使う魚用のナイフやフォークは造ることができません。食べ物のような素朴（シンプル）なものについては質素（シンプル）かも知れませんが、きっと贅沢な物、ことに小物については贅沢ですよ。あなたはこの手合いの数には入りませんね。あなたは働きすぎで、労働ごっこをすることができませんから」

「時々思うんだが」とハーカーが言った。「君はたまには役に立つという恐ろしい秘密を隠しているんじゃないのかね。ここへ来たのは、ナンバー・ワンがバーミンガムへ行く前に会いたいからなんだろう？」

　ホーン・フィッシャーは小声で答えた。「そうです。晩餐の前につかまえられるだろうと思っています。あの人は晩餐が終わったらすぐサー・アイザックと会って、何か話をしなければならないんです」

「やあ」ハーカーが叫んだ。「サー・アイザックの釣りが終わったぞ。日の出とともに起きて、日没に帰るのが自慢なんだ」

島にいる老人は果たして立ち上がると、ぐるりを見まわした。もじゃもじゃの灰色の顎鬚と、やや小造りな肉の落ちた目鼻立ち、猛々しい眉毛と癇癪の強そうな鋭い眼が見えた。

老人は注意深く釣道具を運びながら、浅い流れの少し下にかかっている平らな踏石の橋を渡って、もうこちらへ戻って来た。やがて向きを変えて、客人たちの方へ近寄りながら、慇懃に挨拶した。魚籠には魚が五、六匹入っており、上機嫌だった。

「そうとも」フィッシャーが礼儀正しく驚きを表わすと、彼は喜んで言った。「私は家の誰よりも早起きだと思うよ。早起きの鳥は虫をつかまえる、というからね」[*1]

「残念だが」とハーカーが言った。「虫をつかまえるのは早起きの魚だよ」

「だが、早起きの人間がその魚をつかまえるんだ」老人はぶっきら棒にこたえた。

「でも、うかがった話では、サー・アイザック、あなたは夜更かしもなさるそうじゃありませんか」フィッシャーが口を挟んだ。「少ししかお眠りにならないんですね」

「昔からあまり眠る時間がなかったんだ」とフックは答えた。「いずれにしても、今夜は夜更かししなければなるまい。首相が話をしたいそうだからな。それに、あれこれ考える

＊1　「朝起きは三文の得」に相当する英語の諺。

と、晩餐のためにもう着替えた方が良さそうだ」

晩餐の間、政治のことは誰も一言も口にせず、儀礼的な細かい話しかしなかった。長身痩軀で巻毛は白髪になっている首相のメリヴェール卿は、この家の主人に釣果があったことや、彼が示した技巧や忍耐について、真面目な調子で讃めたたえた。会話は浅い川のように、踏み石の間を流れ過ぎた。

「たしかに、魚を待つのは忍耐が要る」とサー・アイザックが言った。「それに魚を遊ばせるには技倆が要るが、私は概して魚については運が良いんだ」

「大物が糸を切って逃げることって、あるのかい？」政治家は敬意をこめた関心を示しながら、たずねた。

「私が使う糸は切れんよ」フックは満足げに答えた。「じつを言うと、釣道具には少し凝ってるんだ。糸を切るほど力の強い魚なら、私を川に引きずり込めるだろう」

「社会の大きな損失だね」首相は頭を下げて言った。

フィッシャーは内心ジリジリしてこんな無駄話を聞きながら、自分の出番を待っていた。そして主人役が立ち上がると、めったに見せない機敏さで、サッと立ち上がった。彼はサー・アイザックが最後の話し合いのためにメリヴェール卿を連れ去る前に、何とか卿をつかまえることができた。言うことは二言三言しかなかったが、それを伝えておきたかったのだ。

彼は首相のために扉を開けながら、小声で言った。「モンミライユに会いました。我々がただちにデンマークのため抗議しなければ、スウェーデンは必ず港を奪取すると言っています」

メリヴェール卿はうなずいた。

「その件でフックが何と言うか、これから聞くところだ」

「僕の想像するに」フィッシャーは弱々しい微笑を浮かべて、言った。「彼が何と言うかについて、疑いの余地はないでしょう」

メリヴェール卿は返事をせず、書斎の方へ悠然と歩いて行った。この家の主人は一足先にそちらで待っていた。ほかの面々は撞球室の方へ流れて行ったが、フィッシャーは法律家にこう言っただけだった。「長いことはかかりませんよ。かれらは実質上合意していますから」

「フックは首相を全面的に支持しているからな」ハーカーも頷いた。

「あるいは、首相が全面的にフックを支持しているんです」フィッシャーはそう言って、玉突き台の玉を無造作に突きはじめた。

翌朝ホーン・フィッシャーは、彼の良くない癖で、遅い時間にのんびりと階下(した)へ下りて来た。早起きの鳥にあやかる気はなさそうだった。しかし、ほかの客人たちも似たような気分だったらしく、昼食時(ひるどき)近くなってから三々五々下りて来ると、食器棚にあるものを取って朝食にした。だから、その奇妙な日の最初の衝撃がかれらを襲ったのは、何時間もあとのことではなかった。衝撃は明るい色の髪をした、率直な表情の青年という形でやって来た。青年は川上からボートを漕いで来て、桟橋で陸に上がった。それはほかでもないハロルド・マーチ、フィッシャー氏の友人の記者で、彼の旅はその日の早朝、川上のはるか遠い場所から始まったのだ。途中、川沿いの大きな町に寄ってお茶を飲んで来たため、到着したのは午後遅くで、ポケットから左翼系の夕刊が突き出していた。マーチは静かでお行儀の良い雷霆（いかづち）のごとく川ほとりの庭へ落ちたのだが、自分が雷霆であることを知らなかった。

初めに交わした挨拶と紹介は月並なもので、変わり者の家の主人がそこにいない言訳に終始していた。彼はもちろん、また釣りに行ってしまい、石を投げればとどく場所にいるのだが、約束の時刻までは邪魔してはならないのだった。

「あの男の唯一の趣味ですからね」ハーカーが申し訳なさそうに言った。「それに何といっても、ここは彼の家だし、ほかの点では非常に良くもてなしてくれるんです」

「僕は少し心配です」フィッシャーが声をひそめて言った。「あれは趣味というよりも偏執狂になり始めているんじゃありませんかね。あの老齢（とし）の人が物を集めはじめると、どうなるか知っていますね——たとえ、集めるのがろくでもない小さな川魚でもね。楊枝を集めたタルボットの伯父さんのことや、気の毒なバジー爺さんと葉巻の灰の無駄使いのことを憶えているでしょう。フックも昔は大きなことをたくさんやりました——スウェーデンの材木の取引とか、シカゴで開かれた平和会議とか——けれども、今はそういう大きなことに、小魚に対するほどの興味を持っているかどうか疑問ですね」

「おい、おい」法務長官は抗議した。「君の話を聞いていると、マーチさんは狂人に会いに来たみたいじゃないか。信じて下さい、フックはほかの娯楽と同じように、釣りを楽しみでやっているだけなんです。ただ、楽しみにひどく夢中になる性質(たち)なんですよ。しかし、賭けてもいいが、もし材木や海運のことで大きな報せがあれば、楽しみも魚もそっちのけにしますよ」

「さあ、どうかな」ホーン・フィッシャーは眠そうに川の中の島を見ながら言った。

「ところで、何か報せはありますか?」ハーカーがハロルド・マーチにたずねた。「夕刊をお持ちのようですが。午前中に出る意欲的な夕刊紙の一つですな」

「メリヴェール卿がバーミンガムでした演説の冒頭(でだし)がのっています」マーチは相手に新聞を渡しながら、こたえた。「ほんの小さい記事ですが、中々良いと思いますよ」

ハーカーは新聞を受け取り、パタパタいわせて畳み直すと、速報を見た。マーチが言ったように小さい記事だった。しかし、それはサー・ジョン・ハーカーに不思議な影響を与えた。垂れ下がった眉がピクリと吊り上がって、目がパチクリし、束の間、強張(こわば)った顎がゆるんだ。妙なことにひどく老け込んだようだった。それから、声を引き締め、身震い一つせずに新聞紙をフィッシャーに渡すと、こう言った。

「ふむ、ここに賭けをするチャンスがあるぞ。爺さんの釣りを邪魔できる大ニュースがある」

ホーン・フィッシャーは新聞を見ていた。するとものうく表情に乏しい彼の顔にも、ある変化が起こったようだった。小さい記事だというのに大見出しが二つ三つ入っており、彼の目は「スウェーデンに衝撃の警告」「我々は抗議する」という文字に出くわした。

「一体全体」と彼は言ったが、その言葉はささやきとなり、次いで口笛に変わった。

「フックにすぐ知らせなければいかん。さもないと、一生恨まれるぞ」とハーカーが言った。「彼はきっと今すぐナンバー・ワンに会いたがるだろう。もう手遅れかもしれないがな。私が今行って来よう。ともかく、あいつは魚のことなんか忘れる方に賭ける」彼はこちらに背を向け、平石の曳舟道まで川沿いを急ぎ足に歩いて行った。

マーチは彼の左翼系新聞がもたらした影響にびっくりして、フィッシャーを見つめていた。

「一体どうなってるんだ?」と彼は言った。「我々はデンマークの港を護るために抗議すべきだと僕はずっと思っていた。かれらのためにも我々のためにも。サー・アイザックがどうのこうのと、何をじれったいことを言ってるんだ? これを悪い報せだと思うかね?」

「悪い報せ！」フィッシャーは言うに言い難い微(かす)かな強調を加えて、繰り返した。

「そんなに悪いことなのかね？」彼の友人はしまいにたずねた。

「そんなに悪いことなのかって」フィッシャーは鸚鵡(おうむ)返しに言った。「いや、もちろん、これほど結構なことはないさ。大ニュースだ。輝かしいニュースだ。魔がさしてみんなが足を掬(すく)われるのは、そこなんだ。この報せは素晴らしい。何とも言えないほど嬉しい。それに、まったく信じられない」

　彼はまた島と川の灰色と緑色を見つめ、その寂しげな目はゆっくりとあたりを見まわして、生垣と芝生を向いた。

「この庭は一種の夢みたいな感じがした」と彼は言った。「それに僕は夢を見ているにちがいない。でも、草は茂っているし、水は流れているし、あり得ないことも起きた」

　そう言っている間にも、猛禽のように身を屈めた黒い人影が、すぐ上の生垣の切れ目に現われた。

「賭けは君の勝ちだ」ハーカーはしわがれた、烏が鳴くような声で言った。「あの馬鹿爺さんは釣り以外、どうだって良いんだ。私に悪態をついて、政治の話はせんと言ったぞ」

「そうかもしれないと思いました」フィッシャーは慎ましやかに言った。「これから、どうします？」

「とにかく、あの阿呆の電話を使おう。何が起こったのかを正確に知らねばならん。明日、私自身で政府を代表して話さねばならん」法律家はそう言うと、家の方へ急いで行った。

そのあとの沈黙は、マーチにとっては非常に気まずい沈黙だったが、やがて、白い帽子を被って白い頬髯を生やしたウェストモアランド公爵の古風な姿が、庭を横切って近づいて来るのが見えた。フィッシャーは例の左翼系新聞を持ってすぐさま近寄り、二言三言何か言って、あの黙示録的な記事を示した。それまでゆっくり歩いていた公爵はピタリと立ちどまり、数秒間、どこか時代遅れの店の外に立って目を見開いているマネキン人形のように見えた。それからマーチは彼の声を聞いたが、高く、ほとんどヒステリックな声だった。

「しかし、あいつに見せねばならん、理解させなければならん。奴にちゃんと相談した上のこととは思えん」それから、声の張りと尊大ささえも幾分取り戻して、「私が行って、直接(じか)に話そう」

その午後の奇妙な出来事の中でマーチがいつも思い出すのは、素晴らしい白い帽子を被ったこの老紳士が、あたかもピカデリーの混んだ通りを渡るように、注意深く石から石を伝って川を渡るあざやかな画面に、何か喜劇めいたものがあったことだ。公爵はやがて島の木蔭に姿を消し、マーチとフィッシャーがふり返ると、法務長官がやって来た。確信を持った厳しい顔つきで邸から出て来たのだった。

「誰も彼も言っているぞ」と長官は言った。「首相は生涯で一番偉大な演説をしたと。長い熱弁と、盛大な鳴りやまぬ拍手だ。腐った金融家どもと英雄的な農民だ。我々はもうデンマークを見捨てはせんのだ」

フィッシャーはうなずいてふり返ると、曳舟道の方へ向かって行った。そこに公爵がやや茫然とした面持ちで戻って来るのが見えた。質問に対し、彼はかすれたひそひそ声で答えた。

「奴さん、正気とは思えん。話を聴こうとしないんだ。あいつは——ああ——私のせいで魚が怖がると言ったんだ」

耳敏い人ならば、フィッシャー氏が白い帽子について何かつぶやくのが聞こえたかもしれない。しかし、サー・ジョン・ハーカーがもっときっぱりした調子で、突然割り込んだ。

「フィッシャーの言う通りだった。私もまさかとは思ったが、あの爺さんはもう釣りのことが固定観念になってしまってるんだ。うしろで家に火がついても、日暮れまであそこを動かんだろうよ」

フィッシャーは曳舟道の高い土手に向かって、ぶらぶら歩きつづけていたが、今は島の方にではなく、谷間の壁になっている、森に覆われた遠くの高台へ、探るような眼差しをはるかに投じた。前日と同じように澄んだ夕空が、ぼんやりと霞んだ風景全体の上に落ち着いていたが、西の方は金色というよりも赤かった。川の単調な調べのほかには、ほとんど何の音もしなかった。やがて、ホーン・フィッシャーの半ば押し殺した叫び声が聞こえ、ハロルド・マーチは驚いてそちらを見た。

「みんな、悪い報せのことを話していたが」とフィッシャーは言った。「今度は本当に悪い報せがあるぞ。こいつは性質が悪いみたいだ」

「悪い報せって、何なんだ？」マーチは相手の声に何か奇妙で不吉なものがあることに気づいて、言った。

「日が沈んだ」とフィッシャーは答えた。

彼は何か由々しきことを言ったと自覚しているように、語りつづけた。「誰か、彼が本当に耳を貸す人に行ってもらわなきゃいけない。彼は狂っているかもしれないが、その狂気には秩序がある。狂気には、ほとんどつねに秩序があるんだ。秩序を持つということが人を狂わせるのさ。彼は日が沈んで、まわりが暗くなってからは、けしてあそこへ行って坐らない。甥御さんはどこにいる？　彼は甥を可愛がってるはずだが」

「見たまえ」マーチがいきなり叫んだ。「ほら、もう向こうへ行ったんだぜ。今帰って来るところだ」

二人がもう一度川を見やると、水に映った夕陽の中に黒々としたジェイムズ・バレンの姿があった。急いで少し不器用に石から石へ渡って来る。一度石の上で足を滑らし、小さな水しぶきを立てた。岸にいる面々に交じった時、オリーブ色の顔は不自然に青ざめていた。

ほかの四人はすでに同じ場所に集まっていて、ほとんど同時に声をかけた。「今は何と言ってる?」

「何も――何も言いません」

フィッシャーは青年をしばらくじっと見ていた。それから、不動の姿勢を崩して動き出し、マーチに跟いて来いという仕草をして、川を渡る場所へ大股に下りて行った。しばらくすると、二人は木々に覆われた島をめぐる踏みならされた小径にいて、島の向こう側の、釣人が坐っている場所へ向かった。やがて立ちどまり、無言で彼を見た。

サー・アイザック・フックは今も木の切株によりかかって坐っていたが、それは当然の理由からだった。自慢の丈夫な釣糸が喉のまわりに二重に巻きついており、背後の木の支えにも二重に巻きついていた。先に立った調査人は駆け寄って釣人の手に触れた。その手は魚のように冷たかった。

「日が沈んだ」ホーン・フィッシャーは前と同じ恐ろしい調子で言った。「そして彼は二度と日の出を見ることはない」

十分後、ひどい衝撃に見舞われた五人の男はふたたび庭に集まり、蒼白だが油断のない顔でお互いを見ていた。法律家は一同の中でもっとも警戒しているようだった。彼は少し唐突かもしれないが、歯切れの良い口調で言った。

「死体はあのままにして、警察に電話しなければいかん。私自身の権限で、召使いと気の毒な男の書類を調べてもかまわんだろうと思う――何か関わりのあることが書いてあるかどうかを確かめるんだ。もちろん、紳士諸君もこの屋敷を離れてはいけない」

彼の口早で厳格な法律家的物言いには、網や罠の口を閉ざして、獲物を封じ込めるようなところがあったのだろう。ともかく、バレン青年は突然取り乱した。癇癪玉を破裂させたと言うべきかもしれない。その声は静まり返った庭に爆発が起こったようだったから。

「僕は指一本触れてないぞ」と彼は叫んだ。「誓って言うが、僕は関係ない！」

「関係があると誰が言った？」ハーカーは厳しい眼でたずねた。「何もされないのに、なぜわめくんだね？」

「みんなして、そんな風に僕を見るからです」青年は腹立たしげに叫んだ。「あなた方が僕の忌々しい借金や遺産のことを年中話しているのを、知らないとでも思うんですか？」

マーチはいささか驚いたが、フィッシャーはこの最初の衝突からすでに遠ざかり、公爵を連れて庭のべつの場所へ行っていた。彼はほかの者の話し声がとどかないところへ行くと、妙にあっさりした態度で言った。

「ウェストモアランド公爵、単刀直入に言います」

「何だね？」公爵は無表情に相手を見つめながら言った。

「あなたには彼を殺す動機がありましたね」とフィッシャーは言った。

公爵はまじまじと見つめつづけたが、口が利けない様子だった。

「彼を殺す動機があったなら、良いんですが」フィッシャーは穏やかに語りつづけた。

「ごらんの通り、少々奇妙な状況です。もしもあなたに殺人の動機があれば、たぶん殺さなかったでしょう。しかし、動機が全然なかったなら、たぶん、あなたがやったんです」

「一体何の話をしてるんだ?」公爵は語気を荒らげて言った。

「じつに単純なことです」とフィッシャーは言った。「あなたが向こうへ行った時、彼は生きていたか死んでいたかのどちらかです。もし生きていたのなら、殺したのはあなたかもしれません。でなければ、なぜ彼が死んだことを黙っていたんです? しかし、もし死んでいて、あなたに彼を殺す理由があったとすると、あなたは告発されるのを恐れて口をつぐんでいたのかもしれません」

それから、沈黙ののちに、フィッシャーは上の空な調子で言い足した。

「キプロスは美しいところでしょうね。風景もロマンティックなら、人々もロマンティックで。若者にとっては、うっとりするような場所ですね」

公爵はふいに両手を握りしめ、かすれた声で言った。「うむ、私には動機がある」

「それなら、大丈夫ですね」フィッシャーはそう言って、たいそうホッとしたように手を差し伸べた。「あなたはやらないと確信していました。彼が殺されたのを見て、怖くなったんでしょう。無理もないことです。悪夢が現実になったようだったでしょう?」

この奇妙な会話が交わされている間に、ハーカーは不機嫌な甥の自己主張を無視して屋敷の中に入ったが、やがて、それまでとはちがう興奮した様子で、紙の束を手に戻って来た。

「警察に電話したよ」そう言って立ちどまると、フィッシャーに話しかけた。「しかし、連中の仕事を大部分やってしまったようだ。私は真相を発見したと思うからな。ここに書類がある――」

彼は口をつぐんだ。フィッシャーが異様な表情で彼を見ていたからだ。次に口を利いたのはフィッシャーだった。

「あそこにない書類はありますか？　つまり、今あそこにないということですが」

彼は少し間を置いて、言い足した。「お互いに手の内を明かしましょうよ。ハーカー、あんなに急いで彼の書類を調べた時、あなたは何か探していたんじゃありませんか――それがないことを確かめようとして？」

ハーカーは堅い頭の赤い髪の毛一本動かさずに、眼の隅で相手を見た。

「そして僕の思うに」フィッシャーはよどみなく語り続けた。「だからこそ、あなたもフックが生きていたと嘘をついたんです。あなたが殺したかもしれないと思わせるものがあったから、殺されたと言う勇気がなかったんです。でも、信じてください、今となっては正直に話した方がずっと良いんです」

ハーカーのげっそりした顔は、まるで地獄の焔が燃え立ったように、突然カッと赤くなった。

「正直だと！」と彼は叫んだ。「おまえたちが正直なのは、そんなに立派なことじゃないぞ！　おまえたちはみんな銀の匙をくわえて生まれて来て、永遠の美徳がどうのこうのと御大層なことを並べるんだ。なぜなら、他人の匙をポケットに入れていないからだ。だが、私はピムリコ[*2]の下宿屋に生まれて、自分の匙を作らなければならなかった。それでも私がただ一人の間抜けを、いや正直な男を騙しただけだと言ってくれる者は大勢いるだろう。そしてもし、必死に頑張る男が若い頃に法の下等な部分で、ほんの少し一線を踏み越えると――そいつはかなり見苦しい部分なんだが――ともかく、それを種にして一生つきまとう吸血鬼がいるものなんだ」

「グアテマラの鉱山ですね？」フィッシャーは同情するように言った。

ハーカーは急に身震いした。それから言った。

「君は何でも知っているにちがいないな、全能の神のように」

「僕は知りすぎているんです」とホーン・フィッシャーは言った。「それも良くないことばかりを」

ほかの三人が近づいて来たが、あまり近くへ来ないうちに、ハーカーはすっかり力強さを取り戻した声で言った。

＊2　ロンドン中心部の地区。

「そうだ、私はある書類を破棄したが、べつの書類を一つ見つけた。それで我々みんなの潔白が証明されるだろう」

「まことに結構ですね」フィッシャーは前よりも大きく、明るい調子で言った。「みんなでその恩恵を受けましょう」

「サー・アイザックの書類の一番上に」とハーカーは説明した。「ヒューゴーという男からの脅迫状があった。我々の不幸な友を、実際に殺られた通りのやり方で殺すと脅迫している。罵詈雑言の多い乱暴な手紙だ――自分の目で見るといい――しかし、気の毒なフックが島で釣りをする習慣だったことをはっきり述べている。何よりも、この男はボートで手紙を書いていると言ってるんだ。そして、川を渡ってフックのところへ行ったのは我々だけだから」――と言って、少し醜悪な笑いを浮かべた――「犯人はボートに乗って来た男にちがいない」

「何だって」公爵が活気づいたように声を上げた。「ヒューゴーという男なら良く憶えてるぞ。あいつはいわばサー・アイザックの従者兼護衛だった。知っての通り、サー・アイザックは襲撃を恐れていたからな。彼は――一部の人間にはあまり好かれていなかった。ヒューゴーは喧嘩か何かをして馘になったが、あいつなら良く憶えてるよ。大男のハンガリー人で、顔の両側に大きな口髭が突き出していた――」

ハロルド・マーチの記憶というよりも忘却の闇の中で一つの扉が開き、失われた夢の風景のような輝く風景を見せた。それは風景というより、むしろ水景、水に浸かった牧草地と低い木々、橋の暗い拱道といったものだった。一瞬、彼は黒い角のような口髭を生やした男が橋に跳びついて、消え去るのをふたたび見た。

「何てことだ」と彼は叫んだ。「僕は今朝、殺人犯に出くわしたぞ」

ホーン・フィッシャーとハロルド・マーチは結局、一日を川の上で遊んだ。警察が来ると、一同は散り散りになったからである。マーチの証言が一致していることで、全員の潔白が証明されたと当局は言い渡し、この事件の犯人は逃走中のヒューゴーということになった。ハンガリー人の逃亡者が捕まるかどうかははなはだ疑わしいとホーン・フィッシャーは思った。それに、ボートのクッションにもたれて煙草を吸い、揺れる葦が通り過ぎてゆくのをながめている間、彼がこの件について、鬼神の如き探偵の精力を示したとは言えない。

「橋にとび上がるのはじつに良い考えだったね」と彼は言った。「空のボートは何も意味しない。彼はどっちの岸へ上がるところも見られていないし、いわば橋まで歩いて行かずに、橋から歩き去ったわけだ。逃げてからもう二十四時間経っている。口髭は消えるだろうし、そうすれば彼も消えるだろう。逃げ了せる望みは十分あると思うね」

「望み？」マーチはそう繰り返して、一瞬ボートを漕ぐのをやめた。

「そう、望みさ」とフィッシャーは繰り返した。「初めに言っておくが、僕は誰かがフックを殺したからといって、コルシカ流の復讐の焔に燃えはしないよ。フックがどんな奴だったか、君ももう想像がついただろう。あの質素で奮闘家の、叩き上げの工業王は、他人の血を啜るろくでもない強請だったんだ。彼はほとんどあらゆる人間の秘密を握っていた。一つはウェストモアランド爺さんの秘密で、昔キプロスで結婚したことに関するものだから、公爵夫人の地位を危うくしたかもしれない。もう一つはハーカーの秘密で、弁護士だった若い頃、依頼人の金で一山張ったことに関してだ。だから、あの二人は彼が殺されているのを見ると、慌てたんだ。まるで自分が夢の中でやったような気がしたのさ。しかし、本当を言うと、僕にはあのハンガリー人殿が殺人罪で絞首刑にならないことを望む理由が、もう一つある」

「それは何だね？」と友人はたずねた。

「彼は罪を犯していないということさ」とフィッシャーは答えた。

ハロルド・マーチは櫂を置き、ボートをしばらく漂うにまかせた。

「じつは、うすうすそんな気がしてたんだ」と彼は言った。「まったく不合理だが、空気中の雷みたいに、そういう感じが漂っていたからね」

「それどころか、ヒューゴーがやったと考える方が不合理だよ」とフィッシャーはこたえた。「わからないかい？　警察はほかのみんなを無罪放免したのと同じ理由で、彼を有罪としているんだぜ。ハーカーとウェストモアランドが黙っていたのは、フックが殺されているのを見た上、自分を殺人犯と思わせるような書類があることを知っていたからだ。そのようにヒューゴーも彼が殺されているのを見て、自分を殺人犯と思わせる書類があることを知っていた。前の日に自分自身で書いたものだ」

「だが、そうすると」マーチは眉を顰めて言った。「殺人が行われたのは、朝のどういうとんでもない時間なんだい？　僕が橋であの男と出会ったのは、やっと夜が明け初めた時だったし、橋はあの島よりも少し川上にあるんだ」

「答はじつに簡単さ」とフィッシャーはこたえた。「犯罪は朝には行われなかった。犯罪は島では行われなかった」

マーチは返事をせずに輝く水面を見つめていたが、フィッシャーは質問を受けたかのように、また話しつづけた。

「気の利いた殺人はすべて、平凡な状況にある非凡な特徴を利用するものだ。この場合、特徴というのは、フック老人が毎朝誰よりも早起きして、釣師として決まりきった日課があり、邪魔されると怒るということだった。殺人犯は前の晩、夕食後にフック自身の家で彼を絞め殺し、夜中に人が寝静まった頃、死体を釣道具と一緒に川の向こうへ運んだ。そうして木に縛りつけ、星空の下に置いて行った。一日中あすこに坐っていたのは死人だったんだ。それから、殺人犯は屋敷に、というより車庫へ戻って、自動車に乗って行った。殺人犯は自分の自動車を運転した」

フィッシャーは友人の顔をチラリと見て、語りつづけた。「君は恐ろしいという顔をしているが、この一件はたしかに恐ろしい。でも、ほかにもいろいろ恐ろしいことはあるんだ。もしも誰か名もない男が強請に悩まされて家庭生活が滅茶苦茶になったら、迫害者を殺しても、それほど許し難い殺人だとは思わないだろう。家族と同様、偉大な一国家全体が解放された場合も同じじゃないか。

今回のスウェーデンへの警告によって、我々はたぶん戦争を招く代わりに防ぎ、あの悪人の命よりも貴重な何万という命を救うことになるだろう。いや、僕は詭弁を弄(ろう)しているんでもないし、本気であの殺人を正当化しているわけでもないが、彼と彼の国を虜(とりこ)にしていた奴隷状態は、それより千倍も不当なものだった。もし僕が本当に切れ者だったら、晩餐の時、彼の愛想の良い恐ろしい笑顔から察しがついていたはずだ。憶えてるかい？　僕はつまらない話をしたよね――アイザック爺さんはいつも魚を遊ばせられるという。随分と厭な意味で、彼は人を漁(すなど)る漁師[*3]だったんだ」

ハロルド・マーチは櫂を取り、ふたたび漕ぎはじめた。

「憶えてるよ」と彼は言った。「それから、大物は釣糸を切って逃げるかもしれないということもね」

＊3　参照、「マタイ伝」第四章一九「我に従ひきたれ、然(さ)らば汝らを人を漁(すなど)る者となさん」

各紙誌で書評掲載！続々重版！

一冊の小説が世界を変える。
それを、証明しなければ。

あの本は読まれているか

The Secrets We Kept

Lara Prescott

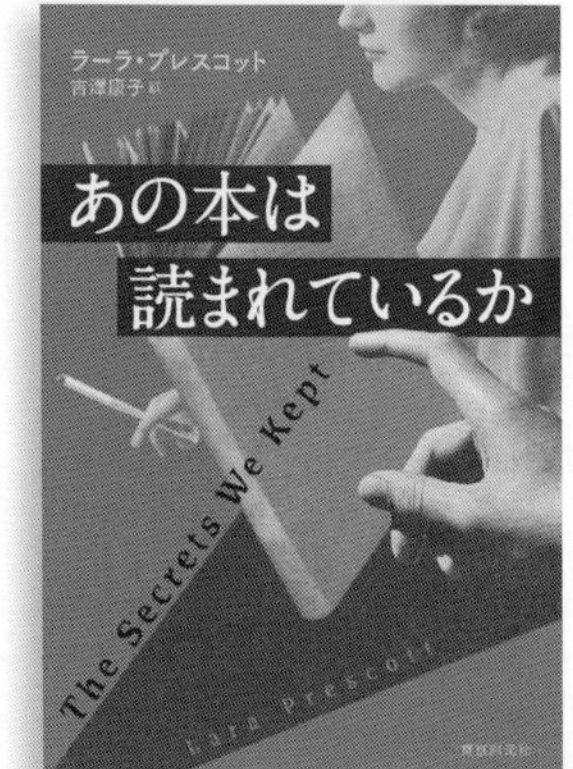

ラーラ・プレスコット　吉澤康子 訳

四六判並製　定価（本体1800円＋税）　ISBN 978-4-488-01102-4

アメリカで初版20万部、30か国で翻訳決定！

反体制的だとみなされ、共産圏で禁書となった小説をソ連国民に渡す。冷戦下、CIAの極秘任務に挑む女性たちを描く話題沸騰のエンターテインメント！

…外ミステリ作家
…ツ最新最高傑作！

…20年9月上旬刊行
『…その裁きは死』
…ンソニー・ホロヴィッツ　山田蘭 訳
…元推理文庫　定価（本体1100円+税）
…BN 978-4-488-26510-6

…実直さが評判の離婚専門の弁護士が殺害された。現場の壁にはペンキで乱暴に描かれた数字"182"。被害者が殺される直前に残した謎の言葉。脚本を手がけた『刑事フォイル』の撮影に立ち会っていたわたし、ホロヴィッツ…探偵ホーソーンから…

…したか？　大統
…ランとの会食後、車にはね
られ死亡した彼の手から消えた書類は国家の安全保障に関わるという。そして、謎の組織〈ロゴス・クラブ〉とは……？

PRIX INTERALLIÉ
GRASSET
GRASSET版原書

ローラン・ビネ　高橋啓 訳
四六判上製　ISBN 978-4-488-01676-0
2020年9月中旬刊行

エーコ、フーコー、クリステヴァ、デリダ、アルチュセール、サール、ブルガリア秘密警察等々、驚愕の登場人物たち。「エーコ+『ファイト・クラブ』が書きたかった」（L・ビネ）

『薔薇の名前』×アガサ・クリスティ！

今年注目の話題作！

指差す標識の事例 上下

イーアン・ペアーズ
池 央耿、東江一紀、宮脇孝雄、日暮雅通 訳

最高の四人の翻訳家が手掛ける至高の傑作

1663年、王政復古によりチャールズ二世の統（す）べるイングランド。ヴェネツィア人のコーラは、オックスフォードで毒殺事件に遭遇する。単純な殺人かと思われたが、語り手が変わると、事件は全く異なる姿になり——。四部構成の歴史ミステリを、最高の四人の翻訳家が手掛ける、瞠目の傑作！

指差す標識の事例 上
An Instance of the Fingerpost
Iain Pears
イーアン・ペアーズ
池 央耿 東江一紀 宮脇孝雄 日暮雅通 訳
創元推理文庫

創元推理文庫　定価（本体各1260円+税）
ISBN　上 978-4-488-26706-3 下 978-4-488-26707-0

東京創元社 〒162-0814 東京都新宿区新小川町1-5 TEL03-3268-8231
http://www.tsogen.co.jp/

一家の馬鹿息子

ハロルド・マーチを初めとして、ホーン・フィッシャーと友情を温めている少数の人間は、とくにフィッシャーを彼が属する上流社会で見ていると、彼の社交性そのもののうちに一種の孤独を感じた。フィッシャーの親類には年中会っているが、家族には一度も会っていないような気がした。家族とはよく会っているが、家庭は見たことがないと言った方が、たぶん真実に近いだろう。彼の従兄弟（いとこ）や係累は迷路のように枝分かれして、大英帝国の支配階級全体にひろがっており、彼はその大部分と良好な、少なくとも機嫌良くつきあえる程度の関係にあるらしかった。というのも、ホーン・フィッシャーは稀代（きたい）な男で、あらゆる話題に関して奇妙かつ客観的な情報と興味を持っており、彼の教養は、薄い金色の口髭や青白く打ち沈んだ顔と同様、カメレオンさながらの中立性を持つかのように思われることがあったからである。ともあれ、彼はいつでも総督や、閣僚や、大きな部署を管轄するすべての高官とつき合い、自分自身の話題について、自分が一番本気で関心を持つ分野について、かれら一人一人と話をすることができた。かくして彼は陸軍大臣と蚕（かいこ）について語り、文部大臣と探偵小説について語り、労働大臣とリモージュ琺瑯について語り、伝道と道徳向上大臣（もしこれが正しい肩書なら）とは過去四十年間のパントマイムの少年役[*1]について語ることができた。このうち第一の者は彼の従兄弟であり、第二の者は又従兄弟、第三の者は義理の兄弟、第四の者は義理の叔父だったから、こうした話題の多様さは、ある意味で幸せな家族を築くために役立ったのである。しかし、マーチはその家庭の内部を垣間見たこともないように思った。中流階級の人間は、友達づきあいをすればそういうものを見るのが常だし、実際、正常な安定した社会では、それこそが友情や愛や他のあらゆるものの基なのだが。ホーン・フィッシャーは孤児で独りっ子なのだろうか、とマーチは思った。

それ故、フィッシャーに兄がいると知った時は、いささか驚愕めいたものを感じたのである。この兄は、マーチが思うに、フィッシャーほど面白くはなかったけれども、弟よりずっと羽振りが良く、有力だった。サー・ヘンリー・ハーランド・フィッシャーは——名前のあとに、その名前の半分くらいアルファベットの肩書がズラズラとついている——外務省では外務大臣よりもはるかに重要な人物だった。結局のところ、これは一族に遺伝する傾向のようだった。インドにはもう一人アシュトン・フィッシャーという兄がいて、インド総督よりも重要な人物らしかったから。サー・ヘンリー・フィッシャーは弟をもっと肉づき良く、しかしもっと男前にしたような風貌で、額はやはり禿げ上がっていたが、もっとすべすべしていた。非常に礼儀正しかったが、マーチにだけではなく、マーチが思うにはホーン・フィッシャーに対しても、少し偉そうにしていた。後者は、他人がぼんやり考えていることを良く察したので、バークレー広場にある大邸宅から遠ざかると、自分からその話題に触れた。

「おや、知らないのかい？」とフィッシャーは静かに言った。「僕がわが家の馬鹿息子だということを」

「利口な家族なんだな」ハロルド・マーチは微笑んで言った。

「じつに品の良い表現だね」とフィッシャーはこたえた。「そのあたりが文学修行の賜物だ。うん、たぶん、わが家の馬鹿息子と言うのは大袈裟かもしれない。わが家の落第生と言えば十分だろう」

「君が落第するなんて妙だね」と記者は言った。「試験で言うと、何に落第したんだ？」

「政治だよ」と友人はこたえた。「まだうんと若い頃、国会議員に立候補して、大差で当選した。にぎやかな歓呼の声を浴びて、椅子ごと担がれて町を練り歩いた。もちろん、そのあとはちょっと日蔭の身になったんだがね」

「『もちろん』というのが、良くわからないな」マーチは笑って答えた。

＊1　英国では、パントマイムの主役の少年は伝統的に女優が演じた。

「その部分はわからなくてもいい」とフィッシャーは言った。「だがね、実際の話、ほかの部分は中々変わっていて面白いんだ。それなりの探偵物語になっているし、僕にとっては、現代政治が何から出来上がっているかという最初の教訓になったよ。よかったら、事の次第を話して聞かせよう」以下は、フィッシャーが語った話をもう少し直截に、会話口調を改めて、語り直したものである。

近年、サー・ヘンリー・ハーランド・フィッシャーに見える（まみ）光栄に浴した者は、彼がハリーと呼ばれていたなどとは信じられまい。しかし、彼も少年の頃は十分少年らしかったし、生涯を通じて彼の上に輝き、今では威厳となっている落ち着きも、かつては快活さの形をとっていたのである。彼の友達は言っただろう――あの男は若い時若かったから、大人になるとそれだけ老熟したんだと。彼の敵は言っただろう――あいつは今でも軽率（ライト・マインディド）だが、もう明るい心（ライト・ハーティド）ではないと。だが、いずれにしても、ホーン・フィッシャーの語る物語はすべて、若きハリー・フィッシャーがサルトン卿の私設秘書になるきっかけと言っても良い出来事から生まれたのだった。彼がのちに外務省とつながりを持ったのはこれ故であり、そのつながりは実際、サルトン卿が玉座の背後にいる実力者だった時に、一種の遺産としてハリーに引き継がれたのだ。ここはサルトン卿について多くを語るべき場所ではないが、彼について知られていることは少なく、知るに価することは多かった。英国にはそのような蔭の政治家が少なくとも三、四人いた。貴族政治は時たま貴族であり偶然の所産でもある人物——独自の知性と洞察力を持つ、いわば紫衣をまとって生まれたナポレオンを作り出すのである。彼の膨大な仕事は目に見えにくく、彼は私生活でも、無愛想でやや皮肉なユーモア感覚以外はほとんど何も見せなかった。しかし、ある時、フィッシャー家の晩餐にたまたま彼が居合わせ、思いもかけぬ意見を述べたことが、食卓の冗談だったかもしれないものをちょっとした煽情小説に変えたのである。

それはサルトン卿を除けば、フィッシャー家の家族の集まりだった。もう一人だけいた著名な客人は、晩餐が済むと、ほかの面々がコーヒーと葉巻を楽しむにまかせて、帰ったばかりだったからだ。これも中々興味深い人物だった。ケンブリッジを出た青年で、エリック・ヒューズといい、改革党の期待の新星だった。フィッシャー家も友人のサルトンも、少なくとも表向きは長い間この党に入っていた。ヒューズの人となりは、おおむね次の事実に要約されよう——彼は晩餐の間中、雄弁かつ真面目に語っていたが、食事が済むと、約束に遅れまいとしてさっさと辞去したのである。彼の行動すべてに、何か野心的であると同時に慎重なものがあった。酒は飲まなかったが、言葉には少し酔っていた。彼の顔と名台詞は、その頃あらゆる新聞の一面に出ていたが、これは彼が西部地方の大補欠選挙で、当選確実と目されるサー・フランシス・ヴァーナーと議席を争っていたからだった。彼は地主階級を批判する力強い演舌を行ったばかりで、誰もがそれを話題にしていた。フィッシャー家の仲間内でさえ誰もがその話をし、例外は隅に坐って暖炉にあたっているホーン・フィッシャーだけだった。のちに懶(ものう)げな感じになる彼の態度は、壮年期の初めのうちは、どちらかといえば不機嫌な様子だった。彼はあちこちをうろつき、雑多な題目について書かれた雑多な本を拾い読みした。政治に関わりの深い一族とは対照的に、彼の将来はこれという特色がなく、いまだ定まらないように思われた。

「我々は彼が古い党に新しい生命を吹き込んでくれたことに感謝しなきゃならんよ」とアシュトン・フィッシャーは言った。「旧来の地主たちに対抗するこの運動は、まさにこの国に於ける民主主義の程度を示すものだ。州議会の権限を広げようとするこの条例は、事実上彼の法案だ。だから、彼は国会議員になる前から政府に入ったと言っても良い」

「政府に入る方が簡単だよ」とハリーは気楽に言った。「賭けてもいいが、あの州じゃ地主の方が州議会よりも重きをなしているんだ。ヴァーナーは相当根強い力を持っている。ああいう田舎はどこも、いわゆる反動なんだ。ろくでもない貴族連中はそれを変えようとしない」

「あいつは貴族を中々見事にこき下ろしてるぞ」とアシュトンが言った。「あのバーキントンの集会よりも上手く行った集会はない。大体、憲法尊重を訴えているんだがね。あいつが『サー・フランシスは高貴の血(ブルー・ブラッド)を自慢できるかもしれませんが、我々は赤い血を持っていることを示しましょう』と言って、男らしさと自由について語りだした時は、満場総立ちになったよ」

「演説がじつに巧い」サルトン卿がぶっきら棒に言った。それまで会話に加わったのは、この一言だけだった。

すると、同じくらい無口だったホーン・フィッシャーが、思いに沈むような眼を火から離さずに、いきなり口を開いた。

「僕に理解できないのは、なぜ誰も本当の理由でこき下ろされないのか、ということだね」

「ほう」とハリーがふざけて言った。「おまえも気になってきたかい？」

「たとえば、ヴァーナーだけどね」とホーン・フィッシャーは言葉を継いだ。「ヴァーナーを攻撃したいんなら、どうして彼本人を攻撃しないんだい？　どうして、ロマンティックな反動貴族だなんて持ち上げるんだ？　ヴァーナーって誰なんだ？　どこの出身なんだ？　あいつの名前は古そうに聞こえるが、僕は聞いたこともなかった――あいつがキリストの磔刑について言ったようにね。どうして彼の高貴な血の話をするんだ？　あいつの血は雌黄色で、緑の斑が入っているかもしれないじゃないか。僕らが知っているのは、以前の地主ホーカーがなぜか金を費い果たして（二度目の奥さんの金もだろう、奥さんはかなり金持ちだったからね）、ヴァーナーという男に地所を売ったということだけだ。彼は一体何をして金を儲けたんだろう？　石油かな？　軍の請負かな？」

「知らんね」サルトン卿は考え深げにホーン・フィッシャーを見ながら、言った。

「あなたが知らないことがあるのを、初めて知りましたよ」と元気一杯のハリーが声を上げた。

「ほかにもあるよ」ホーン・フィッシャーは突然舌がまわり始めたように、しゃべりつづけた。「田舎の人に票を入れて欲しいなら、田舎のことを少しでもわかってる候補を立てたら良いじゃないか。我々はスレッドニードル街[*2]の人々に向かって、蕪(かぶ)や豚小屋の話ばかりするわけじゃない。それなら、なぜサマセット[*3]の人々に向かって、貧民窟や社会主義の話ばかりするんだ？　州議会なんか引っ張り込むより、地主の土地は地主の小作人に与えたら良いじゃないか？」

「三エーカーの土地と牛一頭だな[*4]」ハリーは国会議事録が皮肉な喝采と呼ぶものを送って、叫んだ。

「そうだよ」弟はきっぱりとこたえた。「農業労働者にしたら、三エーカーの印刷された用紙と委員会より、三エーカーの土地と牛一頭の方が欲しいと思わないかい？　誰か政界に独立自営農民党というのをつくって、小土地所有者の古い伝統に訴えたらどうだろう？　それに、どうして連中はヴァーナーみたいな手合いを、あいつらの正体をはっきり言って攻撃しないんだろう。そいつはアメリカの石油トラストと同じくらい、古くて伝統的なものなんだ」

「おまえが自分で独立自営農民党を率いたらいいじゃないか」ハリーは笑った。「ねえ、サルトン卿、そうしたら愉快な冗談だと思いませんか？　僕の弟と仲間たちが弓と鉈鎌を持って、リンカーン・ベネット[5]の帽子を被る代わりにリンカーン・グリーンの服を着て、サマセットまで行進する、というのは？」

「いや」とサルトン老は答えた。「冗談になるとは思わん。それは非常に真面目で賢い考えだと思うね」

「こいつはたまげた」ハリー・フィッシャーは相手をまじまじと見て、叫んだ。「あなたの知らないことというのは初めてだ、とさっき言いましたが、あなたに冗談が通じなかったのも、これが初めてと言うべきですね」

「わしは若い頃たくさんのものを見た」老人はいつもの気難しい調子で言った。「若い頃はたくさん嘘もついたし、そいつに少しうんざりしてしまったな。それでも、嘘はまだまだある。学校の生徒が嘘をつくように、かつては紳士も嘘をついた。かれらは一致団結していたから、一つには助け合うための嘘だった。しかし、自分のことしか守ろうとしない、

＊2　イングランド銀行があるロンドンのシティの街路。
＊3　イギリス南西部の州。
＊4　一八八〇年代、イギリスの農地改革運動でスローガンにされた言葉。
＊5　ロンドンの老舗の帽子メーカー。

ああいう国際的な卑劣漢のために嘘をつかねばならない理由は、とんとわからん。奴らはもう我々を支援してなどおらん。我々を締め出しているだけだ。もしも君の弟のような男が国会議員になりたいなら、独立自営農民としてだろうと、紳士としてだろうと、ステュアート王家の支持者としてだろうと、古代ブリトン人としてだろうと、じつに愉快と言うべきだな」

そのあとの唖然とした沈黙の中で、ホーン・フィッシャーはいきなりスックと立ち上がり、いつもの物寂しげな態度はすっかり消えた。

「僕は明日にでも、そうする用意がある」と彼は叫んだ。「あなた方は誰も支援してくれないでしょうね?」

すると、ハリー・フィッシャーがせっかちな気性の良い面を見せた。いきなり、手を握るような仕草をしたのだ。

「潔い奴だ」と彼は言った。「誰も支援しないなら、僕がしてやるぞ。でも、みんな支援できるじゃないか? 僕にはサルトン卿の言っている意味がわかるし、もちろん、卿は正しい。いつだって正しいんだ」

「それじゃ、僕はサマセットへ行こう」とホーン・フィッシャーは言った。

「そうだ。国会議事堂へ行く途中にな」サルトン卿はにっこり笑って言った。

そんなわけで、数日後、ホーン・フィッシャーは西部のいささか辺鄙(へんぴ)な市場町の小駅に到着した——軽いスーツケースを携え、陽気な兄に伴われて。しかし、兄の朗らかな調子が冷やかしだけだったと考えてはいけない。彼はふざけるだけでなく希望を持って新しい立候補者を支持しており、彼の騒々しい協力の裏には、次第に深まる共感と激励があった。ハリー・フィッシャーは物静かで変わり者の弟にいつも愛情を持っていたが、今は次第に敬意をおぼえるようになっていた。遊説が進むにつれて尊敬の念はつのり、熱烈な感嘆に変わった。ハリーはまだ若かったからだ。だから、学校生徒がクリケットのチームの主将に感じるような熱狂を、選挙運動の団長に感ずることができたのである。

それに、この感嘆の念は不相応なものではなかった。新たな三つ巴の争いが展開するにつれて、彼に入れ込んだ肉親以外の人々にも、ホーン・フィッシャーにはこれまで見たことのないものがあることがわかって来た。わが家の炉端で突然意見を言い出したのは、長い間この問題を思いめぐらし、研究した結果であることははっきりしていた。彼は自分の課題を、そして他人の課題さえも研究する才能を生涯にわたって持っていたが、その才能は、新しい富裕階級に対抗して新しい小作農階級を盛り立てるという考えに長いこと傾注されていた。彼は群衆に向かって雄弁に語りかけ、個人に向かってはユーモアを交えてこたえた。この二つの政治的技術は、自然と身についたものらしかった。彼はたしかに改革党の立候補者ヒューズよりも、立憲党の立候補者ヴァーナーよりも、田舎の諸問題について知悉していた。人間らしい好奇心を持ってこうした問題を探り、対立候補のどちらも夢にも思わなかったやり方で、核心を掘り下げた。彼はやがて大衆紙にけして載らない大衆の心情の声となった。新しい角度からの批評、教育を受けた人間がこれまで語ったことのない主張、地元の小さな酒場で飲む男たちが方言でするだけだった吟味や比較、かれらの先祖が自由だった遠い昔から手真似口真似で伝えられ、半ば忘れられた技術——こうしたものが奇妙な二重の興奮を生んだ。

それはいまだかつて出遭ったことのない斬新突飛な考えによって、物知りな連中を驚愕させた。そんなものが復活するとは思わなかった古く馴染み深い考えであることによって、無知な人々を驚愕させた。人々は新しい光に照らして物事を見たが、それが夕日なのか朝日なのかもわからなかった。

現実的な不平不満もあって、運動を恐るべきものにした。フィッシャーは田舎の家や居酒屋の間を行ったり来たりしているうちに、サー・フランシス・ヴァーナーがじつにひどい地主であることを容易に悟った。彼が土地を手に入れたいきさつも、案の定古いことではなく、立派なことでもなかった。その話は地元では良く知られていたし、多くの点で見え透いていた。以前の大地主ホーカーはだらしのない不満足な人物だった。最初の妻（彼女は放置されて死んだと言う者もいた）とは不仲で、次に派手好きな南アメリカのユダヤ婦人と結婚した。彼女は財産を持っていたが、ホーカーはそれも瞬く間に使い果たしたにちがいない。地所をヴァーナーに売らざるを得なくなり、南アメリカへ行って、おそらく妻の地所で生活しているからだ。しかし、フィッシャーは旧地主のだらしなさよりも、新地主の有能さの方がはるかに憎まれていることに気づいた。ヴァーナーの経歴は抜け目のない取引や財政的な賭けに満ちているようで、それが他人の金もなくし、こらえ性もなくさせたようだった。しかし、ヴァーナーについていろいろ聞いても、一つだけ、どうしても耳に入らないことがあった——誰も知らないこと、サルトン卿でさえ知らなかったことが。ヴァーナーが最初にどうやって金をつくったのかが探りあてられなかったのである。

「あいつはことさらそれを隠しているにちがいない」とホーン・フィッシャーは思った。「何か本当に恥ずかしいことなんだ。畜生、今どきの人間が恥ずかしがることって何だろう？」

さまざまな可能性を考えているうち、それらは彼の心の中でますます陰悪な、歪んだものになって行った。彼は漠然と遠い過去の忌まわしいことを、奇妙な形の奴隷制度や妖術のことを、それから、もっと不自然で、しかし、もっと身近な醜悪なことを考えた。ヴァーナーの姿は想像の中で黒々と変容し、さまざまな背景と見慣れぬ空を背にして立っているようだった。

こうして物思いに耽りながら村の通りを歩いている時、フィッシャーの眼はもう一人の競争相手、改革党の立候補者の顔にまったく対照的なものがあるのを見た。エリック・ヒューズは金髪を風に吹かれ、熱心な大学生のような顔をして、今ちょうど自動車に乗り込みながら、自分の運動員――グライスという、がっしりした白髪まじりの男――に向かい、二言三言最後の言葉をかけているところだった。エリック・ヒューズは親しげに手を振ったが、グライスはいささかの敵愾心を持ってフィッシャーを睨んだ。エリック・ヒューズは純粋に政治に情熱を燃やす青年だったが、政敵というのは、いつ一緒に食事をするかもしれない人間であることを知っていた。しかし、グライス氏は厳格な田舎の急進派で、非国教徒の教会堂の擁護者であり、仕事が趣味でもある幸福な人間の一人だった。彼は自動車が走り出すとふり返って、小さな町の日あたりの良い本通りをキビキビと歩いて行った――口笛を吹き、ポケットから政治的な新聞を覗かせて。

フィッシャーは物思わしげにその決然たる姿をしばらく見送っていたが、やがて衝動に駆られたようにあとを追いはじめた。忙しい市場を抜け、市の日の籠や手押し車の間を通り、「緑竜亭」の彩色した木の看板の下をくぐり、暗い勝手口を通り、迫持の下をくぐり、玉石を敷いた道が曲がりくねり、もつれ合う中を通り抜け、二人は縫うように先へ進んだ。四角張った姿がそり返って前を歩き、ほっそりした姿がうしろを日向の影のようにぶらぶらとついて行った。しまいに二人は茶色い煉瓦造りの家の前に来たが、家には真鍮の表札がかかっていて、グライス氏の名前があった。そしてその当人はふり返り、追跡者をまじまじと見据えた。

「一言お話させてもらえませんか？」ホーン・フィッシャーは丁寧にたずねた。運動員はなおもじろじろと見つめたが、慇懃に承諾して、相手を事務室に招じ入れた。そこには小冊子が散らばっていて、あちこちに鮮やかな色のポスターが張りめぐらしてあった。ポスターには、ヒューズの名前と人類のあらゆる高邁な主義とが並べてあった。

「ホーン・フィッシャーさんですな」とグライス氏は言った。「もちろん、おいで下さったことは光栄です。あなたが選挙戦に加わったことを嬉しいとは申せませんが、それはあなたもおわかりでしょう。我々はここでずっと、自由と改革のために古い旗をなびかせて来たのです。そこへあなたがのり込んで来て、戦線を乱したのです」

エライジャ・グライス氏は軍事的な隠喩(たとえ)をふんだんに使って軍国主義を非難する人だった。顎の四角張った無愛想な顔つきの男で、喧嘩腰に眉をピクピクと吊り上げる癖があった。少年の頃からこの地方の政治にどっぷりと浸かって、みんなの秘密を知っていた。選挙運動は彼の人生の夢物語だった。

「僕を野心満々の男だと思っているようですね」ホーン・フィッシャーは持ち前の大儀そうな声で言った。「独裁者になろうと目論(もくろ)んでいるとか何とか。でも、単に利己的な野心を抱いているだけだという非難なら、晴らすことができると思います。僕はただ、いくつかのことをしてもらいたいだけなんです。自分ではやりたくありません。何かをやりたいことはめったにないんです。それで、ここへ来たのは、我々が本当に同じことをやりたがっているとあなたが僕を納得させられるなら、選挙戦から退いても良いと申し上げるためなんです」

改革党の運動員は、少し戸惑ったような妙な表情でフィッシャーを見た。彼が返事をする前に、フィッシャーは同じ淡々たる口調で言った。

「信じていただけないかもしれませんが、僕にもじつは良心というものがあるんです。そして、いくつかのことを疑っています。たとえば、我々はどちらもヴァーナーを国会から追い出したいわけですが、どういう武器が使えますか？　彼の悪い噂はたくさん耳にしましたが、単なる噂に基いて行動するのは正しいことでしょうか？　僕はあなた方に対して公正でありたいと同様に、彼に対しても公正でありたいのです。もし僕の聞いた噂のいくつかが本当なら、彼は国会からも、ロンドン中のほかのクラブからも追い出されて当然です。しかし、もし本当でないのなら、国会から追い出したくありません」

この時、グライス氏の双眸（そうぼう）に戦いの光が跳び込み、彼は乱暴とは言わないまでも多弁になった。ともかく、彼は噂話が本当であることを疑っておらず、自分の知識に照らしてそれを証言できた。ヴァーナーは苛酷な地主であるばかりか、卑劣な地主でもあった。法外な地代を取るだけでなく盗人でもあった。いかなる紳士も、彼を追放することを正当化されるだろう。彼は掏摸（すり）に似つかわしいペテンを弄（ろう）して、ウィルキンズ老人から自由土地保有権をくすね取り、ビドル婆さんを救貧院へ追いやった。密猟者ののっぽのアダムに不利なように法を歪（ま）げて、判事という判事が彼を恥ずかしく思うほどだった。

「だから、もしあなたが古い旗の下に仕えて」グライス氏は前よりもにこやかに話を終えた。「ああいう詐欺師の暴君を追い出しても、けして後悔しないことは請け合いです」

「それがもし本当なら」とホーン・フィッシャーは言った。「あなたはそのことを言いますか？」

「どういう意味です？　本当のことを言う？」とグライスはたずねた。

「たった今おっしゃった通りに、本当のことを言うかとうかがっているんです」フィッシャーはこたえた。「町中に貼り紙をして、ウィルキンズ爺さんにした不正を知らせるんです。ビドル夫人に関するけしからぬ話で新聞を埋め尽くすんです。公の演壇に立って、ヴァーナーがこれこれのことをしたと密猟者の名前を挙げて弾劾するんです。あの男が地所を買った金をどんな商売でこしらえたのか探りあてて、真相がわかったら、もちろん世間に伝えるんです。そういう条件でなら、あなたの言う古い旗の下に馳せ参じて、僕の小さな三角旗を下ろしますよ」

運動員は奇妙な表情でフィッシャーを見ていた。不機嫌だが、まったく共感を持たぬでもない表情だった。

「うむ」彼はゆっくりと言った。「こういうことは、ちゃんとやらねばならん。そうでないと人々にわかってもらえませんからな。私は随分経験を積んで来たが、あなたの言うようなことをやっても駄目だと思いますな。人々は大地主を一般的に罵（ののし）ることは理解しますが、こういう個人攻撃は公正なやり方だと思いません。帯(ベルト)の下を殴るようなものです」[*6]

「ウィルキンズ爺さんは帯(ベルト)をしていないと思いますが」とホーン・フィッシャーは言い返した。「そうすると、ヴァーナーはどんな風に殴ってもいいし、誰も一言も言ってはいけない。帯を締めていることが非常に大事なようですね。しかし、帯を締めるには、社会で高い地位についていなければいけないのは明らかです。たぶん」と考え深げに言い足した。「たぶん、これが『帯をしめた伯爵』[*7]という言い回しのいわれなんでしょう。僕にはずっとこの言葉の意味がわかりませんでしたが」

「要するに、個人攻撃は駄目だということです」グライスは渋面をつくってテーブルを見ながら、言い返した。

「ビドル婆さんと密猟者ののっぽのアダムは個人(パーソナリティー)ではないんですね」とフィッシャーは言った。「そして、ヴァーナーがどうやって金をつくったかも訊いてはいけないんでしょう。その金で――ひとかどの人物(パーソナリティー)になることができたわけですが」

グライスはなおもむっつりした顔で相手を見ていたが、眼の中の奇妙な光は輝きを増していた。しまいに、彼は今までとちがう穏やかな声で言った。

「いいですか、あなた。そう言ってもよろしければ、私はあなたが気に入った。あなたは本当に民衆の側に立っているし、きっと勇敢な御仁だと思います。たぶん、自分で思っておられるよりもずっと勇敢でしょう。我々はあなたが提案なさるようなことをするのは真(ま)

っ平ですから、あなたを我が党に欲しいとは思いません。むしろ、独りで危険を冒してもらいたい。しかし、私はあなたが気に入ったし、あなたの度胸を買いますから、お別れする前にひとつ良いことを教えてあげましょう。見当違いなことをして、時間を無駄にさせたくありませんからな。新しい地主が地所を買う金をどうやってこしらえたか、それに元の地主はどうして身を滅ぼしたかという話をなさいましたね。うむ、そのことについて一つ手がかりをさし上げましょう。知っている者はめったにない大事な事柄に関わる手がかりです」

「感謝します」とフィッシャーは真剣に言った。「それは何です?」

「二言で言えます。新地主はあそこを買った時、貧乏でした。元の地主は売った時、金持ちでした」

ホーン・フィッシャーが考え深げに相手を見ていると、相手はいきなり背を向けて、机の書類を調べはじめた。それでフィッシャーは手短に礼と別れの言葉を述べると、依然として思いに耽りながら通りに出た。

＊6　ベルトの下を殴るのはボクシングで反則とされる。
＊7　昔、英国王が騎士や伯爵の身分の印として剣と帯を与えたことから、その時代からの由緒正しい家柄の伯爵という意味。

熟考は決意に変わったらしく、彼はさらに足を早めると小さい町から出て、サー・フランシス・ヴァーナーの田舎屋敷である大きな邸園の門へ続く道を歩いて行った。陽射しが明るく、初冬の日が晩秋のように思われて、暗い森のところどころに赤と金色の葉があり、夕陽の名残が散らばっているようだった。道の高いところから見ると、窓がたくさんある大きな屋敷の長い古典的な家表(やおもて)がほとんど真下に見えたが、坂を下りて、地所の塀――うしろに木々が高々と聳えている――の下へ来ると、番小屋のある門までは半マイルもあることがわかった。しかし、小径を二、三分歩いて行くと、塀の割れ目を修理している場所に来た。灰色の石垣に大きな隙間が空いており、最初は洞穴のように真っ黒く見えたが、良く見直すと、薄暗がりに樹々がチラチラと光っていた。思いがけず現われたこの門には、お伽話の始まりのように魅力的なものがあった。

ホーン・フィッシャーには少し貴族的なところがあって、その点は無政府主義者に良く似ていた。彼はただ邸への近道だろうくらいに考えて、自分の家の玄関へ入るように気安く、この暗い不正規の入口から入って行った。いかにも彼らしい振舞いだった。薄暗い森の中を難儀しながらある程度の距離進んで行くと、やがて木の間に水平の光が銀色の線となって輝きはじめたが、初めは何かわからなかった。次の瞬間、陽射しの中に出た。けわしい土手の天辺で、土手の下には大きな観賞用の湖の縁をめぐる一条(ひとすじ)の径が走っていた。木の間にキラキラ光っていた水面はかなり広かったが、どちらの側も森に囲まれており、その森は暗いだけでなく、じつに物凄かった。径の一方の端には名もないニンフの古代風な彫像があり、もう一方の端には、両脇に二つの古代風な壺が立っていたが、大理石はすっかり風雨に汚れて、緑と灰色の縞が入っていた。それよりももっと小さいが、もっと意味ありげなしるしがほかにもたくさんあって、どうやらここは邸地の母家から離れた、放置されてめったに人の訪れない一隈らしい。湖の真ん中には島らしきものがあり、古代の神殿を模したとおぼしい建物が建っていた。風の神殿のように開け放しではなく、ドーリア式の柱の間に装飾のない壁があった。そこは島のように見えただけだと言って良かろう。良く見ると、岸からそこまで平石の低い曳舟道が続いて、半島になっていたからである。また、建物はたしかに神殿らしく見えるだけだった。その聖所にかつていかなる神も住んだことがないのを、ホーン・フィッシャーは誰よりも良く知っていたからである。

「だから、この古代風の風景庭園はこんなに寂しいんだ」と彼は独りごちた。「ストーンヘンジよりも、ピラミッドよりも寂しい。我々はエジプト神話を信じないが、エジプト人は信じていた。ドルイドたちだってドルイド教を信じていたろう。だが、こういう神殿を建てた十八世紀の紳士は、我々と同様、ウェヌスもメルクリウスも信じなかったから、湖に映っているあの青白い柱は、本当に影の影にすぎないんだ。かれらは〝理性の時代〟の人々だった。庭をこういう石のニンフで満たしたかれらは、歴史上のいかなる人間よりも、森でニンフに本当に出会う希望を持っていなかった」

一人語りは突然終わった。雷のようなバリバリという鋭い音がして、陰気な池のまわりに寂しい谺(こだま)を響かせたからである。それが何かはすぐにわかった。誰かが銃を撃ったのだ。しかし、その意味については、いっとき判断に迷い、奇妙な考えがいくつも心の中に押し寄せて来た。次の瞬間、フィッシャーは笑った。下の径の少し先に、撃たれて落ちた鳥の死骸が横たわっていたからである。

しかし、彼は同時にもっと興味深いべつの物を見た。島の神殿の裏手は密な木立が輪になって取り巻き、神殿の正面を暗い葉叢(はむら)で縁取っていたが、木の葉の中に間違いなく何か動くものが見えたのだ。次の瞬間、疑いは裏づけられた。神殿の蔭からいささかみすぼらしい格好をした人影が現われ、岸まで続く曳舟道を歩きはじめたからだ。その人物は背が高いので離れていても目につき、脇に銃を抱えているのがわかった。フィッシャーの記憶に、密猟者のっぽのアダムの名前がすぐに蘇った。

フィッシャーは時々見せる素早い戦術的感覚を発揮して、土手からひとっ跳びし、湖のほとりを駆けて、小さな石の桟橋の袂(たもと)へ行った。一度(ひとたび)岸に上がってしまえば、相手は容易に森の中へ逃げ込める。しかし、フィッシャーが石伝いに島の方へ進みはじめると、男は袋小路に嵌(は)まってしまい、神殿の方へ引き返すしかなかった。神殿に広い肩を押しあてて、追いつめられたように立ち尽くした。割合に若い男で、痩せた顔と身体つきはすっきりした輪郭を保ち、髪はもさもさの赤毛だった。その目つきを見れば、湖のさなかの島にこの男と二人きりでいるのは、誰にとっても不安だったかもしれない。

「おはよう」ホーン・フィッシャーは愛想良く言った。「最初、あなたは人殺しかと思ったんです。しかし、山鴉（やまうずら）が僕らの間に飛び込んで来て、物語の女主人公（ヒロイン）みたいに、僕への愛故に死ぬなんてことはなさそうですね。してみると、あなたは密猟者だと思うんですが」

「君はどうせ密猟者と呼ぶだろう」男は答えたが、そんな案山子（かかし）が発するとは、少し意外に思われる声だった。粗野な環境で自分を洗練させようと努めて来た人間に特有の、厳しい潔癖さがあったからである。「私はこの場所で獲物を撃つ完全な権利があると思っている。しかし、君のような人々が泥棒だと思うことも承知しているし、君は私を牢屋に入れようとするだろう」

「それには先立つ問題がありますね」とフィッシャーはこたえた。「まず第一に、間違えられて嬉しいですが、僕は猟場の番人ではありません。まして番人が三人いるわけではない。三人もいれば、あなたと格闘しても良い勝負でしょうが。でも、じつをいうと、あなたを牢屋に送りたくない理由がもう一つあるんです」

「それは何だね？」と相手はたずねた。

「あなたとまったく同意見だということですよ」とフィッシャーは答えた。「必ずしもあなたに密猟する権利があるとは言いませんが、それが泥棒のように悪いことだとはどうしても思えないんです。何かが自分の庭を飛んで行くからといって、それを自分の所有物だというのは、所有権というものの正常な観念にまったく反するような気がするんです。その伝でいけば風だって所有できるでしょうし、朝雲に自分の名前を書き込むこともできるでしょう。それに、貧しい人々に所有権を尊重させたいなら、尊重すべき所有物を与えなければなりません。あなたは自分の土地を持つべきで、できることなら、僕はあなたに土地を与えますよ」

「私に土地を与える、だと！」のっぽのアダムは鸚鵡返しに言った。

「あなたが集会の公衆であるみたいに話しかけることを、お詫びします」とフィッシャーは言った。「でも、僕は公の場でも私的な場でも同じことを言う、まったく新種の公人なんです。このことは州の到る処で、百もの大群衆の集まりに向かって言いました。この陰気な池の中のこの風変わりな小島でも言います。僕はこういう大きい地所を小さい地所に分割して、みんなに——密猟者にも与えようと思うんです。アイルランドで行われたことを、イングランドでやります。可能なら、金を払って地主連中を追い出し、とにかく連中を追い出します。あなたのような人は自分の小さな土地を持つべきです。雉が飼えるとは言いませんが、鶏は飼えるようになるでしょう」

男は突然身を硬ばらせ、この約束がまるで脅しであったかのように、青ざめると同時に赤くなった。

「鶏だと！」と激しい軽蔑をこめて、繰り返した。

「どうして反対なさるんです？」落ち着いた立候補者はたずねた。「雌鶏を飼うのは、密猟者(ポウチャー)にとっては生ぬるい娯しみだからですか？　卵を茹でる(ボウチ)のはどうです？」

「なぜなら、私は密猟者ではないからだ」アダムは劈(つんざ)くような声で叫び、その声は彼の銃声の谺のように、うつろな神殿と壺のまわりに鳴り渡った。「なぜなら、あそこに死んでいる山鶉は私の山鶉だからだ。君が立っている土地は私の土地だからだ。私の土地は犯罪によって、密猟よりももっと悪どい犯罪によって、私から奪われたからだ。ここは何百年も前から一つの地所だった。だから、もしおまえや、誰にしてもお節介な山師がここへ来て、土地をケーキのように切り分ける話をするなら、もし、おまえが平等云々の嘘っ八(ぱち)をもう一言でも言ったら——」

「あなたは少し不穏な公衆みたいですね」とホーン・フィッシャーは言った。「でも、どうぞ続けて下さい。もし僕が然(しか)るべき人々に然るべきやり方でこの地所を分け与えようとしたら、どうなります？」

密猟者はいかめしい落ち着きを取り戻して、こたえた。

「我々の間に飛び込んで来る山鶉はいないだろうよ」

そう言うと、もう何も話す気はないらしく、こちらに背中を向けて神殿を抜け、島の突端(とっぱし)まで歩いて行くと、そこに立ってじっと水を見つめた。フィッシャーもあとについて行ったが、質問を繰り返しても答えないので、岸の方へ引き返した。そうしながらもう一度人工的な神殿を良く見ると、奇妙なことに気づいた。こういう芝居がかった建物はたいてい劇場の舞台背景のように薄っぺらなものであるから、この古代風な聖堂も奥行きのない、ただの殻か仮面だと思っていた。ところが、これのうしろにはかなりしっかりした建物が木立に埋もれていて、石の大蛇に似た灰色の迷宮のように見え、蔦(つた)の葉に覆われた塔をいくつも空に聳え立たせていた。しかし、フィッシャーの目をとらえたのは、背後の灰白色の石にたった一つ扉があり、錆びついた大きなかんぬきが外側についていたことである。しかし、建物を守るべきこのかんぬきは差していなかった。フィッシャーはそれから小さい建物のまわりをひとまわりしたが、壁の高いところに通気孔のような小さい格子窓があるだけで、ほかに出入口はなかった。

彼は踵(くびす)を返して、考え込みながら曳舟道を湖岸まで歩いて行き、彫刻を施された二つの骨壺の間の石段に坐り込んだ。それから紙巻煙草に火を点け、沈思黙考しながら煙草をふかした。やがて一冊の手帳を取り出すと、さまざまな文句を書き留め、番号を振ってはまた振り直して、結局、次のような順番にまとめた。

（一）大地主ホーカーは最初の妻が嫌いだった。
（二）彼は金のために二度目の妻と結婚した。

（三）のっぽのアダムは、地所が本当は自分のものだと言う。
（四）のっぽのアダムは島の神殿のまわりをうろつき、神殿は牢屋のように見える。
（五）大地主ホーカーは地所を手放した時、貧乏ではなかった。
（六）ヴァーナーは地所を手に入れた時、貧乏だった。

フィッシャーはその覚え書きを真面目くさって見つめていたが、表情は次第に硬張った笑みに変わり、煙草を投げ捨てると、また邸の母屋への近道を探しにかかった。まもなく一本の小径を見つけて、刈り込んだ生垣と花壇の間をうねりくねって行くと、パラディオ式の長い家表の前に出た。そこはいつものように、私邸ではなく、地方に追放された公共の建物のような外観を呈していた。

最初に現われたのは執事で、この男は建物よりずっと年老っているように見えた。建築はジョージ王朝時代[*8]のものだったが、何とも不自然な茶色い鬘(かつら)をかぶった執事の顔には、数百年の歳月が刻んだような皺が寄っていたからだ。ただ突き出した眼だけが生き生きし

＊8　ジョージ王朝というと、国王ジョージ一世から四世までの時代（1714-1830）と、ジョージ五世の時代（1910-1936）に分かれるが、建築様式でいうジョージ王朝様式は前者の建物である。ちなみに本書の刊行は1922年。

て鋭く、何かに抗議でもしているようだった。フィッシャーは相手を一瞥すると、立ちどまって言った。

「失礼ですが、あなたは先代の地主ホーカーさんに仕えていませんでしたか?」

「さようです」男は厳かに言った。「アッシャーと申します。何か御用ですか?」

「サー・フランシス・ヴァーナーのところへ連れて行ってください」と訪問客はこたえた。

サー・フランシス・ヴァーナーは綴れ織りのかかった広い部屋で、小さいテーブルのそばの安楽椅子に坐っていた。テーブルには、緑色に光るリキュールの入った小さい壜とグラス、それに一杯のブラック・コーヒーがのっていた。彼は地味な灰色の背広を着て、そこそこ似合う紫のネクタイをしめていた。しかし、フィッシャーは金色の口髭の反り具合と、ぺったりした髪の毛の生え方に何かを感じた。彼の名前はフランツ・ヴェルナー*9であることが、突然わかったのだ。

「ホーン・フィッシャーさんですな」と彼は言った。「お坐りになりませんか?」

「いや、結構です」とフィッシャーはこたえた。「これは友好的な訪問ではないと思いますので、立ったままでいましょう。たぶん御存知でしょうが、僕はすでに候補に立っています——国会議員に立候補しているんです」

「我々が政敵であることは存じています」ヴァーナーは眉を吊り上げて、こたえた。「しかし、スポーツ精神で、英国流のフェア・プレイの精神で闘った方が良いと思うのです」

「そうですね」とフィッシャーは言った。「あなたがもし英国人なら、もっと良かったでしょう。それに、あなたが一度でもフェア・プレイをしたことがあれば、ずっと良かったでしょうね。でも、僕が言いに来たことはごく手短に言うことができます。ホーカー老人の話については、我々の法律上の立場がどうなっているかわかりませんが、僕の主たる目的は、あなたのような人たちが英国を牛耳るのを防ぐことなんです。ですから、法律が何と言おうと、あなたがただちに選挙から撤退してくださるなら、もう何も申しません」

「あなたは狂っておられるようだ」とヴァーナーは言った。

「僕の心理状態は少し異常かもしれません」ホーン・フィッシャーはやや曖昧な態度でこたえた。「僕は夢に、ことに白昼夢に影響を受けるんです。時には、自分の身に起きていることが、不思議ですが二重に鮮やかになりましてね。まるで以前にも起こったような感じがします。物事が以前にも起こったという、あの神秘的な感覚を味わったことはありませんか?」

「あなたが無害な狂人であることを望みます」とヴァーナーは言った。

だが、フィッシャーはなおも上の空な様子で、壁の綴れ織りに描かれている金色の巨きな図形や、茶色と赤の網目模様に見入っていた。それからまたヴァーナーを見て、語りは

＊9　フランシス・ヴァーナーのドイツ語形。

じめた。

「この会見が以前（まえ）にここで、綴れ織りのかかったこの部屋で起こったという――我々は二人とも幽霊で、取り憑かれた部屋をふたたび訪れているという感じがするんです。でも、あなたが今坐っているところに坐っていたのはホーカー大地主で、僕が立っているところに立っていたのは、あなたでした」

フィッシャーはちょっと言葉を切り、それから単刀直入に言い足した。

「どうやら、僕も脅迫者（ゆすり）のようですね」

「もしそうなら」とサー・フランシスは言った。「君を牢屋に送ってやると約束する」

しかし、彼の顔には、テーブルに載っている緑の酒の光が反射したような影がかかっていた。ホーン・フィッシャーは相手をじっと見て、静かに答えた。

「脅迫者が必ずしも牢屋に行くとは限りません。国会へ行くこともあります。しかし、国会はもうすでに腐っているとはいえ、できれば、あなたをそこへ行かせません。犯罪を種に取引するといっても、僕はあなたほどの罪人ではない。あなたは地主に田舎屋敷（カントリー・シート）を手放させた。僕はただ国会の議席（シート）を諦めてくれと言っているだけです」

サー・フランシス・ヴァーナーはガバと立ち上がり、古風なカーテンを引いた部屋の呼鈴の紐を探して、あたりを見まわした。

「アッシャーはどこへ行った？」と土気色の顔をして、叫んだ。

「でも、アッシャーは何者なんです？」フィッシャーは物柔らかに言った。「アッシャーは真実をどのくらい知っているんでしょうね」

ヴァーナーは呼鈴の紐から手を離し、しばらく眼をギョロつかせて立っていたが、いきなり部屋から大股に歩き去った。フィッシャーは入って来たもう一つの扉から部屋を出たが、アッシャーの姿が見えないので勝手に外（おもて）へ出、ふたたび町へ向かった。

その夜、フィッシャーはポケットに懐中電灯を入れて、彼の立論に欠けている最後の部分を補充するため、独りで闇の中を出かけた。まだ知らないことはたくさんあったが、どこへ行けばわかるかは知っているつもりだった。その夜は闇が深く、嵐模様で、塀の隙間は前よりも黒々としていた。森はたった一日で前よりも木が密に茂り、暗くなったように思われた。黒い森と灰色の壺と石像のある打ち捨てられた湖は、昼間でも荒涼としていたが、夜空と吹きつのる嵐の下ではなおさら迷った魂の国にあるアケロン川の淵に似ていた。石の桟橋を慎重に渡っていると、ますます夜の奥底へ突き進んでいるような、生者の国へ合図を送れる最後の地点を後にして来たような気がした。湖は海よりも大きくなったかに思われたが、それはまるで世界を洗い流してしまったように、忌まわしい静穏さをたたえて眠る、黒くねばねばした水の海だった。この拡大と拡張の悪夢に似た感覚はたいそう強かったので、人気（ひとけ）のない島へすぐに着いたことが不思議だった。しかし、そこが非人間的な沈黙と寂寥の場所であることは知っていて、もう何年も歩いているような気がした。

彼はもっと正常な心持ちになろうと自分を励ましながら、頭上に枝を差し交わす黒い竜血樹の下に立ちどまり、懐中電灯を取り出して、神殿の裏の扉の方へ向かった。扉は前と同じようにかんぬきを差しておらず、少し――ほんの隙間ほどだが――開いているような気がした。しかし、よく考えると、光がべつの角度から射しているための、ありふれた錯覚にすぎないと確信した。もっと科学的な精神で、錆びたかんぬきや蝶番(ちょうつがい)のついた扉を詳しく調べていると、何かが自分のすぐそばに、まさしく頭の上にいるのを感じた。何か折れた枝ではないものが木からぶら下がっているのだ。数秒間、彼は石のようにじっと身動きせず、冷たくなって立っていた。頭上に見えたのは、ぶら下がった人間の両脚だった。あるいは、吊るし首にされた死人の脚だろうか。だが、次の瞬間、そうではないことがわかった。男は文字通り生きて脚をバタつかせており、次の瞬間地面に下りて、侵入者の方に向き直った。同時にほかの木が三、四本、同じようにして生命を帯びたようだった。ほかにも五つか六つの影が不自然な巣から降り立った。まるで猿の島のようだったが、その連中はすぐさまフィッシャーの方へどっと押し寄せ、身体に手をかけられた時、フィッシャーは相手が人間であることを知った。

彼は手に持つ電灯で、先頭に立った男の顔をしたたかに殴りつけたため、相手はよろけて、泥だらけの草の上に転倒した。しかし、電灯は壊れて消え、あたりはいっそう濃い闇につつまれた。フィッシャーはもう一人の男を神殿の壁に叩きつけ、男はズルズルと地面に滑り落ちた。しかし、三人目と四人目がフィッシャーを宙に持ち上げて、もがく彼を戸口の方へ運びはじめた。闘いでまごついていたが、彼は扉が開いているのを意識していた。誰かが内側から暴漢どもを呼んでいるのだ。

かれらは中に入ったとたん、フィッシャーをベンチかベッドのようなものに荒々しく放り出したが、怪我はしなかった。長椅子か何かには、彼を受けとめるために心地良い小蒲団が敷いてあるようだった。暴漢どもの荒っぽさには急いでいるらしい様子が多分にあって、フィッシャーが立ち上がる前に、みな逃げようとして戸口へ殺到した。この打ち捨てられた島を荒す山賊が何者であれ、かれらは自分の仕事に不安を抱き、早く片づけたがっているようだった。本職の犯罪者なら、そんなに慌てふためかないだろうとフィッシャーはふと思った。次の瞬間、大きな扉がバタンと閉まり、かんぬきがかけられて悲鳴のように軋った。男たちが曳舟道を転けつまろびつしながら、大急ぎで走って行く足音が聞こえた。あっという間のことだったが、その際にフィッシャーは一つやりたいことをした。転がされて立ち上がれなかった彼は、長い脚を片方伸ばして、扉から出ようとする最後の男のくるぶしに引っかけたのだ。男はよろけて牢獄の部屋の中に倒れ、扉が閉まって、彼と逃げて行く仲間たちとを隔てた。連中は急いでいたため、仲間を一人置き去りにしたことに気づかなかったらしい。

男はまた立ち上がると、狂ったように扉を叩いたり蹴ったりした。荒事が終わって、フイッシャーはユーモア感覚を取り戻し始め、生来の呑気さも幾分戻って来て、ソファーの上に身を起こした。しかし、囚われの男が牢獄の扉を叩く音を聴いているうちに、新しい奇妙な考えが浮かんだ。

このように仲間の注意を惹きたがっている人間なら、大声で呼びかけ、蹴るだけでなく叫ぶのが自然なやり方だろう。この男は両手両足でできるだけ音を立てようとしているが、喉からは声一つ出て来ない。なぜしゃべることができないのだろう？

初め、猿轡を嚙まされているのかと思ったが、それは明らかに不合理である。そこで、男は口が利けないのだという厭なことを思いついた。それがなぜそんなに厭なことなのか、自分でもわからなかったが、その考えは暗く、いびつな形で彼の想像力に影響した。暗い部屋に口の利けぬ者と二人きりで残されたという考えには、何か肌に粟を生ずるものがあった。まるで、その弱点が畸形であるかのようだった。もっとひどいべつの畸形を伴っているかのようだった。暗闇で今は見え分かぬ姿形が、日の目を見てはならぬ姿形であるかのようだった。

やがて彼はハッと正気に戻り、洞察力も蘇った。相手がしゃべらぬ理由はごく単純だったが、興味深いものだった。明らかに、この男が声を出さないのは、自分の声を識別されたくないからなのだ。フィッシャーに正体を知られないうちに、この暗い場所から逃げたいと思っている。してみると、こいつは誰なのだろう？　少なくとも、一つのことははっきりしている。この地域で、そしてこの奇妙な物語の展開の途中で、フィッシャーがすでに言葉を交わした四、五人のうちの一人なのだ。

「さて、一体あなたは誰なんだろう」フィッシャーはいつもの気怠げな慇懃(いんぎん)さで声をかけた。「それを知るためにあなたの喉を絞めようとするのは、賢明じゃなさそうだ。死体と夜を過ごすのは不愉快だろうからね。それに、僕が死体になるかもしれない。僕はマッチを持っていないし、懐中電灯は壊れてしまったから、推理することしかできない。さて、あなたは誰であり得るだろう？　ひとつ考えてみよう」

こうして愛想良く話しかけられた男は、扉をドンドン叩くのをやめ、むっつりして片隅に引っ込んだ。フィッシャーはその間も、相手に向かって独り語りをつづけた。

「たぶん、あなたは密猟者じゃないと言い張る密猟者なんだろう。彼は土地の所有者だと言う。しかし、彼が何であれ、馬鹿だと教えてあげることを許してもらえるだろう。もし農民自身が紳士になりたがるような俗物だとしたら、英国の自由な農民階級にいかなる希望があり得るだろう？　民主主義者がいないのに、どうして民主政体をつくれるだろう？　実のところ、あなたは地主になりたいから、犯罪者であることを承知するんだ。その点で、べつのある人物に似ている。いや、考えてみると、きっとべつの誰かなんだろう」

沈黙があり、それを破るのは、部屋の隈から聞こえる息づかいの音と、男の頭上の小さな格子窓から入って来る、強まって来た嵐のざわめきだけだった。ホーン・フィッシャーしみ、喋りつづけた。

「あなたはただの召使いなのかな？——たぶん、ホーカーとヴァーナーの執事だった少し陰気なあの老僕なんだろう。もしそうなら、あなたは間違いなく二つの時代の唯一の架橋だ。でも、もしそうなら、なぜあの薄汚い外国人に仕えるような堕落した真似をするんだ——あなたは少なくとも、まぎれもないわが国の紳士階級の最後の一人を見たというのに？　あなたのような人々は、おおむね愛国心だけは持っている。英国はあなたにとって何の意味も持たないんですか、アッシャーさん？　こうして熱弁を揮っても、もしかすると無駄かもしれない。あなたはアッシャーさんではないかもしれないから。

むしろ、ヴァーナー本人である可能性の方が高そうだ。それなら、あなたに自分を恥じろと熱弁を揮っても、仕方がない。英国を腐敗させるといって罵っても仕方がないし、あなたは罵るべき当の人物ではない。罵られて当然だし、げんに罵られているのは英国人だ。なぜなら、かれらの英雄や国王たちの高い地位にこういう害虫が這い込んで来るのを許したからだ。あなたがヴァーナーだということをあんまり考えるのはよそう。さもないと、結局喉の絞めっこになるかもしれないから。あなたはほかの誰かであり得るだろうか？対抗するもう一つの組織の手下ではないだろう。あなたが運動員のグライスだとは信じられない。でも、グライスも眼に偏執狂の光があったし、こういう政治のケチな諍いでは、人間は突飛なことをするものだ。あるいは、もし下っ端でないとすると、そうすると……

いや、そんなことは信じられない……男らしさと自由の赤い血……民主主義の理想であるはずがない……」

フィッシャーは興奮して跳び上がり、同時に、向こうの格子窓から雷のゴロゴロ鳴る音が聞こえて来た。嵐が起こり、それとともに、彼の心に新しい光が照たった。ほかにも何かが、今にも起こりそうだった。

「あれが何を意味するか、知ってるか？」と彼は叫んだ。「神様御自身が蠟燭をかざして、おまえのいやらしい顔を見せてくれるかもしれないってことさ」

次の瞬間雷が轟いたが、その前にほんの一刹那、白い光が部屋中を満たした。

フィッシャーは目の前に二つのものを見た。一つは、空を背にした鉄格子の黒白の模様だった。もう一つは隈にある顔だった。それは彼の兄の顔だった。

ホーン・フィッシャーの唇から出たのは、ある洗礼名だけだった。そのあと、暗闇よりも恐ろしい沈黙がつづいた。しまいにもう一つの姿が動いて跳び上がり、ハリー・フィッシャーの声が初めてその恐ろしい部屋で聞こえた。

「俺を見たようだな。それなら、もう明かりを点けても良いだろう。スイッチの場所がわかれば、いつでも点けられたんだ」

彼が壁のボタンを押すと、部屋の様子が隅々まで、陽の光よりもまぶしい光の中に跳び込んで来た。実際、その様子がじつに意外だったため、囚われ人の揺れる心は、相手の正体がわかったことを一時（いっとき）忘れたのである。その部屋は地下牢の独房どころか客間のよう、貴婦人の客間のようでさえあったが、ちがうのは葉巻の箱と葡萄酒の壜が、本や雑誌とともに、脇卓に積み上げてあった点である。さらに良く見ると、男向きの備品はつい最近のもので、女向きの背景は古いものだった。色褪せた綴れ織りが目に入ると、驚いた彼はもっと大きな事柄をしばし忘れて、言った。

「ここの調度品はお屋敷にあったものだな」

「そうだ」と相手は言った。「理由はわかっていると思うが」

「たぶんね」とホーン・フィッシャーは言った。「もっと異常なことに話を進める前に、僕の考えを言っておこう。大地主ホーカーは重婚者と山賊の役を演じたんだ。ユダヤ婦人と結婚した時、最初の奥さんは死んでいなかった。この島に幽閉されていたんだ。彼女はここで子供を生み、その子供が今、のっぽのアダムと名のって、自分の生まれた場所に出没している。ヴァーナーという破産した会社の発起人がその秘密を嗅ぎつけて、地主を脅迫し、地所を手放させた。これはみんなはっきりしていて、単純な話だ。さて、それじゃ、もっと難しい話に進ませてくれ。あなたは血を分けた弟を誘拐して、一体何をするつもりなのか説明してもらいたいな」

やや間があって、ヘンリー・フィッシャーが答えた。

「俺に出くわすとは思わなかったろうな。でも、結局、こうなるしかないじゃないか？」

「言ってることがわからない」とホーン・フィッシャーは言った。

「俺が言ってるのは、あんな味噌をつけておいて、ほかにどんなことが期待できたかということだ」兄は不機嫌そうに言った。「みんなはおまえが頭の良い奴だと思っていた。それなのに、まさか――ああ、まったく、こんな出来損いだなんて」

「ちょっと変だね」立候補者は眉をひそめて言った。「自惚(うぬぼ)れて言うんじゃないが、僕の立候補は失敗じゃなかったという印象を持ってるんだ。大規模な集会はみんな成功だったし、大勢の人が僕に投票すると約束してくれた」

「そりゃあそうだろうよ」ハリーは厳しい顔で言った。「おまえはろくでもない三エーカーと牛で地滑りを起こした。ヴァーナーはどこに行っても票を得られない。ああ、まったくひどいことだ」

「一体、何が言いたいのさ？」

「この大馬鹿野郎め」ハリーは本心のにじむ声で叫んだ。「おまえ、議席を勝ちとるために選挙に立たされたと思ってたんじゃあるまいな？　ああ、子供じゃあるまいし！　いいか、ヴァーナーを当選させなけりゃいけないんだ。もちろん、あいつが当選しなきゃいけない。あいつは次期大蔵大臣になることになっていて、エジプト借款(しゃっかん)だの何だの、いろいろあるんだ。我々はただおまえに改革党の票を割れさせたかっただけだ。ヒューズがバーキントンの集会で点を稼いだあとだから、不測の事態が起こるかもしれないからな」

「わかった」とフィッシャーは言った。「それでいて、あなたは改革党の支柱であり、誉れなんだね。たしかに、僕は利口じゃないね」

彼は党への忠誠心に訴えてみたが、兄は馬耳東風だった。〝改革党の支柱〟はほかのことを考え込んでいたからである。しまいに、彼はもっと苦しげな声で言った。

「おまえにつかまりたくなかったんだ。ショックだろうと思ったから。でも、言っとくがな、俺が自分でここへ来なければ、けしてつかまったりはしなかった。それなのにわざわざ来たのは、連中がおまえを傷めつけないように見張って、万事なるべく快適であることを確かめるためだったんだ」こう言い足した時、その声は一種の涙声になっていた。「あの葉巻を持って来たのは、おまえの好物だからだ」

感情とは不思議なものである。この馬鹿げた心づかいが、ホーン・フィッシャーを突然底知れぬ悲哀のように和ませた。

「気にするなよ、兄さん」と彼は言った。「もうこの話はやめよう。たしかに、あなたは自分の国を滅ぼすために自分を売った悪党かつ偽善者の中では、一番心優しくて情のある人だよ。いや、これよりも良くは言えないな。葉巻をありがとう。かまわなければ、一本吸わせてもらうよ」

ホーン・フィッシャーがハロルド・マーチにこの物語を語り終える頃、二人はとある公園に出て、丘の上の長椅子に坐っていた。そこからは雲一つない青空の下に広い緑地が見渡せた。しかし、物語をしめくくる言葉には、この景色にそぐわないものがあった。

「それ以来ずっと、僕はあの部屋にいる」とホーン・フィッシャーは言った。「今もそこにいるんだ。僕は選挙に当選したが、国会へは一度も行かなかった。僕の人生は、あの寂しい島の小さな部屋の中の人生だった。本も葉巻も、贅沢品もたくさんある。知識も関心も情報もたくさんある。でも、あの墓窟（はかぐら）から外の世界に声は一ぺんもとどかない。僕はたぶんあそこで死ぬんだろう」

　そう言って、彼は広大な緑の公園の彼方にある灰色の地平線を見ながら、ニコリと笑った。

彫像の復讐

そこは海岸のホテルにある日あたりの良いヴェランダで、模様をなす花壇と一条（ひとすじ）の青い海が見晴らせた。ホーン・フィッシャーとハロルド・マーチが最後の説明——激論と言っても良いかもしれない——をしたのは、そこでだった。

今や当代一流の政治記者として知られるハロルド・マーチは、小さいテーブルのところへ来て腰かけたが、いくらか曇（くも）った夢見るような青い眼には、圧（お）し殺した興奮がくすぶっていた。テーブルの上にポンと投げつけた新聞に、彼の感情のすべてとは言わないまでも、幾分かを説明する記事が載っていた。すべての部署で政事が危機に瀕（ひん）していた。政権が長く続いたので、人々は世襲の独裁政権に慣れるようにそれに慣れていたが、ここへ来て諸々の大失態や、予算の濫用さえ非難されるようになった。ホーン・フィッシャーが若い頃考えていた方針にのっとって、イングランド西部に農民社会を確立しようとする実験は、ある人々に言わせると、結局、工業化の進んだ近隣との危険な諍（いさか）いを生むだけだった。沿岸地域に建設された新しい工場にたまたま雇われた無害な外国人、主にアジア人が虐待を受けているという不平も高まっていた。実際、シベリアに擡頭した新勢力は、日本や他の強力な同盟国に後押しされて、異邦にいる臣民の利益を守るためにその事柄を取り上げ、大使がどうの最後通諜がどうのという物騒な噂が流れていた。しかし、マーチ自身の個人的関心に関わる、もっとずっと深刻なことが、友人との会見を当惑と憤慨の入り混じったもので満たしていた。

おそらく、フィッシャーのふだんは懶げな姿に常ならぬ活発さのあったことが、マーチの腹立ちを増したのかもしれない。マーチの心にあるフィッシャーのいつもの姿は、若くして禿げるとともに老け込んだような、顔色が青白く、額の禿げ上がった紳士のそれだった。彼はのらくら者の言葉で悲観主義者の意見を述べる男として記憶されていた。その変化は単に陽の光による一種の扮装だったのだろうか。それとも、海辺の保養地の遊歩道でつねに見られる澄んだ色彩とくっきりした輪郭が、海の青い腰羽目を背にしてそんな効果をもたらしたのか、マーチには今もわからなかった。しかし、フィッシャーはボタン穴に花を挿していたし、闘士が肩で風を切って歩くようにステッキをふりまわしていることも確かだった。英国をあのような暗雲が覆っているというのに、この悲観論者だけが自前の陽の光を持ち歩いているようだった。

「いいかい」ハロルド・マーチはだしぬけに言った。「君は僕の大切な友達だったたし、友達を持つことをこれほど誇りに思ったことはなった。でも、言っておかなきゃならんことがある。知れば知るほど、君がどうして我慢できるのかわからなくなるんだ。それに、僕はこれ以上我慢する気はないんだ」

ホーン・フィッシャーは真面目に注意深く相手を見つめていたが、まるで自分はどこか遠くにいるようだった。

「君も知ってる通り、僕はずっと君が好きだった」フィッシャーは静かに言った。「しかし、君を尊敬してもいて、この二つは必ずしも同じじゃない。想像できるかもしれないが、僕には尊敬しないが好きな人が一杯いる。ことによると、それが僕の悲劇かもしれないし、僕の咎かもしれない。でも、君は全然ちがう。だから、これだけは約束する。僕は君を、尊敬できないという代価を払ってまで好きな人間にしておこうなどとは、けしてしないと」

「君の心が寛いのは知ってる」マーチは少し黙ってから言った。「しかし、君は卑劣なものを何でも容認して、永続させる」それから、また黙り込んだあと、言い足した。「僕らが最初に会った時のことを憶えているかい？　あの時、君は標的の一件で、小川で釣りをしていたっけね？　それに君はこう言ったろう──結局のところ、僕がダイナマイトでこんぐらがった上流社会を丸ごと地獄まで吹っ飛ばしても、べつに害はないだろうと」

「うん。それがどうした？」とフィッシャーはたずねた。

「なに、ダイナマイトでそいつを地獄まで吹っ飛ばすつもりなんだ」とハロルド・マーチは言った。「それで、君に正々堂々と警告しておくべきだと思ってね。長い間、僕は状況が君の言うほどひどいとは信じなかった。でも、君の知っているようなことを――君が本当に知っているとして――自分の胸にしまっておけるなんて思ったことは一度もない。うむ、要するに僕には良心があって、機会もとうとうめぐって来たということだ。僕は自由な裁量権を持って、ある独立した大新聞を預かっている。腐敗に対する集中砲火の火蓋を切ろうとしているんだ」

「それは――アトウッドだな」フィッシャーは思案するように言った。「材木商の。あいつは支那のことを良く知っている」

「英国のことを良く知ってるんだ」マーチは断固として言った。「それに僕だって知っている。我々はこれ以上黙っちゃいない。この国の民衆には、自分たちがどういう統治をされているか――というよりも、破壊をされているか――知る権利がある。財務長官は今現在金貸しどもに操られていて、言われた通りにするしかない。さもないと彼は破産するし、おまけに、賭博と女優しか原因はないというみっともない破産者になる。首相は石油の契約で商売をしていたし、それも深く関わっていた。外務大臣は酒と麻薬でボロボロだ。何千という英国人を犬死にさせるかもしれない男について、こうしたことをはっきり言うと、個人攻撃だと言われる。運転手が酒に酔って人を三、四十人死なせた時、そのことを暴露しても、誰も個人攻撃とは言わない。運転手は個人じゃないんだ」

「まったく同感だ」フィッシャーは平然と言った。「君の言うことは完全に正しい」

「同感するなら、何だって我々とともに行動しないんだ？」と友人は言った。「正しいと思うなら、どうして正しいことをしないんだ？　君みたいに有能な人間が改革への道をふさぐなんて、考えただけで恐ろしい」

「そのことは何度も話し合った」フィッシャーはやはり落ち着き払って、こたえた。「首相は僕の父さんの友達だ。外務大臣は姉と結婚した。財務長官は僕の従兄弟だ。僕が今血縁関係を詳しく話したのは、今までにはなかったある感情を味わっているからなんだ。今までに感じた記憶のない幸福な感覚だ」

「一体、どういう意味だね？」

「うちの一族を誇らしく感じてるんだ」とホーン・フィッシャーは言った。

ハロルド・マーチは青い眼を真ん丸くして彼を見つめたが、煙に巻かれて質問もできないようだった。フィッシャーは彼らしく倦怠げに椅子の背に寄りかかり、微笑いながら話しつづけた。

「いいかい、君。今度は僕に質問させてくれ。君は僕が不幸な親類の不始末を前からずっと知っていたように言う。その通りだ。でも、アトウッドがそれをずっと知らなかったとでも思うのかい？　君が正直な男で、機会さえあればこういう事実を暴くことを、あいつがずっと知らなかったと思うのかい？　アトウッドはなぜ何年も経った今頃になって、犬みたいに君の口輪を外すんだ？ 僕はその理由を知っている。たくさんのことを知っている――あまりにもたくさんのことを。だから胸を張って言えるんだが、ようやく我が一族を誇りに思うんだ」

「でも、なぜ？」マーチは少し弱々しく言った。

「僕が財務長官を誇りに思うのは彼が賭け事をしたからだし、外務大臣を誇りに思うのは彼が酒を飲んだからだし、首相の場合は、彼が契約に際して口利き料を取ったからだ」フィッシャーは力強く言った。「かれらを誇りに思うのは、かれらがこういうことをして、そのために告発されかねないし、告発されかねないことを知っている。それでも、頑張って、いるからだ。僕がかれらに帽子を取って挨拶するのは、かれらが脅迫に屈せず、わが身を救うために国をぶち壊すことを拒んでいるからだ。僕は戦場へ死にに行く兵士に対するように、かれらに敬礼する」

少し間があって、フィッシャーは語りつづけた。

「そして、この世は戦場にも、比喩ではない戦場にもなるだろう。我々はあまりにも長い間、外国の融資家に屈従して来たため、今は戦争をするか破滅するかなんだ。民衆さえも、田舎の民衆さえも、自分たちは破滅しそうだと思いはじめている。それが新聞に載る嘆かわしい事件の意味なんだ」

「東洋人に対する無法行為の意味かね？」とマーチはたずねた。

「東洋人に対する無法行為の意味は」とフィッシャーはこたえた。「融資家たちが、労働者を減らして農民を飢えさせる意図をもって、支那の労働者をこの国へ連れて来たということだ。我々の不幸な政治家は譲歩に次ぐ譲歩をして、今や奴らは、我が国の貧乏人の大虐殺を命ずるにも等しい譲歩を我々に求めている。もしも今戦わなかったら、二度と戦う時はあるまい。放っておけば、奴らは一週間もしたら英国を経済的な飢餓状態に陥れるだろう。だが、我々は今闘おうとしている。もし一週間後に最後通諜が来て、二週間後に侵攻があっても、驚かないよ。もちろん、過去の腐敗や怯懦は我々の足枷となっている。西部地方はかなり荒れ模様だし、軍事的な意味でも雲行きが怪しい。あちらにいるアイルランドの連隊は新しい条約によって我々を支援するはずなんだが、中々言うことを聞かない。この糞ろくでもない苦力資本主義は、もちろんアイルランドでも押し進められているからだ。しかし、もう歯止めをかける時だ。もし政府の保証が、手遅れにならないうちに連隊に伝われば、かれらも結局、敵が上陸するまでにはやって来るだろう。というのは、うちの連中がやっと頑張りはじめたからだ。もちろん、かれらが半世紀も世間の鑑として体裁を繕って来た末に、生まれて初めて男らしく振舞っている時、自分の罪が自分にふりかかって来るのは当然の報いさ。いいかい、マーチ、僕は連中の裏も表も知ってるから、かれらが英雄のように振舞っていることを知っている。一人一人に銅像を立ててやって、台座にはフランス革命の一番高貴ならず者の言葉みたいな言葉を彫ってやるべきだ――『我が名は廃るべし、フランスは自由たるべし』*1」

「何たることだ」とマーチは叫んだ。「我々はけして君の計略や逆計の底には到達できないってわけか?」

沈黙ののちに、フィッシャーは友人の眼を見ながら、声を落として答えた。

「その底には悪しかないと思ったのかい?」彼は穏やかにたずねた。「運命が僕を投げ込んだ深い海に、汚物だけしかなかったと考えていたのかい? 信じて欲しいが、人間の最善の面を知るには、最悪の面を知らなければいけないんだ。かれらは度し難い完全無欠な蠟人形で、女を追いかけたこともなければ、賄賂の意味も知らない——そんな風に世間に見えているからといって、奇妙な人間らしい魂がないわけじゃない。人生は宮殿にいても良く生きることができるし、議会でさえ、時々良く生きようと努力しながら生きることができる。それはこういう金持ちの阿呆やならず者でも、貧しい追剝や掏摸でも同じことなんだ。かれらがどれほど良く生きようとしたかは、神だけが知っている。良心がどれだけのことに耐えて生き残れるか、名誉を失った人間が、それでもどんな風にして自分の魂を救おうとするかは神だけが知っている」

ふたたび沈黙があり、マーチは坐ったままテーブルをじっと見つめ、フィッシャーは海を見ていた。やがて、フィッシャーはいきなり立ち上がって帽子とステッキを取ったが、その様子にはふだんと異なる機敏さと剣呑ささえもあった。

「いいかい、君」と彼は声を上げた。「ひとつ取引をしよう。アトウッドのための運動を始める前に、一週間だけ我々のところへ来て、我々が何をしているか聞いてくれ。我々と言うのは、〝忠実なる少数者〟――以前は〝例の一味〟と呼ばれていて、時々〝堕落した連中〟とも言われた人々のことだ。本当に腰を据えて国防を組織しているのは我々たった五人だけで、ケント州のおんぼろホテルに守備兵みたいに暮らしている。我々が何をしているか見に来て、何をしなければならないか知って、それから我々を公平に評してくれ。それが済んだら、君への変わらぬ愛情をもって言うが、事を公にするがいい」

こういうわけで、戦争が始まる前の最後の週、事態が風雲急を告げていた頃、ハロルド・マーチは自分が弾劾しようとしている人々のささやかなハウス・パーティーに加わっていた。一同は蔦(つた)におおわれ、いささか陰気な庭園に囲まれた古い茶色の煉瓦造りの宿屋で、かれらのような趣味を持つ人間としては、随分質素に暮らしていた。宿の裏手は庭が急な上り坂になって、その上の尾根に道が通っていた。ジグザグの小径が斜面を急角度で攀(よ)じ登り、常緑樹の中を右往左往していたが、その常緑樹は常黒樹とでも言いたいくらい暗鬱だった。斜面のここかしこに立っている彫像は、十八世紀につくられたそういう小さな装飾に特有の冷たい奇怪さを持っており、庭の一番下の土手に沿って、裏口の向かい側

＊1　革命家ジョルジュ・ダントン（1759-1794）の言葉。

に、壇に据えたごとく一列に並んでいた。このことがマーチの心に真っ先に印象づけられたのは、それが閣僚の一人と初めてした会話の話題となったからにすぎなかった。

閣僚たちは、マーチが思っていたよりもやや年老っていた。首相はもう少年には見えなかったが、今でも少し赤ん坊のように見えた。とはいえ、それは年老った尊敬すべき赤ちゃんの一人であり、この赤ん坊は柔らかい白髪を生やしていた。彼のまわりのものはすべて、話し方や歩き方に至るまで柔らかだったが、何よりも、一番の能力が眠ることらしいという点がそうだった。彼と二人きりになった人は、彼が眼をつぶっていることに慣れきってしまったため、静寂の中でその眼がぱっちり開いていたり、ましてやものを見ていたりすると、ほとんどギョッとしたのだった。この老紳士の目をいつでも開かせる物が少なくとも一つあった。この世界で彼が本当に好きなただ一つの物は鎧と武器、ことに東洋の武器で、ダマスカスの剣やアラビアの剣術のことなら何時間でも語った。財務長官のジェイムズ・ヘリーズ卿は小柄で色の浅黒い、がっしりした男だったが、顔は非常に青黄色くて、態度は非常に不機嫌そうだった。そのことはボタン穴に挿したけざやかな花と、いつでも少し着飾りすぎるお祭めいた癖と対照をなしていた。彼を名うての遊び人と呼ぶのは、いささかの婉曲語法だった。おそらく、快楽のために生きる人間が、そこからろくな快楽を得られないのはなぜかという問題の方が、いっそうの謎だろう。外務大臣サー・デイヴィッド・アーチャーはこの面々のうちで唯一の叩き上げの人間で、貴族のように見える唯一の人間だった。長身瘦軀の非常な美男子であり、白髪まじりの顎鬚を生やしていた。白髪は非常に縮れていて、前の方では、言うことをきかぬ二つの小環となってピンと立ち、空想力豊かな者には、巨大な虫の触角よろしく顫(ふる)えているように――あるいは、やや落ちくぼんだ眼の上のふさふさした眉毛が所在なく動くのに合わせて動くように思われた。というのも、外務大臣は幾分神経質な状態を、その原因が何であれ、隠そうとしなかったからである。

「靴拭いのマットが曲がっているからといって、人間が大声でわめくような雰囲気を知っているかね？」裏庭の薄汚れた彫像の列の下を行ったり来たりしている時、彼はマーチに言った。「女は働きすぎると、そんな風になる。私ももちろん、このところ大分働いている。ヘリーズのかぶる帽子が片方に寄っていると、たまらなくなるんだ。あいつは遊び人みたいな形(なり)が癖になっているんだな。そのうちきっと、あの帽子を叩き落としてやるぞ。あそこにあるブリタニア[*2]の像もまっすぐじゃない。少し前にのめっている――何だか前に倒れそうだ。忌々しいのは、倒れてお釈迦(しゃか)になってしまわんことだ。ほら、鉄のつっかえ棒で固定してあるだろう。もしわしが夜中に起きてあのつっかえ棒を外しても、驚いちゃいかんよ」

＊2　英国を擬人化した女神。

二人は無言でしばらく小径を歩いていたが、やがて外務大臣は語りつづけた。「大きいことを心配しなきゃならんのに、ああいう小さいことが特別大きく思われるというのは、妙だな。中に入って、何か仕事をした方が良い」

ホーン・フィッシャーはアーチャーの神経質さも、ヘリーズのふしだらな習慣も斟酌しているようだったし、かれらが現在どのくらい頼りになると信じていたにせよ、むやみとかれらの時間や注意力に負担をかけはしなかった。それは首相の場合もそうだった。フィッシャーは首相から次のような同意を得た――重要書類を西部の軍隊への指令とともに、さほど著名ではないが堅実な人物――ホーン・ヒューイットという彼の伯父――に託しても良いということである。この伯父はあまり面白くない田舎地主で、優れた軍人であり、この委員の軍事顧問だった。彼は政府の約束を、協議して定めた軍事計画とともに、西部の半ば反抗的な部隊に伝える――そして、さらに重要なことだが、その内容がいつ東から現われるとも知れない敵に漏れないようにするという任務を帯びていた。この軍官をべつとすると、その場にいた他の唯一の人物はプリンス博士という警察官で、もとは警察医だったが、今は名だたる刑事であり、この一団の護衛として派遣されたのだった。四角い顔の男で大きな眼鏡をかけ、その顰め面は何もしゃべらぬぞという意図を表わしていた。以上の面々と一緒に囚われの身となっているのは、ホテルの持主――野生林檎のような顔をした、無愛想なケント生まれの男――と二名の使用人と、ジェイムズ・ヘリーズ卿が個人的に使っているもう一人の使用人だけだった。この男はキャンベルという若いスコットランド人で、気難しそうな主人よりもずっと秀でた人物に見え、髪は栗色、細長いむっつりした顔は大づくりだが目鼻立ちは整っていた。たぶん、この家にいる唯一の本当に有能な人間だった。

非公式な会議が四日ほどつづいたあと、マーチは、危険が迫り来る中で敢然と戦っているこの疑わしい人々に、一種のグロテスクな崇高さを感じるようになった――まるでかれらが町を護るために孤軍奮闘する痀瘻や足萎えであるかのように。誰もが一生懸命働いていて、マーチも自室で備忘録の一ページを書いていたが、ふと面を上げると、ホーン・フィッシャーが旅にでも出かけるような扮装（いでたち）で戸口に立っていた。フィッシャーは少し青ざめているようだったが、しばらくすると扉を背後に閉めて、静かに言った。

「最悪のことが起こった。いや、ほとんど最悪と言うべきかな」

「敵が上陸したのか」マーチは叫んで、椅子からがばと立ち上がった。

「いや、敵が上陸するのは知っていた」フィッシャーは冷静に言った。「そう、上陸したが、それは起こり得る最悪のことではない。最悪なのは、我々のこの砦からもある種の漏洩が起こったことだ。これはちょっと驚きだったよ。本当に――でも、驚くのは不合理かもしれないがね。結局、僕は政界に正直な人間が三人いるのを見つけて、感動した。二人しかいなくても、びっくりするべきじゃない」

彼はしばらく考え込んでから、話題を変えようとしているのかどうか、マーチには判じかねるような調子で言った。

「酢（す）漬けみたいに悪徳にどっぷり漬かっているヘリーズのような奴に、良心のためらいが残っているとは、初めのうち中々信じられなかった。でも、それについて奇妙なことに気づいた。愛国心というものは、それが第一の美徳のようなふりをすると、腐ってプロイセン主義になる。だが、愛国心は時として最後の美徳なんだ。人をペテンにかけたり、たらし込んだりする男が国を売ろうとしないこともある。でも、誰にわかろう？」

「しかし、どうすれば良いんだ？」マーチは憤って言った。

「僕の伯父が書類を安全に保管している」とフィッシャーはこたえた。「今夜それを西部へ送るんだが、誰かが外部から横取りしようとしていて、内部の誰かが手伝っているらしい。現在僕にできるのは、その外部の人間を追っ払うことだけだ。今から出かけて行って、それをやらなくちゃいけない。二十四時間ほどしたら戻って来る。留守の間、ここの連中から目を離さずに、君にできることを見つけてもらいたい。それでは、また（オールヴォワール）」

フィッシャーは階段を下りて姿を消し、マーチが窓から見ていると、オートバイに乗って、隣町へ向かって走り去った。

翌朝、マーチはこの古い宿屋の談話室で窓辺の席に坐っていた。部屋は樫の羽目板が張りめぐらされ、ふだんは少し暗かったが、その時は奇妙に晴れ渡った朝の白い光にあふれていた。このところ二晩か三晩、月が皓々と輝いていた。マーチ自身は、腰掛けの隅の蔭になったところにいて、ジェイムズ・ヘリーズ卿が裏庭から慌てて駆け込んで来たが、マーチの姿は見えなかった。ジェイムズ卿は気を鎮めようとするように椅子の背をつかみ、食事のあとで散らかっているテーブルの前にいきなり坐ると、大コップにブランデーを注いで飲んだ。マーチに背を向けていたが、黄色い顔が向こう側の丸鏡に映っており、何か恐ろしい病気のような顔色だった。マーチが動くと、卿はひどく驚いて、ふり返った。

「いやはや」と彼は叫んだ。「外のあれを見たかね?」

「外ですって」相手は言って、彼の肩ごしに庭を見やった。

「ああ、自分で見て来たまえ」ヘリーズは一種の怒りにかられて、叫んだ。「ヒューイットが殺されて、書類が盗まれた。それだけだ」

彼はまたこちらに背を向けると、どっかり坐り込んだ。四角い肩が震えていた。ハロルド・マーチは戸口から彫像の立ち並ぶ急な斜面がある裏庭へ、矢のように飛び出した。

最初に見えたのは、刑事のプリンス博士だった。博士は眼鏡をかけて地面の上の何かを見つめていた。第二に見えたのは、博士が見つめているものだった。家の中で衝撃的な報せを聞いたあとでも、その光景はちょっとした衝撃だった。

ブリタニアの巨大な石像が庭の小径にうつ向けに倒れており、その下から、つぶされた蠅の脚のようにでたらめに突き出していたのは、白いシャツの袖につつまれた片腕と、カーキ色のズボンを穿いた片脚、そしてホーン・フィッシャーの不運な伯父であることは間違えようもない、砂色の髪の毛だった。血溜まりがいくつもできており、手脚はすっかり死後硬直していた。

「事故ということはあり得ませんか？」マーチはやっと言葉が出て、言った。

「自分でたしかめてみるがいい」戸口からソワソワとマーチについて来たヘリーズが、耳障りな声で言った。「いいか、書類がなくなっている。賊は死体から上着を剝ぎとって、内ポケットから書類を抜き取ったんだ。あすこの土手に上着があるが、大きな切れ目が入っている」

「でも、ちょっと待ってください」プリンス刑事が静かに言った。「だとすると、一つ不可解な点があるようです。殺人者は何らかの方法で、彫像を彼の上に投げ倒したのかもしれない――実際、そうしたように見えます。しかし、像をまた持ち上げることは簡単にできなかったはずです。私もやってみましたが、少なくとも男が三人がかりでやらなければ、とても無理ですよ。しかし、お説に従いますと、我々はこう考えなければなりません――殺人者はまず彼が通りがかった時に、像を石の棍棒のように使ってぶっ倒し、それからまた像を持ち上げて彼を引っ張り出し、上着を剝ぎ、死んだ時の姿勢に戻して、御丁寧に像までもとに戻した。言っておきますが、そんなことは物理的に不可能です。してみると、あの石の記念碑の下敷きになった男の服をどういうやり方で脱がしたのか？　これは奇術師のトリックより難しい——両手首を縛った男が上着を脱ぎ捨てるよりも」

「死体から服を剝いだあとに、像を倒すことはできなかったでしょうか?」とマーチがたずねた。

「でも、何のために?」プリンスは鋭く訊き返した。「相手を殺して書類を手に入れたら、風のように逃げるでしょう。庭をぐずぐずうろつきまわって、彫像の台座を掘り返したりはしないでしょう。それに——おや、あそこにいるのは誰だろう?」

頭上の高い尾根に、空を背にして黒く細い輪郭を截(た)っている人影は、まるで蜘蛛のように長く、ほっそりしていた。頭の黒い影には角(つの)に似た二つの小さい房が見え、その角は動いていると断言しても良さそうだった。

「アーチャー!」ヘリーズが突然激情にかられて叫び、悪態をつきながら、早く下りて来いと呼びかけた。人影は最初の叫びを聞くと、道化の真似と言っても良いほど慌てふためいた仕草をして、うしろに退った。次の瞬間には思い直し、落ち着いたようで、ジグザグの庭の小径を下りて来たが、見るからに気の進まない様子で、足取りは次第に鈍(のろ)くなって来た。マーチの頭の中では、この男が自分で言った文句が——真夜中に気が狂って石像を壊すという——一杯に動悸を打っていた。まさに、と彼は空想した——そういうことをした狂人が、あの熱っぽい踊るような足取りで丘の天辺へ登り、自分が滅茶滅茶にしたものを見下ろしても不思議はない。しかし、彼が滅茶滅茶にしたのは石像だけではなかった。

しまいに男は庭の小径に現われた。顔にも身体にも日を一杯に浴びながら、ゆっくりとだが軽やかに歩いていて、怯えている様子はなかった。

「こいつはひどい」と彼は言った。「私は上から見たんだ。尾根を散歩していたんでね」

「殺人を見たということですか？」マーチがたずねた。「それとも、事故をですか？ つまり、像が倒れるところを見たんですか？」

「いや」とアーチャーは言った。「像が倒れているのを見たんだよ」

プリンスはこちらにほとんど注意を向けていないようだった。彼の目は、死骸から一、二ヤード離れた道の上にある物に釘づけになっていた。それは片端がひん曲がった、錆びた鉄の棒のようだった。

「一つ、わからないのはこの血です」とプリンスは言った。「気の毒な人の頭蓋骨は砕けていません。おそらく頸の骨が折れているんでしょう。それなのに、まるで動脈がすべて切り開かれたように、血が飛び散ったようだ。私は何かべつの道具が――たとえば、あの鉄の棒が――使われたのではないかと思っていたんです。しかし、あの鉄の棒でも鋭さが足りないようだ。凶器が何かは誰も知らないと思います」

「私は知っているよ」アーチャーが、深いが少し震える声で言った。「悪夢の中で見た。それは台座についている鉄のかすがいか突っかい棒で、あのろくでもない像がぐらつき始めた時、像をまっすぐにしておくために取りつけられたんだと思う。ともかく、前からあそこの石に差し込まれていて、倒壊した時、出て来たんだと思う」

　プリンス博士はうなずいたが、なおも血溜まりと鉄棒を見ていた。

「きっと下にまだ何かありますよ」としまいに言った。「たぶん、石像の下にまだ何かあります。そんな気がしてならんのです。我々は今四人いますから、みんなしてかかれば、あの大きな墓石を持ち上げられるでしょう」

　一同は全力で作業に取りかかった。みな黙り込んで、激しい息遣いが聞こえるだけだった。やがて、八本の脚が一瞬ひょろつき、よろめいたあと、彫刻を施した大きな石柱がわきに転がされ、シャツとズボン姿で横たわっている死体がそっくり露われた。プリンス博士の眼鏡は抑えた輝きを放って、大きな眼玉のように大きく見えた。ほかにも明らかになったことがあるからだ。その一つは、ヒューイットの頸静脈に深い切り傷があったことで、得意げな博士はただちに剃刀のように鋭利な刃物の傷だと確認した。もう一つは、土手の真下に、輝く鋼鉄の欠片が三つ散らばっていたことで、一つ一つの長さは一フィート近く、一つは先が尖っており、もう一つは豪華な宝石のついた柄（つか）か握りに嵌め込まれていた。明らかに長い東洋のナイフで、剣と言っても良い長さだったが、刃が奇妙に波打っており、切っ先に血の染みが一つ二つついていた。

「もっと血が流れているかと思ったが。切っ先にはほとんどついていませんな」プリンス博士は考え深げに言った。「だが、これが凶器にちがいない。あの傷はたしかに、こういう形の武器でつけられたものです。たぶん、ポケットを切り裂いたのもこれでしょう。ならず者は彼を公葬してやろうと思って、像をおっかぶせたんでしょう」

マーチは答えなかった。彼は奇妙な剣の柄にきらめいている奇妙な宝石に心を奪われ、その宝石の持ち得る意味が、恐ろしい夜明けのように彼の心に広がりつつあった。それは珍しいアジアの武器だった。彼は自分の記憶の中で、どんな名前が珍しいアジアの武器と結びついているかを知っていた。ジェイムズ卿が彼の秘かな思いを代弁したが、それは見当違いの話のようにマーチを驚かせた。

「首相はどこだ?」とヘリーズはいきなり叫んだのだ。犬が何かを見つけた時の吠え声にどこか似ていた。

プリンス博士は眼鏡と厳しい顔を彼に向けたが、その顔はいつもより厳しかった。

「どこにも見つからないんです」とプリンスは言った。「私は書類が失くなっているのを知ると、すぐに彼を探しました。あなたの使用人のキャンベルがじつに良く探してくれましたが、影も形もないんです」

長い沈黙があり、しまいにヘリーズがまた叫んだが、声の調子はがらりと変わっていた。

「もう探す必要はないよ。ほら、本人がやって来る。君らの友達のフィッシャーと一緒だ。ちょっと散歩にでも行って来たような顔をしてるな」

果たして、小径をこちらへ近づいて来た二人のうちの一人は、フィッシャーだった。旅の泥がはねかかり、茨に引っ掻かれたような傷が禿げた額の片方についていた。もう一人は赤ん坊に似た白髪の大政治家で、東洋の剣と剣術に関心のある人だ。しかし、そうした点をべつとすると、マーチにはかれらがそこにいることも、その振舞いもまるで理解できなかった。それはこの悪夢全体に、馬鹿馬鹿しさという仕上げの一筆を加えるようだった。二人は刑事の説明を聞いていたが、その態度は見れば見るほど腑に落ちなかった。フィッシャーは伯父の死を悲しんでいるが、驚いてはいないようだった。首相はあからさまに何かべつのことを考えている様子で、どちらも逃亡した人殺しのスパイを追跡することについて、何も言わなかった――盗まれた書類はとんでもなく重要な物だったというのに。やがて刑事は電話をしたり、報告書を書いたりしに行ってしまった。ヘリーズはたぶんブランデーの壜があるところへ帰って行き、首相は庭のべつの部分にある坐り心地の良い肘掛椅子の方へ、悠然と歩いて行った。すると、ホーン・フィッシャーはすぐさまハロルド・マーチに話しかけた。

「君、今すぐ僕と来てもらいたい。こんなことを頼めるほど信用できる人間はほかにいないんだ。道中は丸一日かかるだろうし、主な仕事は夜までできない。だから、道々いろんなことをじっくり話せる。しかし、君に来てもらう必要があるんだ。いよいよ僕の出番らしいから」

マーチとフィッシャーはどちらもオートバイを持っていたので、その日の行程の前半は、不愉快なエンジンが立てる話もできない騒音の中で、海岸を東へ進んで行った。しかし、カンタベリーを過ぎて東部ケント州の平野に入ると、フィッシャーは眠たげな小川のほとりの、気持ちの良い小さな酒場の前に停まった。二人は腰を下ろして飲み食いし、ほとんど初めて口を利いた。輝かしい午後だった。裏手の森で鳥が歌い、外のベンチとテーブルに陽がまともにあたっていた。しかし、強い陽射しを浴びたフィッシャーの顔には、今まで見たことのない重々しい表情があった。

「この先へ進む前に」と彼は言った。「君に言っておかなければいけないことがある。君と僕はこれまでにいくつか謎めいた事件に出遭って、その謎をとことんつきとめた。だから、今度の謎もとことん突きとめなければいけない。だが、伯父の死のことに触れるについては、古臭い探偵小説が始まるところとは反対側から始めなければいけない。君が聴きたいなら、もうじき推理の手順を教えよう。しかし、僕がこの事件の真相に達したのは、手順を追ってではない。何よりまず真相そのものを教えよう。僕は真相を最初から知っていたからだ。ほかの事件では、僕は外部から近づいて行ったが、この事件では内部にいた。僕自身が一切の核心にほかならなかった」

語り手の垂れ下がった目蓋と厳しい灰色の眼にある何かが、突然マーチを心の底まで震わせ、彼は取り乱して叫んだ。「僕には理解できん！」理解することが怖い時、人はこう叫ぶのである。しばらくの間、小鳥の楽しげなさえずりのほかには何も聞こえなかったが、やがてホーン・フィッシャーが冷静に言った。

「伯父を殺したのは僕なんだ。それ以上のことをとくに知りたければ、伯父から政府の書類を盗んだのも僕だ」

「フィッシャー！」友人は喉を絞めつけられるような声で叫んだ。

「出発する前に、事情をすっかり語らせてくれ」と相手はつづけた。「そして、物事をはっきりさせるために、以前の問題を説明したように説明させてくれ。今、あの問題に関してみんなが首をひねっていることが二つあるだろう？　一つは、殺人者がどうやって死んだ男の上着を脱がせたかということだ——男はあの石の夢魔によって地面に釘づけにされていたのに。もう一つのもっと些細な、さほど難しくない問題は、彼の喉を切った剣は、刃に血がたくさんついていても良さそうなのに、切っ先に少しついていただけだという事実だ。さて、第一の問題は簡単に片づけられる。ホーン・ヒューイットは殺される前に自分で上着を脱いだ。殺されるために上着を脱いだと言ってても良い」

「それが説明だと言うのか！」マーチが叫んだ。「君の言葉は事実よりも、もっと無意味に思えるぞ」

「それじゃ、ほかの事実について話そうじゃないか」フィッシャーは平然と言った。「剣の刃にヒューイットの血がついていなかった理由は、ヒューイットを殺すためには使われなかったということだ」

「しかし、博士は」とマーチが抗議した。「傷はあの剣でつけられたと断言したぞ」

「失礼だが」とフィッシャーはこたえた。「あの剣でつけられたとは断言していないよ。あの型の剣でつけられた、と言ったんだ」

「しかし、あれはじつに風変わりで珍しい型だった」とマーチは食い下がった。「そんな偶然があるなんて、突飛すぎて想像もできんね！」

「突飛な偶然だったんだ」ホーン・フィッシャーは鸚鵡返しに言った。「不思議なことだが、時にはすごい偶然が起こるものなんだ。世にも奇妙なめぐり合わせで、百万に一つのめぐり合わせで、同時に、同じ庭に、まったく同じ形の剣がもう一振りあった。二つとも僕が自分で庭に持ち込んだという事実によって、一部分は説明がつくかもしれない……ねえ君、それが何を意味するか、もうわかったろう！　二つのことを考え合わせてみたまえ。寸分違わない二振りの剣があって、伯父は自分で上着を脱いだ。僕は正確に言うと暗殺者ではないという事実を思い出してもらうと、考える助けになるかもしれない」

「決闘だな！」マーチは我に返って、言った。「もちろん、そいつを考えるべきだった。しかし、書類を盗んだスパイは誰なんだ？」

「書類を盗んだスパイは伯父だったのさ」とフィッシャーはこたえた。「あるいは、書類を盗もうとしたスパイだったたが、僕が止めた――僕にできる唯一のやり方でね。ああしなければ、西へ行って我々の味方を安心させ、侵入者を撃退する計画を伝えるはずだった書類が、二、三時間で侵入者の手に渡ってしまっただろう。僕に何ができただろう？　こんな時に仲間の一人を告発したら、君の友達アトウッドの、そして恐慌と隷属の陣営の思う壺に嵌まっていただろう。それにね、人間四十歳を過ぎると、それまで生きてきたようにして死にたいという潜在意識的な願望があるのかもしれない。僕はある意味で、秘密を墓まで持って行きたかったのかもしれない。たぶん、趣味は年齢とともに凝りかたまるもので、僕の趣味は沈黙だったんだ。僕は母さんの兄弟を殺したが、母さんの名誉は救ったと感じているのかもしれない。ともかく、僕は君たちがみんな眠っている時刻を選び、伯父は一人で庭を歩いていた。石像がどれも月明かりの中に立っているのが見えて、僕自身、石像の一つが歩いているようだった。僕は作り声をして伯父に叛逆罪のことを告げ、書類を渡すように言った。断られると、二本の剣のうち一本を取らせた。その剣は首相が鑑定するためにここに送られた品物の中にあったんだ。首相が蒐集家なのは知ってるだろう。対等な武器はそれしか見つからなかった。厭な話を掻いつまんで言うと、僕らは庭のブリタニア像の前の小径で闘った。伯父は力の強い男だったが、技倆は僕の方がいくらか勝っていた。向こうの剣が僕の額を掠った時、僕の剣は彼の頸の関節に刺さった。彼はカエサルがポンペイウスの像に倒れかかるように、あの像に倒れかかり、鉄の棒に縋った。彼の剣はもう折れていた。僕はその致命傷から血が出るのを見た時、ほかのことは何もかも忘れてしまった。自分の剣を落として、伯父を抱き起こそうとするように駆け寄った。彼の方に屈み込んだ時、何かが起こったが、あっという間のことだったので何だかわからなかった。鉄の棒が錆で腐蝕していて、伯父が握った時に外れたのか、それとも彼が類人猿みたいな大力で岩から引き抜いたのか、わからない。ともかく、そいつは彼の手に握られていて、僕が空手(からて)でそばにひざまづいた時、伯父は断末魔の力で、棒を僕の頭の上にふり上げた。僕は打撃を避けようとして夢中で上を向いたが、その時、我々の上に大きなブリタニア像が、船の船首像みたいにこちらへ傾いているのが見えた。次の瞬間、それがふだんより一、二インチよけいに傾いているのが見えて、星のきらめく空全体が一緒に傾いているようだった。三秒目には空が落ちて来たような気がして、四秒目には、僕は静かな庭に立ち、君たちが今日見下ろしていた石と骨のぺしゃんこな残骸を見下ろしていた。伯父はイギリスの女神を支えていた最後の突っかい棒をもぎ取ったので、女神は倒れ、倒れながら裏切り者を押しつぶしたんだ。僕はふり返って、書類の包みが入っている上着を取りに飛んで行くと、自分の剣で切り裂き、庭の小径を駆け上った。上の道路にオートバイが待っていたんだ。急ぐ理由は十分あったが、僕は像も死体もふり返らずに逃げ出した。思うに、あのぞっとする寓意的光景から逃げたんだろう。

それから、残った仕事をやった。一晩中、夜が明けて日が射すまで、弾丸が飛んで行くみたいに、南イングランドの村々や市場をブンブンいって通り抜け、しまいに問題のある西部の本拠地へ行った。僕はぎりぎり間に合った。政府はかれらを裏切っていない、東へ進軍して敵に当たれば援軍が来るという報せを、いわばそこに貼り出すことができた。起こったことを逐一話す時間はないが、僕の栄光の一日だったと言おう。松明行列のような凱旋だ――その松明はひょっとすると懐中電灯だったかもしれないがね。軍の抵抗は収まった。サマセットと西部諸州の男たちが市場に流れ込んだ――アーサー王[*3]とともに死に、アルフレッド大王[*4]とともに頑張り抜いた人間たちだ。暴動のような一騒ぎがあったあと、アイルランドの連隊もかれらのもとへ集まって、フェニアン団[*5]の歌を歌いながら、町を出て東へ行進した。あの民族の暗い笑いには理解できないものがあったな――かれらはイングランド人とともに英国を守りに行軍する時でさえ、喜んで声の限りに叫んでいたんだ。「絞首台の木の上に、気高い三人が立った……イングランドの酷い縄をかけられて」。しかし、合唱の文句は「神よ、アイルランドを救いたまえ」で、その時、我々はみんな何らかの意味でそれを歌っても良かったかもしれない。

だが、僕の任務にはもう一つの面があった。僕は防衛計画を運んでいたが、幸運なことに、かなりの程度敵の侵入計画も運んでいたんだ。戦術の話で君を煩わせはしないが、敵

＊3　六世紀初めにサクソン人の侵攻を撃退したとされる、半ば伝説的なブリタニアの王。
＊4　デーン人の侵攻を食いとめた九世紀のウェセックス王。
＊5　十九世紀半ば、アイルランドの独立を求めてアメリカで結成された秘密結社。

が向こうの作戦すべてを援護する砲兵中隊を押し出して来た場所を、我々は知っていた。西から進んで来る友軍は、主力部隊の機動を阻止するのにはとても間に合わないが、砲兵中隊の長い射程内には入れるし、そいつの場所が正確にわかれば砲撃できるだろう。誰かこのあたりにいる者が合図を送らないと、友軍にはその場所がわからない。でも、誰かがそれをやりそうな気がするんだ」

フィッシャーはそう言うとテーブルから立ち上がり、二人はまたオートバイに乗って西の方へ、垂れこめる黄昏の中へ走って行った。あたりの平坦な風景を真似するように、空には平らな雲が浮かび、夕日の最後の色彩が円い地平線にしがみついていた。うしろに遠く退いて行くのは最後の丘々の半円で、はるか彼方に海のぼんやりした線が忽然と現われた。それは日のあたるヴェランダから見たような輝く青い条ではなく、不気味なくすんだ菫色、不吉で暗く見える色合いをしていた。ここでホーン・フィッシャーはまた自転車を下りた。

「この先は歩かなきゃいけない」と彼は言った。「そして一番最後は、僕一人で歩かなきゃいけない」

彼は屈んで、何かオートバイに紐で結びつけてある物を外しはじめた。連れのマーチはもっと興味深い謎に引かれていたにもかかわらず、その物が何だろうと道々ずっと気になっていたのだ。それは五、六本の棒を紐で括って紙にくるんだように見えた。フィッシャーはそれをわきに抱え、芝生をとぼとぼと歩きはじめた。地面は次第にでこぼこになり、彼は藪と小さい木立のかたまった場所へ向かって歩いていた。夜の闇が刻々と深まっていた。

「もうしゃべっちゃいけない」とフィッシャーは言った。「君が立ち止まるべき場所に来たら、君にささやく。そうしたら、もうついて来るな。見世物を台なしにするだけだからな。一人なら何とかあそこまで行けるが、二人だったら確実につかまる」

「どこへだってついて行くぞ」とマーチは言った。「だが、その方が良ければ、立ちどまりもしよう」

「そうしてくれると思った」彼の友は小声で言った。「たぶん、君は僕がこの世で本当に信用した唯一の男だ」

それから二、三歩先へ進むと、薄暗い空を背に怪物のように聳(そび)える大きな尾根か小山の端に来た。フィッシャーは立ちどまって、ある仕草をした。彼は連れの手を取り、激しい優しさで握りしめると、前方の闇の中へ突っ走った。マーチには尾根の蔭をこっそり進む彼の姿がかすかに見え、それから少し見失ったが、やがて、その姿が二百ヤード先のもう一つの小山の上に立つのが見えた。傍らには、二本の竿でつくったらしい奇妙な物が立っていた。フィッシャーがその上に身をかがめると、光が揺らめいた。マーチの心に学校生徒だった頃の記憶が蘇り、彼はそれが何かを悟った。打上げ花火の台だ。混乱した場違いな記憶が彼をとらえているうちに、激しい、しかし懐かしい音がして、一瞬後、打上げ花火は止まり木からとび出し、星々を狙う星の矢のごとく、果てしない空間に飛び上がった。マーチはふとこの世の終わりに現われるというしるしのことを思い、自分が審判(さばき)の日に似たものの黙示録的な流星を見ていることを知った。

はるか高い無窮の天空で、花火はうなだれ、破裂(はじ)けて緋色の星々になった。いっとき、風景全体が前は海まで、うしろは木の繁る半月形の丘々まで、ルビー色の光の湖のようになった。それは奇妙に豊かで輝かしい紅だった。まるで世界が血というよりも葡萄酒に浸(ひた)ったよう、あるいは地上が地上楽園であり、その上に朝の希望に満ちた一時が永久に止まっているかのようだった。

「神よ、英国を救いたまえ！」フィッシャーは喇叭(らっぱ)が鳴り響くような声で叫んだ。「今、救うのは神の役目だ」

暗闇がふたたび陸と海の上に沈みかかると、べつの音が聞こえて来た。遠く、背後の丘の道で大きな猟犬が吠えるような砲声がした。何か打上げ花火ではない物、ヒューッというのではなく叫び声を上げながら飛んで来るものが、ハロルド・マーチの頭上を越えて小山の向こうまで伸び、光と耳を聾(ろう)する轟音を放って、耐えがたい猛烈な音で頭をクラクラさせた。また一つ、さらに一つと同じものが飛んで来て、天地は轟音と火山の煙と混沌たる光に満たされた。西部地方とアイルランドの砲兵隊が敵の大砲兵中隊の位置を見定め、重砲火で攻撃しているのだ。

一時の狂った興奮の中で、マーチは嵐の中を覗き込み、打上げ花火の台のそばに立っていたひょろ長い人影を探した。すると、ふたたび閃光が尾根全体を照らし出した。人影はそこにはなかった。

打上げ花火の火が空から消える前、遠い丘々から最初の砲声が響くよりずっと前に、あたり一帯に隠れている敵の塹壕(ざんごう)からライフル銃の射撃の音がして、光が閃き、揺れた。尾根の麓(ふもと)の暗がりに、何かが落ちた花火の籤(ひご)のように硬くなって横たわっていた。知りすぎた男はやっと知るに値することを知ったのだった。

解説

大山誠一郎

本作『知りすぎた男』は、ホーン・フィッシャーという人物を探偵役とする連作短編集ですが、チェスタトンの他の探偵役のシリーズ、ブラウン神父ものやガブリエル・ゲイルもの(『詩人と狂人たち』)やバジル・グラントもの(『奇商クラブ』)などとはいささか毛色が違うことに気づきます。

第一の違いは舞台。他のシリーズでは、事件はたいてい中流階級の中で起きるのに対し、ホーン・フィッシャーものでは、事件はたいてい(例外はありますが)上流階級の中で起きます。そのため、前者では都会から田舎まで、邸宅やアパートやホテルから街角や砂浜までさまざまな場所が舞台となるのに対し、後者では舞台がわりと限定されています。

第二の違いは名探偵の社会的立場。カトリックのブラウン神父や、画家兼詩人のガブリエル・ゲイルや、裁判官席で突然錯乱し職を辞したバジル・グラントは、言ってみればアウトサイダーです。聖職者は俗世を離れた人間ですし、英国国教会が主流の英国では神父の属するカトリックは少数派なので、二重の意味でアウトサイダーだと言えるでしょう。

また、画家や詩人といった芸術家は、ロマン主義的な観点では市民社会におけるアウトサイダーですし、バジル・グラントもそうだと言えるでしょう。そうしたアウトサイダーだからこそ、社会の常識に囚われず、事件を解決することができるのだと言えます。
一方、フィッシャーは上流階級、支配階級の一員であり、インサイダーです。彼が事件を解決できるのは、鋭い観察眼とともに、事件に関係する上流階級の人間たちの背景や秘密について知り尽くしているからです。
事件を解決したフィッシャーは毎回、上流階級の重要人物が何らかのかたちで事件に関わっているか、事件の真相を公表することが重要人物の立場を危うくすることを知ります。真相の公表は英国に混乱をもたらしかねません。フィッシャーは秩序が病んでいることを知りつつ、真相を隠蔽します。

「いや、何も獲れませんよ」男は問わず語りに、穏やかに言った。「つかまえたら、戻してやらなきゃいけません。ことに大きな魚はね」

第一話の「標的の顔」で、手網で魚を獲っていたフィッシャーが口にする台詞は、秩序の維持のために犯人を見逃すフィッシャーの姿勢を端的に示していると言えるでしょう（フィッシャーという名前は、fisher of men（人間の漁師）という聖書の言葉から来ていると思われます)。

本書の各編は、一九二〇年から二二年にかけて〈ハーパーズ・マガジン〉に連載され、英国ではノンシリーズ中編「驕りの樹」と他三編、米国では「驕りの樹」のみを加えて、二二年に単行本として刊行されました。この時期、英国の隆盛には陰りが見え始めていました。一九一八年に終結した第一次大戦で英国は勝利しますが、総力戦であったこの戦争は英国を社会的・経済的に大きく疲弊させます。また、英国の自治領のいくつかは大戦をきっかけに発言力を強め、のちに完全独立。アイルランドのように、英国から約束されていた自治法の施行が大戦を口実に延期され、それへの怒りが戦後になってアイルランド独立戦争(一九一九—二一)を引き起こした地域もあります。英国の保護国だったアフガニスタンも第三次アフガン戦争(一九一九)で独立を果たしました。

当時の英国が置かれていたこうした状況を知ると、英国の秩序の維持のために犯人を見逃すフィッシャーの行動に説得力が増します(容認できるかどうかは別ですが)。もちろん彼自身、そうした行動に疑問や嫌悪感を抱いているでしょう。しかし一方で、疲弊した英国をぐらつかせるのが自分であってはならないという思いにも駆られている。二つの思いの板挟みになったフィッシャーがいつも憂鬱そうなのも無理はありませんし、他のシリーズに比べ本書の雰囲気がどこか陰鬱なのもそのせいかもしれません。

以下、ごく簡単に各編の感想を(**真相の一部に触れていますのでご注意ください**)。

「標的の顔」

フィッシャーと、その親友である新聞記者、ハロルド・マーチが出会った事件。マーチは以後、各編に登場しますが、名探偵に対するワトソン役とは異なります。ワトソン役のように、常に名探偵と行動を共にしているわけではないからです。フィッシャーは上流階級、支配階級の一員でありインサイダーであると先に述べましたが、その立場から来る思考は一般庶民である読者からかけ離れ、容認しがたいものです。マーチは、フィッシャーの思考を相対化し、批判的に捉える役割を果たしています。

「下手糞のふりができるほどの射撃の名手」という逆説的なアイデアと、大胆極まりない手がかりの出し方が面白い一編です。


「消えたプリンス」

英国支配下のアイルランドで、プリンスと呼ばれるアイルランド独立運動家を城に追い詰めた警官たちが射殺されたが、プリンスの姿は消え失せていたという事件が、十五年後、マーチを相手に語られます。

フィッシャーが言及する「三角形」から導かれる意外な犯人と動機がすばらしい。英国支配下のアイルランドに対する英国人チェスタトンの複雑な感情が読み取れる作品です。

「少年の心」

国王の叔父が預けた「パウロの一文銭」なる銀貨が、およそ不可能な状況で盗まれた事件。ハウダニットの道具の実に巧妙な提示の仕方や、ハウダニットの荒唐無稽さを巧妙にカバーし、むしろ活かしているホワイダニットに感嘆します。

「底なしの井戸」

アラビア半島にある英軍駐屯地で、絶大な名声を誇る老将軍が毒殺された事件を、「この地に住んで長い」フィッシャーが解決します。後年、別の英国人作家が某有名作で同じアイデアを使っていますが、本作が先鞭をつけていたのかと興味深く思いました。最も感心したのは、題名にもなっている「底なしの井戸」が事件の構図を示す手がかりとなっている点です。「底なしの井戸」から導き出されるロジックは言われてみれば自明で、なぜそのロジックに気づかなかったのか不思議なほどです。

「塀の穴」

「現代人の心の癖」を取っ掛かりに、題名にもなっている言葉から大胆なトリックを暴き出す推理が面白い。このトリックから自分を含めた上流階級、支配階級批判に至るフィッシャーのレトリックは、チェスタトンの面目躍如たるものがあります。

「釣師のこだわり」

海運王が田舎屋敷の敷地内で釣りをしている姿で絞殺されているのが見つかります。関係者は、英国首相（その名もメリヴェール卿！）、海運王の甥である首相秘書、侯爵、法務長官と、例によって大物ぞろいです。

犯人の犯行動機もすごいですが、本作の真のすごさは、中盤で交わされる被害者と犯人との会話にあります。真相に至る前に読んだときは、特に意味のない退屈な会話だと思えたものが、真相を知ったあとに読み返すとその姿をがらりと変え、被害者と犯人との関係や、被害者を殺害しようとする犯人の意志をはっきりと示す喩え話となっていたことがわかるのです。ここは作者にとっても会心の伏線だったとみえ、本作の最後でマーチに言及させています。

「一家の馬鹿息子」

フィッシャーが青年時代、国政選挙に出たときのことがマーチを相手に語られます。『ポンド氏の逆説』のポンド氏なら「成功したから失敗したのです」とでも言いそうな逆説的なアイデアがとても面白い。フィッシャーがなぜ、今のような人物となったかがわかる、この連作集の中でも特に重要な一編です。

「僕の人生は、あの寂しい島の小さな部屋の中の人生だった。本も葉巻も、贅沢品もたくさんある。知識も関心も情報もたくさんある。でも、あの墓窟から外の世界に声は一ぺんもとどかない。僕はたぶんあそこで死ぬんだろう」

フィッシャーが最後に口にする台詞に胸を衝かれます。

また、本作には、フィッシャーの兄ヘンリーが登場します。チェスタトンには、疑獄事件に連座して告訴され、のちに第一次大戦で戦死したセシルという弟がいますが、ヘンリーがフィッシャーに見せた愛情は、チェスタトンの弟セシルへの愛情が重ねられているのではないか、とふと思わせます。

「彫像の復讐」

閣僚たちが集う宿屋の庭で起きた、ブリタニア像による圧殺事件。被害者を殺害し、持っていた機密書類を持ち去ったのは、彼らの中にいる裏切り者なのか……。

本作は、シリーズ名探偵の最終作におけるある趣向の最初の例ではないかと思いますが、注目すべきは、それがミステリとしての驚きだけでなく、小説的カタルシスをもたらしている点です。「僕は知りすぎて何もわからない――少なくとも、何もできない男だ」(「消えたプリンス」)、「知る価値がないのは、僕が知っていることさ」(「底なしの井戸」)といった台詞に象徴されるフィッシャーの無力さは、本作の最後で彼が取った行動で乗り越えられることになります。読者はその行動には賛同できないかもしれませんが、ホーン・フィッシャーという一人の人間が悩み、苦しんだ末にそのような行動を取ったことは理解できますし、その行動がついに彼を苦しみから解放したことを祝福する気持ちになるでしょう。本作の最後の一文は、作者がフィッシャーに手向けた心からのねぎらいの言葉だと思います。

こうして見ると、本書は、ブラウン神父ものなどと比べ、事件の不可解さや派手さはさほどありませんが、さりげない手がかりや伏線のうまさ、苦みを帯びたホワイダニットが印象的な連作集です。その意味で、再読してこそ真価がわかる作品だと言えるでしょう。また、ホーン・フィッシャーという、チェスタトンの作品の登場人物の中でおそらく最も興味深い男の肖像を描き出し、深い感銘を与えてくれる作品でもあります。

本書は一九二一年刊のCASSELL版を底本に翻訳刊行した。

検印
廃止

訳者紹介　1958年東京に生まれる。東京大学大学院英文科博士課程中退。著書に「怪奇三昧」「英語とは何か」他、訳書にマッケン「白魔」、チェスタトン「詩人と狂人たち」「ポンド氏の逆説」「奇商クラブ」、ハーン「怪談」、ラヴクラフト「インスマスの影　クトゥルー神話傑作選」他多数。

知りすぎた男

2020年5月8日　初版
2020年8月28日　再版

著　者　G・K・チェスタトン

訳　者　南條竹則（なんじょうたけのり）

発行所　(株)東京創元社
代表者　渋谷健太郎

162-0814/東京都新宿区新小川町1-5
電話　03・3268・8231-営業部
03・3268・8204-編集部
URL　http://www.tsogen.co.jp
精興社・本間製本

ISBN978-4-488-11020-8　C0197

永遠の光輝を放つ奇蹟の探偵小説

THE CASK◆F. W. Crofts

樽

F·W·クロフツ
霜島義明 訳 創元推理文庫

埠頭で荷揚げ中に落下事故が起こり、
珍しい形状の異様に重い樽が破損した。
樽はパリ発ロンドン行き、中身は「彫像」とある。
こぼれたおが屑に交じって金貨が数枚見つかったので
割れ目を広げたところ、とんでもないものが入っていた。
荷の受取人と海運会社間の駆け引きを経て
樽はスコットランドヤードの手に渡り、
中から若い女性の絞殺死体が……。
次々に判明する事実は謎に満ち、事件は
めまぐるしい展開を見せつつ混迷の度を増していく。
真相究明の担い手もまた英仏警察官から弁護士、
私立探偵に移り緊迫の終局へ向かう。
渾身の処女作にして探偵小説史にその名を刻んだ大傑作。

ミステリを愛するすべての人々に——

MAGPIE MURDERS◆Anthony Horowitz

カササギ殺人事件◆上下

アンソニー・ホロヴィッツ
山田 蘭 訳 創元推理文庫

1955年7月、イギリスのサマセット州の小さな村で、
パイ屋敷の家政婦の葬儀がしめやかに執りおこなわれた。
鍵のかかった屋敷の階段の下で倒れていた彼女は、
掃除機のコードに足を引っかけたのか、あるいは……。
彼女の死は、村の人間関係に少しずつひびを入れていく。
余命わずかな名探偵アティカス・ピュントの推理は——。
アガサ・クリスティへの愛に満ちた
完璧なオマージュ作と、
英国出版業界ミステリが交錯し、
とてつもない仕掛けが炸裂する！
ミステリ界のトップランナーによる圧倒的な傑作。